Tatort Niederrhein

LEPORELLO
KRIMI

Richard-Wagner-Straße 15, D-47799 Krefeld
leporellobuch@aol.com
www.leporellobuch.de

Gestaltung: WerbeAtelier Coelen, Krefeld
Druck und Bindearbeiten: Elsnerdruck GmbH, Berlin,
ISBN 3-936783-04-7

Ina Coelen · Ingrid Schmitz (Hg.)

Tatort Niederrhein

Die besten Kriminalgeschichten
des Krimi-Wettbewerbs
der Westdeutschen Zeitung

Leporello Verlag · Krefeld

Inhalt

Übrigens, Sie wissen ja: Alle diese Geschichten, wenn auch nicht ihre Schauplätze, sind der Fantasie der AutorInnen entsprungen, und jede Ähnlichkeit mit lebenden oder toten Personen wäre rein zufällig.

Tatort Niederrhein

Bei Ina Coelen vom Leporello Verlag geht's stets mörderisch zu. Mit „mörderisch netten Grüßen" pflegt sie ihre elektronischen Briefe zu unterzeichnen, allgemein wünscht sie gern „mörderisch gute Unterhaltung". Und sie kann auch mörderisch hartnäckig sein, wenn sie ein Ziel verfolgt. Doch das brauchte sie in diesem Falle gar nicht. Ihre Idee, doch einmal die Leser der Westdeutschen Zeitung aufzufordern, selbst einen Krimi zu verfassen, stieß in unserem Haus schnell auf offene Ohren.

Aber würden sich die Hobby-Autoren auch trauen, ihre Texte einzusenden? Und von welcher Qualität würden diese Kurzgeschichten sein? Unsere Skepsis war unbegründet. Die Krimischreiber trauten sich, die Kriminalitätsrate stieg mit jedem Manuskript an. Und schnell war auch klar: Die Geschichten sind richtig gut. Damit stand der Veröffentlichung in einem Buch nichts mehr im Wege.

Bis auf die Auswahl. Denn alle eingereichten Krimis der WZ-Leser zu drucken, hätte das Werk in die Nähe eines Brockhaus-Umfanges gebracht. Also musste gesiebt werden. Das gestaltete sich nicht so einfach, mörderisch spannend könnte man es auch nennen.

Innerhalb der Jury – Ina Coelen und Ingrid Schmitz vom Leporello Verlag, meine Kollegin Dagmar Groß und ich – wurde um jedes Manuskript gerungen. Einundzwanzig Kurzgeschichten blieben schließlich übrig.

Jeder Geschichte liegt – natürlich – ein Verbrechen zugrunde. Aber da geht es um mehr als nur um Mord und Totschlag. Unsere Autoren zeichneten Charaktere, die geheimnisvollen Spuren folgen und in vielfältige kriminelle Machenschaften verstrickt sind. Alle Geschichten tragen eine andere Handschrift, es ist kein Strickmuster erkennbar. Nur eines haben alle Kriminalgeschichten gemeinsam: den Tatort Niederrhein. Und so trägt dieses Buch auch den Titel „Tatort Niederrhein". Erleben Sie Verbrechen an Plätzen, die wir alle kennen. Wie der Krefelder Sprödentalkirmes, dem Elfrather See, dem Mönchengladbacher Abteiberg oder dem Kempener Schützenfest. Tauchen Sie ein in den „Tatort Niederrhein".

Ich wünsche Ihnen dabei spannende, pardon: mörderisch spannende Unterhaltung.

Roland Busch
Westdeutsche Zeitung

Raubtierfütterung

Der Zug kam zu spät. Der Zug kommt immer zu spät. So regelmäßig, daß man sich darauf nahezu verlassen kann. Nahezu.

Damals kam er grundsätzlich und regelmäßig zu spät. Wenn bestimmte Dinge dreimal hintereinander passieren, kommt es einem so vor, als geschähen sie grundsätzlich und regelmäßig.

Die Frau fiel mir nicht zum ersten Mal auf. Sie war groß und schlank. Sie hatte kinnlanges, dunkelblondes, glattes Haar, das ihr Gesicht auf eine - wie soll ich sagen - edle Weise einrahmte. Haare, wie ich sie mir selber immer gewünscht hätte. Meine eigenen sind kraus und widerspenstig. Deswegen trage ich sie kurz und sehe doch immer irgendwie unordentlich aus. Haare wie diese Frau müsste man haben. Überhaupt ging etwas Vornehmes von ihr aus. Selbst in der großen Eile, die sie an den Tag legte, um den Zug in Oppum zu erreichen, verlor sie nie eine distanzierte Sicherheit. Sie war immer eilig. Weil sie immer auf die letzte Minute kam. Und dabei war der Zug doch schon zu spät, mindestens zehn Minuten. Wäre er pünktlich gewesen, hätte sie es nie geschafft, ihn zu bekommen.

Aufgefallen war sie mir, weil ich sie schön fand. Weil es mich faszinierte, wie man trotz des offensichtlichen Stresses so cool bleiben konnte. Ich sehe mich selbst dem Zug hinterher rennen, mit hängender Zunge, völlig außer Atem, im letzten Moment gerade noch die Stufen hochspringen. Unelegant. Nein, dabei möchte ich keineswegs beobachtet werden.

Aber sie: Ein kurzer Blick in die Runde des Waggons,

dann setzte sie sich auf den nächsten freien Platz, kontrollierte die Uhr und blieb reglos und völlig unbeteiligt sitzen.

Dann saß sie da, als führe sie schon stundenlang mit uns, mit uns anderen, die wir jeder an irgendwelchen Bahnhöfen wütend auf den verspäteten Zug gewartet hatten. Vier Minuten später, am Krefelder Hauptbahnhof, stieg sie wieder aus. Stiegen wir beide aus.

Sie fuhr nicht regelmäßig mit uns. Ich weiß gar nicht, wie oft ich sie wirklich gesehen habe - drei- oder viermal vielleicht, höchstens fünfmal.

Aufgefallen war sie mir außerdem, weil ich glaubte, sie von irgendwoher zu kennen. Das war allerdings ein eher flüchtiger Eindruck. Zu flüchtig, als dass es mir hätte einfallen können.

Die Entscheidung würde bald fallen. Drei Kandidaten für die Stelle des neuen Krefelder Zoodirektors waren in die engere Wahl gezogen worden. Das Zoopersonal war durchaus verunsichert. Von Privatisierung des Zoos hörte man reden, worunter sich niemand so recht etwas vorstellen konnte. Von einem neuen Management, das die eingefahrenen Wege mit frischem Wind durchpusten sollte. Da war Vorsicht geboten. Elefanten lieben keinen frischen Wind. Am liebsten hätte man im Zoo alles so belassen wie es war. Und war es nicht gut so?

Herr Dr. Weber, der nun in Ruhestand ging, hatte sein Haus wohlbestellt. Seine Stellvertreterin, Frau Dr. Katrin Königs arbeitete seit Jahren gut mit ihm zusammen. Sie teilten dieselbe, vom Wohl der Tiere bestimmte Einstellung zu ihrer Arbeit. Sie hatten zusammen das Regenwaldhaus eingeweiht. Die Fertigstellung der Raubkatzenanlage stand unmittelbar bevor. Sie wäre seine ideale Nachfolgerin gewesen. Wäre - würde sie aber nicht sein. Das spürten alle. Unklare Gründe. Eine Frau als Zoodirektor? Warum eigentlich nicht? Aber man wollte es anders. Vorgesehen für die engere Wahl waren drei Kandidaten von außerhalb. Das Know-how der großen weiten Welt sollte nach Krefeld geholt werden.

„Es tut mir leid, Katrin“, sagte Weber eines mittags im Februar zu seiner Assistentin, als sie durch das neu entstehende Raubtiergelände gegangen waren, um sich von den aufgetretenen Schwierigkeiten bei der Zuschauertribüne in Kenntnis setzen zu lassen. „Man wird Sie nicht nehmen. Der Fraktionsvorsitzende hat mich gestern bei den Rotariern davon unterrichtet. Sozusagen zwischen Suppe und Hauptgang. Mangelnde Erfahrung, sagen sie.“

Wenn sie enttäuscht war - und sie war es mit Sicherheit - so ließ sie es sich nicht anmerken. Dabei hätte er verstehen können, wenn sie sich beklagt hätte. Aber sie sagte nur obenhin: „Wieviel Erfahrung haben wohl die anderen?“

Weber schätzte ihre Zurückhaltung, ihre Sachlichkeit, ihre Zuverlässigkeit und Solidarität. Eine angenehme Frau. Aber auch ein bisschen geheimnisvoll. So lange er sie kannte, wußte er doch praktisch nichts über ihre private Situation.

Schmunzelnd dachte er, dass ein verhaltenes Feuer bei ihr nur im Umgang mit den Tieren zu verspüren war. Wäre er dreißig Jahre jünger gewesen, hätte er sie heiraten wollen. Sie war nicht verheiratet, soviel immerhin wusste er. Komisch, dass er das jetzt dachte. Und mit einem gewissen Bedauern. Denn bald würden sie nicht einmal mehr miteinander arbeiten.

Was nun die Erfahrung der anderen betraf, so konnte Weber sich nicht vorstellen, dass die ebenfalls jungen Kollegen, keiner war viel älter als vierzig Jahre, so sehr viel mehr davon hatten als Katrin Königs, die, seit sie denken konnte, mit den Tieren verbunden war.

„Wenn ich es richtig deute“, nahm Weber den Faden wieder auf, nachdem sie eine Weile die matschigen Spuren der Baufahrzeuge entlang gegangen waren, „ist die Entscheidung im übrigen schon gefallen."

„Die Ratssitzung ist erst im Juni", erwiderte sie.

„Trotzdem. Ich glaube, es ist bereits entschieden."

„Ja?" Jetzt sah sie ihn doch an, und er konnte sehen, dass sie die aufsteigenden Tränen zurückhalten musste. Sie tat ihm leid. „Ich sollte Ihnen das vielleicht nicht sagen", fuhr er fort, „aber ich möchte verhindern, dass es Sie dann trifft, wenn es öffentlich wird. Ich würde mir wünschen, daß Sie sich bis dahin bereits mit der neuen Situation arrangiert haben."

Es war nicht auszumachen, ob sie ihm dankbar dafür war. „Ottmar Baer", sagte Weber. „Wussten Sie, dass er sich beworben hat?"

Sie blieb stehen, bückte sich, hob ein Stück Eisen auf, das da rum lag und sagte mit ungewöhnlicher Schärfe: „Das ist doch unglaublich! Unbedacht und rücksichtslos. Was da alles passieren kann!" Und sie schlug mit dem Eisen auf ihre frei Hand mit einer Wucht, die Weber entsetzte.

„Das ist eine Baustelle", sagte Weber vorsichtig, unsicher, was sie wirklich meinte.

„Trotzdem! Hier gehen Menschen, die sich verletzen können!" Dann sagte sie nichts mehr.

„Er kommt vorab zu uns" sagte Weber, „um sich schon mal umzusehen, wie der Fraktionsvorsitzende durchblicken ließ."

„Ottmar Baer?"

„Ja, zur Orchideenschau jetzt im März. Ich denke, das ist einigermaßen unauffällig . . ."

„Unauffällig?! Wie kann es nicht auffallen, wenn ein Bewerber für das Amt des Zoodirektors zu uns in den Zoo kommt? Und außerdem, warum sollte es nicht auffallen?"

„Eben", beschwichtigte Weber, „eben, meine liebe Katrin. Sie könnten alle kommen. Sie sollten alle kommen.

Aber ich glaube, schließlich wird nur Ottmar Baer zu uns kommen."

Kurz nach diesem Gespräch, also Anfang Februar, muss es gewesen sein, dass mir Katrin Königs zum ersten Mal am Oppumer Bahnhof aufgefallen ist. Beim zweiten oder dritten Mal begegnete sie im Krefelder Hauptbahnhof einer Bekannten. Ich hörte sie fragen: „Hallo, Katrin, wo kommst du denn her?" Und zu meinem Erstaunen antwortete die aparte Frau, von der ich damals ja noch nicht wusste, wer sie war: „Aus Köln. Ich habe da donnerstags jetzt immer Seminar."

„Was für ein . . . ?" Aber da waren sie schon aus meinem Wahrnehmungsbereich entschwunden.

Aus Köln?, dachte ich bei mir. So, so. Was für einen Grund mochte meine schöne Unbekannte haben, so zu schwindeln? Und es blieb mir im Gedächtnis: donnerstags. Ich sah sie also immer donnerstags.

„Den richtigen Namen hat er offensichtlich." Einige Tierpfleger machten in der Zooscheune eine Pause. Man traf sich hier bisweilen, nicht häufig, nie mit vielen. Die Tiere verlangten ständige Aufmerksamkeit, dauernden Einsatz. Ein regelmäßiges Ausruhen war deswegen kaum möglich. Aber doch ein kleines Schwätzchen hin und wieder.

Die Vermutung über die Entscheidung, Ottmar Baer als neuen Zoodirektor einzustellen, war überall durchgesickert. Wie verbreiten sich Gerüchte, die eigentlich niemand kennt, deren Weitergabe im Grunde nichts nützt, vielleicht schadet, auf jeden Fall Unruhe stiftet? Ein nicht zu lösendes Geheimnis.

„Den richtigen Namen vielleicht, aber nicht die richtige Einstellung." Günther, der Elefantenwärter, blies heftig den Rauch seiner Zigarette in die Luft.

„Mit deiner Scheiß-Qualmerei wirst du uns noch alle

umbringen," meckerte Ede, das Mädchen für alles, der Mann ohne Scheu vor irgendeinem Tier, vor allem mit den Großkatzen betraut. „Das ist zum Ersticken!"

Entgegen seiner äußeren, eher groben Erscheinung mit den langen lockigen Haaren, die ihm das Aussehen eines Wilden verliehen, war Ede ein äußerst empfindlicher Mensch. Er rückte von Günther ab.

Der dritte, der am Anfang gesprochen hatte, Moses genannt wegen eines enormen Bartes, seufzte. Günther und Ede konnten sich nicht ausstehen.

„Wäre besser gewesen, die Katrin hätte den Job gekriegt," bemerkte Moses.

„So ist es," nickte Ede Zustimmung, und Günther entfuhr es hinter seiner Rauchwolke: „Sie kriegt ihn, verlasst euch drauf. Die können uns doch nicht so ein Managerjüngelchen vorsetzen!"

„Ach nee, können sie nicht?" machte Ede spöttisch. „Und ob die das können. Dieser Baer ist der Sohn von dem alten, der mal ganz groß hier im Stadtrat gesessen hat, keine fünfzehn Jahre her. Der hat immer noch Einfluss, verlass dich drauf. Was kümmert das die Politiker, wer der beste Mann ist . . ."

„Frau", wurde er unterbrochen, „wäre das erste Mal, dass die Politik nach sachlichen und vernünftigen Kriterien handelte."

„Ede hat Recht", stimmte Moses zu, „wenn dieser Baer der Sohn von dem alten Baer ist, dann hat unsere Katrin keine Chance."

„Der bekommt den Scheißjob nicht, das sag ich euch!" Wütend verließ Günther den Raum.

„Jetzt geht er seine Elefanten treten," rief Ede hinter ihm her.

„Der tritt seine Elefanten nicht, der liebt sie," sagte Moses und fügte dann gegen seinen Willen hinzu: „und die Katrin."

„Ach so?" Ede warf Moses einen giftigen Blick zu. „Die

Katrin?! Der ist wohl größenwahnsinnig!" Damit stand er ebenfalls auf und rannte dem anderen hinterher. Dabei schlug er das Scheunentor hinter sich zu.

Noch einer, dachte Moses.

Am Tag der Orchideenschau, am Donnerstag, dem 12. März, stieg ich ausnahmsweise in Oppum aus. Ich konnte von dort zum Zoo laufen. Man geht einfach die Buddestraße entlang bis zur Oppumer, überquert diese, dann die Berliner Straße und geht schließlich einen kleinen Weg direkt am Zoo entlang bis zur Uerdinger Straße, dort biegt man links ab zum Eingang. Das dauert gute zwanzig Minuten. Ich hätte natürlich bis zum Hauptbahnhof durchfahren und die Straßenbahn nehmen können. Aber ein bisschen Bewegung, dachte ich, täte mir gut. Außerdem war das Wetter vorfrühlingshaft warm.

An der Ampel Crön/Buddestraße sah ich sie auf mich zukommen. Sie ging sehr schnell an mir vorbei, ohne mich zu beachten. Die Ampel stand noch auf Rot, trotzdem überquerte sie die Straße. Sie sah gehetzt aus, anders als sonst, wirklich aufgeregt, fast aufgelöst. Dann fiel mir ein, daß Donnerstag war. Und dass, zum ersten Mal seit Wochen, der Zug pünktlich gekommen war. Den würde sie also nun nicht mehr erreichen.

Ich war früher nicht oft im Zoo, obwohl er eigentlich sehr schön ist. Er ist ganz berühmt wegen der vielen Jungtiere, die dort zur Welt kommen. Die Krefelder lieben ihn. Mir selbst war das alles eher egal. Aber die Orchideenschau lasse ich mir nie entgehen. Sie wird nur alle zwei Jahre auf dem Zoogelände veranstaltet und ich gehe immer hin, um gleich bei der Eröffnung einige sehr schöne Exemplare zu kaufen. Die schönsten sind natürlich sofort weg, deswegen muss man bei den ersten Käufern sein.

Die Eröffnung der Orchideenschau findet immer um achtzehn Uhr statt. Dann ist der Zoo, im Winter jedenfalls, für den normalen Besuch bereits geschlossen.

Langsam fiel die Dunkelheit auf die Tiere herab, als ich durch den jetzt wenig belebten Tiergarten in Richtung Affenhaus ging. Die Kamele konnte ich noch gut erkennen, und im Elefantenhaus war ohnehin Licht. Dort gab es eine Verkaufsstelle für die Pflanzen.

Aber die Eröffnungsreden wurden im Affenhaus gehalten und dort gab es auch die Möglichkeit, mit den Ausstellern zu fachsimpeln.

Ich weiß nicht, warum Eröffnungsreden zu allen möglichen Veranstaltungen immer so langweilig sein müssen. Dr. Weber, der langjährige Zoodirektor, ist ein sympathischer Mann. Aber seit Jahren sagt er bei dieser Gelegenheit dasselbe. Diesmal schien er mir ziemlich unkonzentriert. Er blickte sich häufig um, oder besser, er sah über die Leute, die um ihn herumstanden, hinweg, so als suche, als erwarte er jemanden Bestimmtes, der aber nicht kam. Als er schließlich anfangen musste, zu sprechen, ohne dass die Person, auf die er so offensichtlich wartete, erschienen wäre, verhaspelte er sich trotz seiner eher schlichten Worte gleich mehrmals. Es war mir schon beim Zuhören fast peinlich.

Dann sprach der Vorsitzende der Orchideenfreunde Rheinland und dann die Gesamtvorsitzende der Orchideenfreunde Deutschlands. Dr. Weber blieb unkonzentriert und ich ließ ihn nicht aus den Augen.

Plötzlich drängte er sich durch die Menge Richtung Ausgang. Er hatte entdeckt, wen er die ganze Zeit gesucht hatte. Neugierig stellte ich mich auf die Zehenspitzen und glaubte zu meiner Verblüffung, den dunkelblonden Schopf meiner Zugbekanntschaft, der schönen Lügnerin, auszumachen. Augenblicklich fiel mir ein, dass ich ihr Bild in Zusammenhang mit Berichten über den Zoo schon in der Zeitung gesehen hatte. Noch immer fiel mir ihr Name nicht ein. Aber jetzt wusste ich, wer sie war. Einem Impuls folgend, der mit einer angestachelten Neugierde zu tun hatte – denn wie kam die Frau, die doch gerade noch vergeblich dem Zug von Köln nach Krefeld nachgelaufen war, nun plötzlich in diese Orchideenschau? – wollte ich den beiden nacheilen. Aber es war überhaupt kein Durchkommen. Dicht gedrängt stand ein Pulk von Orchideenfreunden in dem schmalen Gang des Affenhauses. Zwischen mir und dem Direktor, der es allerdings ebenfalls nicht leicht hatte, sich fortzubewegen, standen außerdem die Redner mitsamt dem Mikrophon. Ich kann nicht sagen, was mich veranlasste, entschlossen in die andere Richtung, zum Eingang zu gehen und dort, entgegen dem allgemeinen Strom, das Affenhaus zu verlassen. Draußen konnte ich problemlos zum anderen Ende, zum Ausgang, gelangen, dorthin, wo die Opfer meiner Neugierde erscheinen mussten. Es war jetzt ziemlich dunkel. Nur noch vereinzelt kamen verspätetet Besucher zur Orchideenschau.

Als die beiden aus dem Affenhaus heraustraten, führte der Direktor seine Stellvertreterin am Ellbogen, irgendwie heftig und ihr schien es nicht angenehm. „Um Gottes Willen, Katrin, wo bleiben Sie denn, ich habe Sie die ganze Zeit vermisst. Baer ist heute nachmittag da gewesen, und dann musste er wieder fahren. Sie wissen doch, dass mir viel daran lag, sie beide zusammenzubringen!“

„Heute ist Donnerstag“, hörte ich sie antworten. Unwillkürlich hatte ich mich am Rande des Weges hinter einem Busch verborgen. Ganz leicht beschlich mich ein Gefühl der Scham, weil ich Menschen belauschte. Aber die Neugierde war stärker. „Ich war in Köln.“ Schon wieder diese Lüge!

„Sie hätten dieses Seminar ausfallen lassen können“, hörte ich die immer noch aufgebrachte Stimmte des Zoodirektors. „Nein, sie hätten es ausfallen lassen müssen! Sie müssen sich den Realitäten stellen, meine Liebe. Ich weiß, daß es nicht besonders schön für sie ist. Aber“, fuhr er etwas sanfter fort, „Sie sind doch sonst nicht ängstlich oder feige. Ich wundere mich, dass Sie die Dinge in diesem Fall so passiv angehen. Geradezu ausweichend.“

Ehe diese Katrin etwas erwidern konnte, wurde unsere Aufmerksamkeit durch einen heranstürmenden Mann abgelenkt, der im letzten Moment, ehe er an ihm vorbeigelaufen war, den Direktor erkannte. „Herr Direktor“, keuchte er atemlos, „kommen Sie schnell, etwas Furchtbares ist geschehen. Die Tiger . . .“ Dann stammelte er etwas für mich nicht Verständliches. Die Frau gab einen unterdrückten Schrei von sich und rannte los. Die beiden anderen hinterher.

Es war klar, dass ich ihnen folgen würde. Nicht eine Sekunde dachte ich daran, dass die Tiger ja vielleicht frei gekommen sein und eine Begegnung mit ihnen sehr unschöne Folgen haben könnte. Hätte ich nämlich auch nur einen Augenblick klar denken können, wäre ich hinter die einigermaßen sicheren Türen des Affenhauses zurückgesprungen. Aber ich dachte nicht klar.

Ich versuchte mich zu erinnern, wo die Raubtiere untergebracht waren. Natürlich wusste ich, wo die Käfige lagen, direkt neben der Baustelle für das neue Großkatzengehege, am anderen Ende des Zoos, von hier aus gesehen.

Aber wie kam man am schnellsten dorthin? Ich folgte den aufgeregten Personen vor mir in einigem Abstand, weil ich nicht entdeckt werden wollte. Dabei musste ich aufpassen, dass ich sie nicht aus den Augen verlor. Das war in der Dunkelheit nicht ganz leicht. Andererseits hätte ich mir gar keine Gedanken zu machen brauchen, niemand war im geringsten auf einen etwaigen Verfolger bedacht.

Es ging unter der Fußgängerbrücke hindurch, dann nach links, dann nach rechts, und dann waren die drei vor mir plötzlich verschwunden. Aber jetzt konnte ich mich bereits orientieren. In einiger Entfernung sah ich das niedrige Gebäude mit den verschiedenen engen Raubtiergehegen.

Ich konnte die Tiere röcheln hören. Ja, es kam mir vor wie ein Röcheln. Ein rauher Laut, kein richtiges Gebrüll. Und eine Unruhe lag in der Luft, eine dauernde, machtvolle Bewegung hing in den Käfigen, so dass ich inne hielt, weil ich mit einer plötzlichen Wucht Angst bekam. Geradezu tierische, animalische Angst. Jetzt konnte ich die mächtigen Körper der Tiger sehen. Sie waren vielleicht noch sieben oder zehn Meter von mir entfernt. Sie liefen in ihrem Käfig in aufgeregtem Rund, wollten manchmal an den Stäben hochsteigen und gaben dabei diese winselnden, röchelnden Laute ab, die mir das Blut in den Adern gefrieren ließ.

Während ich noch wie erstarrt stand und nicht wusste, was ich tun sollte, nicht wusste, warum ich überhaupt hier war, nicht mehr wusste, wie ich in diese Situation gekommen war, fiel der Schein einer Taschenlampe in den Käfig der beiden Tiger, die man *Samt* und *Seide* genannt hatte, weil das treffende Namen schienen in einer Stadt wie Krefeld, die ihre große Zeit durch Samt und Seide erlebt hatte. Vielleicht auch, weil das schöne Fell dieser Tiere tatsächlich seidig glänzte und geradezu samtartig erschien, wenn man sie an einem normalen sonnigen Zootag ruhig und träge in ihrer Behausung liegen sah.

Der Strahl der Lampe fiel auf einen Männerkörper. Genauer gesagt, auf das, was von ihm übrig war: Zerrissen, grässlich verstümmelt von den beiden räuberischen Katzen.

Ich glaube nicht, dass ich einen Schrei hätte unterdrücken können, wenn er denn gekommen wäre. Stattdessen gab meine Kehle einen kurzen trockenen Laut von sich und ich erstarrte zu Stein. Die Taschenlampe erlosch und es ertönte eine Frauenstimme, unnatürlich schrill, nicht wie ein Mensch. „Ede!“ schrie sie, aber ich weiß nicht, ob ich nicht „Ekel!“ hörte oder ob es irgendein anderer Laut völlig ohne Bedeutung war.

Und dann: „Nicht, Katrin, nicht, kommen Sie da weg!“ Das war eindeutig die Stimme des Direktors. Gleichzeitig fauchten und brüllten die Tiger jetzt doch. Und drängten zum hinteren Teil des Käfigs, wo der Durchgang zu den geschlossenen Verschlägen lag. Dort schien es jetzt einen Tumult zu geben, aber der interessierte mich nicht mehr.

In dem Moment, als ich die Frau schreien hörte, löste sich meine Erstarrung. Für einen Augenblick schienen meine Beine wegsacken zu wollen, und ich hatte das Gefühl, Durchfall zu bekommen. Aber irgendwie siegte mein Überlebenswille, und ich rannte davon. Ich rannte, rannte, rannte, bis ich nahe des Eingangs auf Menschen stieß, und ich hörte mich brüllen: „Die Tiger! Die Tiger!“

Es hat wohl zwei Tage gedauert, bis ich so richtig aus meinem Schock erwachte und nach den Ereignissen fragen konnte. Aber in den Städtischen Krankenanstalten, wohin man mich gebracht hatte, hielt man es nicht für ratsam, mich über die Angelegenheit zu informieren. Im Gegenteil, man hatte allen Schwestern eingeschärft, nicht mit mir über die Zookatastrophe zu sprechen.

Nun ist ein Krankenhaus ein riesiger Komplex, und nachdem man einige Zeit sehr auf mein Wohlbefinden bedacht gewesen war, ließen die besonderen Vorsichtsmaßnahmen nach, auch, weil ich mich augenscheinlich gut erholte, und es gelang mir, mich in der Cafeteria zu informieren. Ich fand sogar Zeitungen, die natürlich in aller Ausführlichkeit über das Geschehen berichteten.

Ein Eduard Willcke, der vor allem für die Raubkatzen zuständig war – aber nicht nur für diese – und den man allgemein Ede nannte, war von den Tigern angefallen und zerfleischt worden. Es blieb völlig rätselhaft, warum die Tiere das getan hatten und auch, was der im übrigen sehr erfahrene Wärter eigentlich um diese Zeit noch bei den Katzen wollte. Der Zoodirektor war außer sich, gab aber seiner Erleichterung Ausdruck über den Umstand, daß keinerlei weitere Menschen zu Schaden gekommen waren, denn schließlich liefen zum Zeitpunkt, als die Katastrophe sich ereignet hatte, eine Reihe von Besuchern, man sprach von vielleicht hundert Gästen, wegen der Orchideenschau im Zoo herum. Zwischen den Zeilen konnte man lesen, obwohl das seltsamerweise nicht ausdrücklich in der Zeitung stand, dass ja wohl die Türen des Käfigs offen gestanden hatten.

Katrin Königs, von der ein Bild zu sehen war, auf dem sie ihre Hände vors Gesicht schlug und gestützt wurde von dem Direktor auf der linken Seite und einer anderen Person auf der rechten, bei der es sich vielleicht um jenen Schreckensboten handelte, den ich aber nicht erkannte, auf jeden Fall hatte er einen mächtigen Bart.

Katrin Königs, so hieß es, sei mit einem Schock ins Krankenhaus eingeliefert worden. Ich fragte mich, ob sie vielleicht irgendwo auf demselben Flur läge wie ich. Ich habe sie aber nie dort gesehen. Auch über mich, eine Zoobesucherin, die das Unheil mit eigenen Augen ansehen musste und die sich ebenfalls in ärztlicher Behandlung befand, sah ich eine kleinere Notiz.

Es dauerte fast eine Woche, ehe die Ärzte den ermittelnden Kommissar zu mir ließen. Er kam in Begleitung einer Frau. Beide waren sehr höflich. Offensichtlich hatte man ihnen eingeschärft, sehr vorsichtig mit mir umzugehen.

Sie fragten mich, ob ich mich an den schlimmen Abend erinnern könnte und was ich gesehen hätte. Und ob ich bereit sei, darüber zu sprechen. Dabei schienen sie nur daran interessiert, wirklich genau zu erfahren, was sich in dem Käfig abgespielt hatte und obwohl sie sich dafür entschuldigten, ließen sie mich meinen Eindruck von der Leiche sehr detailliert schildern. Ich war selbst erstaunt, wie verhältnismäßig cool ich damit umgehen konnte.

Sie ließen es mich zweimal wiederholen und fragten immer wieder, ob das alles sei und einmal ließ sich der Kommissar dazu hinreißen, zu fragen: „Wie viele Arme und Beine glauben Sie gesehen zu haben?"

Die grässliche Verstümmelung des Fleischklumpens, den ich gesehen hatte, ließ mit Sicherheit nur zwei Aussagen zu – wobei ich einschränkend bemerken muss, dass der Augenblick, als die Taschenlampe die Szene erleuchtete, sehr kurz gewesen war und ich keineswegs sicher bin, ob ich tatsächlich alles in diesem einen Moment habe erfassen können – dass es sich um einen Menschen gehandelt und dass ich ein Bein, das noch am Rumpf hing, als solches erkannt hatte.

Ich sagte es ihnen. Irgendwie schien der Mann nicht zufrieden. Der warnende Blick der Frau hielt ihn davon ab, weiter in mich zu dringen.

Erst ganz zum Schluss fragte er mich, wieso ich mich überhaupt zu diesem Zeitpunkt vor dem Gehege der Raubkatzen befunden hätte, da doch die Orchideenschau am anderen Ende des Zoos stattgefunden habe. Ich war auf die Frage gefasst. Es habe mich gereizt, den Zoo zu dieser ungewöhnlichen Tageszeit zu durchstreifen, ich hätte wissen wollen, was die Tiere so machten, in der Dunkelheit und wenn keine Besucher mehr da wären, gab ich zur Antwort. Die Reden der Eröffnung seien gehalten gewesen, ich hätte das Gedränge im Affenhaus als sehr unerfreulich empfunden und mir vorgenommen, lieber am nächsten Tag zu den Orchideen zurückzukehren, und ich hätte mich in einem großen Bogen dem Ausgang nähern wollen. Ob ich keine Angst gehabt habe? „Angst wovor?" antwortete ich. Ich hätte schließlich nicht ahnen können, dass die Tiger los gewesen seien. Und wieso das im übrigen möglich war, fragte ich nun meinerseits. Das herauszubekommen wäre eines ihrer Ziele, kam die etwas säuerliche Antwort.

Ich hätte ihnen nicht von Katrin Königs und ihren merkwürdigen kleinen Geheimnissen erzählt, auch wenn sie gefragt hätten. Aber sie haben nicht gefragt. Einige Wochen später, ich ging längst meiner eigenen Arbeit wieder nach, las ich in der Zeitung, dass Katrin aus einem Sanatorium zurückgekehrt sei, wo sie ihre Nerven auskuriert hatte. Im Juni wählte der Rat der Stadt Krefeld sie einstimmig zur neuen Zoodirektorin. Aus den zahlreichen Kandidaten um diesen Posten, so hieß es jetzt in der Zeitung, seien neben der zwar verhältnismäßig jungen, gleichwohl seit langem bewährten, bisherigen Stellvertreterin noch zwei männliche Bewerber in die engere Wahl gekommen. Einer habe sich dem Gremium gestellt, sei aber nicht annähernd so überzeugend gewesen wie die junge Krefelder Zoologin. Der andere sei gar nicht erst angetreten. Namen nannte man dezenterweise nicht.

Ich bin längst Mitglied des Vereins der Zoofreunde. Ich bin jetzt sehr oft im Zoo und bei jeder Veranstaltung des Vereins bin ich dabei. Ich bewundere die schöne Katrin. Es hat nicht nur mit ihrem Aussehen zu tun. Ich sagte ja schon, daß sie irgendwie edel wirkt, vornehm. Und das hat mit einer inneren Einstellung zu tun. Sie liebt die Tiere, man merkt es an allem. Sie trifft die richtigen Entscheidungen. Sie hat sich mit Erfolg gegen eine populäre Vermarktung des Zoos gewehrt, zugunsten einer selbstverständlichen Ruhe und Angemessenheit in der Tierhaltung, die den Tieren so sehr behagt, dass sie nach wie vor sehr viel Nachwuchs bekommen.

Ich habe mich inzwischen mit Moses angefreundet. Er weiß, daß ich ihnen damals gefolgt bin in jener Nacht. Er erzählt mir viel. Er hat mir auch gesagt, dass nach wie vor niemand weiß, wie die Käfigtür aufstehen konnte. Er hat mir erzählt, daß Günther und Ede in Katrin verliebt waren. Alle waren sie in sie verliebt. Auch der Zoodirektor. Der soll ihr einen Antrag gemacht haben, jetzt, wo sie seine Nachfolgerin geworden ist. Sie hat natürlich abgelehnt.

Ich habe Moses meinerseits anvertraut, dass ich früher manchmal mit Katrin Königs im Zug gefahren bin und dass ich sie seit damals nie wieder dort gesehen habe. Er war nicht erstaunt. Er wusste davon, und nach kurzem Zögern klärte er mich darüber auf. Wie gesagt, wir sind inzwischen wirklich Freunde geworden. Das Kölner Seminar, erfuhr ich von ihm, war nur eine Finte. Da Katrin von Weber wußte, daß Ottmar Baer am Donnerstag, dem 12. März in den Zoo kommen würde, hatte sie sich dieses Seminar ausgedacht, um vor dem Direktor eine Ausrede zu habe. Sie wollte diesem Baer auf gar keinen Fall begegnen. Ede und Günther wussten davon und er, Moses, auch – und dass sie niemals mit Ottmar Baer zusammenarbeiten würde. Wenn er käme, würde sie gehen. Das hatte sie ihnen in der Scheune ganz ausdrücklich gesagt. Dem Direktor gegenüber hielt sie sich zurück. An den Donnerstagen, sagte Moses, habe sie immer nur vorgegeben, in Köln zu sein, dabei sei sie stattdessen zu Ede gegangen und habe sich bei den Raubkatzen aufgehalten und manchmal auch in Günthers kleinem Büro bei den Elefanten. Nachmittags dann habe sie in Oppum den Kölner Zug erwischt und sei sozusagen offiziell zurückgekommen. Vielfach habe sie dann noch Rücksprache mit Dr. Weber gehalten.

Mir kam es vor, als sei dass ein bißchen viel Aufwand, nur um einem Menschen an einem bestimmten Tag nicht begegnen zu müssen. Schließlich konnte einem an einem solchen Tag doch auch einfach schlecht werden. Allerdings, dachte ich, und das kommt nur deshalb, weil meine Phantasie oft mit mir durchgeht, allerdings, wenn man ein Alibi brauchte . . . aber Alibi wofür?

„Und weißt du, was das merkwürdigste ist“, sagte Moses und sah mich mit seinen stillen braunen Augen forschend an, so als könne ich ihm die rätselhafte Angelegenheit erklären. „Sie hat ihn dann doch getroffen. An dem Tag, an dem alles passierte, habe ich sie nachmittags mit Ottmar Baer gesehen, bei den Geparden, auf der anderen Seite der neuen Großkatzenanlage.“

Wenn Moses die beiden gesehen hat, kann man sicher sein, daß Ede und Günther sie ebenfalls beobachtet hatten. Davon war auch Moses überzeugt.

Von Ottmar Baer hat man übrigens nie wieder etwas gehört.

Ach ja, vielleicht sollte ich noch sagen, wer ich bin. Ich fahre immer noch jeden Tag nach Köln. Ich arbeite dort als Möbelrestauratorin in einem Museum. Aber meine wahre Berufung ist das Schreiben, das habe ich immer schon geahnt. Und jetzt hat mir das Leben eine Story vorgesetzt, wie man sie sich selbst gar nicht ausdenken kann. Die werde ich mir nicht entgehen lassen.

Manchmal schlendere ich am Großkatzengehege vorbei, das seit einiger Zeit fertiggestellt ist, und mische mich unter die Gaffer. Man hat die Tiger nicht getötet. Darüber ist ein Streit entbrannt. Aber ich finde das in Ordnung.

Sehr selten begegnet man der Direktorin im Zoo. Ich weiß von Moses, dass sie sich rührend um Günther kümmert, der seit dem Tag der Orchideenschau dem Trunk verfallen ist. Was ein Problem ist – wegen der Elefanten. Wie gesagt, ich streife jetzt oft durch den Zoo und beobachte alles. Ich habe alle Zeit der Welt, den Dingen auf den wahren Grund zu gehen. Mein Herz ist ruhig.

In alter Tradition

Die Frauen kamen mit Rosenscheren bewaffnet in den Innenhof des alten Bauernhauses. Hier hatte die sengende Mittagssonne das dunkelrote Backsteingemäuer erhitzt und die Luft stickig werden lassen. Sie gingen zu den wackligen, unterschiedlich großen Holztischen, auf denen zwei stattliche Haufen mit Buchsbaumzweigen lagen. Auf die nicht mehr ganz so jungen Frauenhände wartete nun harte Arbeit, die Blasen und Schnittwunden an den Fingern, ja sogar eingerissene Fingernägel verursachen würde. Aber es musste sein, denn die Tradition verlangte es so - hier in Vennikel. Einem typisch niederrheinischen Vorort von Krefeld, wo die Landwirtschaft dahinvegetierte und die stämmigen Weidenbäume ihre Köpfe traurig hängen ließen, weil der alte Rheinarm sie längst verlassen hatte.

Die Nachbarn waren gekommen, um der Braut und dem Bräutigam einen Kranz zu binden. Seit Generationen bestand der Kranz aus Buchsbaum, der an dem Hauseingang der Brautleute an stabilen Haken und Winkeln aufgehängt und mit frischen, weißen Rosen versehen werden musste. Für die Hochzeitsstühle gab es kleinere Kränze aus Buchsbaumzweigen. Sie wurden an einem bogenförmigen, stabilen Draht an den Rückenlehnen befestigt.

Schon lange hatten die Alten nicht mehr gekränzt, denn nur wenige hatten Kinder, die aber jetzt als Erwachsene in der Stadt lebten. Einer von ihnen, es war Dieter, erinnerte sich eines Tages an diesen alten Brauch des Kranzbindens und fand es sehr schick, wenn er seine Hochzeit bei seinen Eltern auf dem Land feiern könnte. Wochen vorher liefen die Vorbereitungen an. Der gute alte Brauch wollte es, daß das Kranzbinden immer beim nächstgelegenen Nachbarn – rechte Seite – stattfand. Doch es durfte nicht so einfach damit begonnen werden. Es musste vorher eine geheime Vollversammlung aller Nachbarn einberufen werden, auf der besprochen wurde, wer den Buchsbaum wo schneidet – kaufen war verpönt – wer das *Hoch-lebe-das-Brautpaar*-Schild malen durfte, wann das Binden der Kränze, wann das eigentliche Kränzen, wann die Hochzeitsfeier an sich stattfinden sollte. Nicht zu vergessen: welche Frauen dabei Kaffee einschenken, welche spülen mussten, wer von den Männern das Bier zapfen und wer die Parkplätze auf dem Feld abstecken oder am Straßenrand zuweisen sollte. Es wurde für das Hochzeitsgeschenk abgestimmt und gesammelt und – natürlich – wie jedesmal auf dieser wichtigen Besprechung, von der das Brautpaar absolut nichts erfahren durfte, reichlich getrunken. Doch nicht irgend etwas. Nein, Bier für die Männer, Likörchen für die Frauen.

Diesmal hatten sie sich bei Franz und Edelgard zum Kranzbinden versammelt. Genauso wie die übrigen Nachbarn, waren sie im besten Rentenalter und freuten sich sehr über den angenehmeren Teil ihres traditionsbewussten Wirkens, da sie bisher all die Jahre nur Beerdigungen ausrichten durften. Zumal es immer schwieriger wurde, geeignete Sargträger für den jeweils verstorbenen Nachbarn zu finden. Alle Männer hatten so ihre Rückenprobleme und Wehwehchen, waren aber pflichtbewusst genug, sich diese ehrenvolle Aufgabe nicht abnehmen zu lassen.

Nun ließen sie ihre Frauen den Kranz binden, die Männerarbeit war beendet. Sie waren für den handwerklichen Teil zuständig gewesen, hatten wasserwaagengerecht starke Winkel und Haken ins Mauerwerk am Hauseingang der Brauteltern geschlagen – was wirklich nicht einfach war. Eine schweißtreibende Arbeit bei den sommerlichen Temperaturen. Aber dafür hielten die Winkel und Haken mindestens ein totes Schwein aus und das war ja immerhin etwas. So genossen sie, wieder zum Nachbarhof zurückgekehrt, den Anblick der geschickten Frauenhände und den gekauften Schnaps. Den Selbstgebrannten gab es schon lange nicht mehr.

„Wilfried hat es nicht anders gewollt“, sagte Franz, der Stammesälteste der Nachbarn düster und ließ seinen Blick in die Runde schweifen. Er schob seinen Hut gerade soweit nach hinten, dass er nicht herunterfallen konnte und kratzte sich ausgiebig genau an der Stelle, an der erst gestern die Kruste abgefallen war, wie er beiläufig bemerkte. Als er den Namen des neu hinzugezogenen Nachbars erwähnte, ging ein Zucken durch die Männer, doch er ließ sich nicht beirren, fuhr fort und schüttelte dabei missmutig sein faltiges Haupt: „Wir können es nicht dulden, dass Fremde in unsere harmonische Nachbarschaft eindringen und unsere gute alte Tradition verhöhnen.“ Walter schenkte, auf Kopfnicken von Franz, Doppelkorn nach. Auf Kommando hoben sie ihre Gläser. „Prost, Prost, Kameraden, auf unsere Nachbarschaft!“ Franz nahm Haltung an.

„Gut Holz, schmecken soll's“, das war Walter, der keinen anderen Trinkspruch kannte und außer zum Kegeln in die *Gaststätte Maus*, zwei Landstraßen weiter, nirgendwo hinkam.

„Ahhh . . .“ schmatzte es aus der Männermenge und von den Frauen her ertönte ein Gläserklirren. „Prostata“, johlte Hanne nicht mehr ganz nüchtern zu den Männern herüber und alle anderen Frauen gibbelten, weil sie wussten, daß es Walter bereits getroffen hatte.

Marlies, die mit einundfünfzig Jahren Jüngste unter ihnen, kippte den selbstgemachten Kirschlikör mit Todesverachtung hinunter, griff danach mit der anderen Hand zum Zentimetermaß.

„Was hast du denn damit vor?“ fragte Hanne hinterhältig .

„Ich muss doch wissen, wie groß er schon ist, wie lange wir noch müssen?“ Sie stand auf und setzte an.

„Ach so, du meinst den Kranz, ja dann . . . Prost, Ihr Lieben!“

„Sag mal, wo ist eigentlich Wilfried?“ fiel Marlies auf, die sich jetzt wieder enttäuscht auf ihren Holzstuhl sinken ließ, da das Kranzbinden nur schleppend voranging und keinen deutlich sichtbaren Erfolg gebracht hatte, sondern bisher lediglich einen Sonnenbrand und ein taubes Gefühl in den Händen. „Hat ihm jemand Bescheid gegeben?“ ließ sie nicht locker.

„Natürlich nicht!“ Rabiat riß Edelgard an der Rolle mit dem Draht. „Er gehört *noch* nicht zur Nachbarschaft. Oder bist du von ihm zum Kaffee eingeladen worden? Du kennst unsere Regeln, Marlies. Hast du schon vergessen, was es auf dem Land bedeutet, Tradition zu pflegen?“ rügte sie. Entrüstet bog Marlies den Oberkörper nach vorne. Der Ausschnitt der rotweißen Karobluse, die sie zu ihrem Einstand geschenkt bekommen hatte, verrutschte.

„Nein, aber vielleicht hat er für solche Feste einfach nicht genügend Geld. Man kann ja mal Ausnahmen machen. Er ist ein junger Mann, und außerdem muss man Verständnis dafür haben, wenn er so etwas altmodisch findet.“

„Verständnis? Franz hat es erst im Guten versucht, hat ihm gesagt, dass er die Betonmischmaschine nicht geliehen haben könnte, weil man erst Nachbar *sein* muss, bevor man etwas geliehen haben kann. Man erst einen Nachbarschaftskaffee geben muss. Und was war? Franz wurde nur verspottet. Franz hat ihn dann vor die Wahl gestellt: entweder wegziehen, oder sich unseren Traditionen anpassen. Statt dessen hat er Franz mit einem Stück Dachlatte auf den Kopf gehauen und ihn rausgeschmissen.“ Edelgard sah in die Runde, sammelte mit den Blicken Entrüstung, bevor sie mit gesteigerter Wut fortfuhr: „So einer ist der feine Herr Wilfried Steiner! Franz hätte ihn anzeigen können, aber er wird einen anderen Weg finden, wird ihm den Spott schon austreiben.”

Nun mischte sich Hanne ein, jedoch verflüchtigte sich Marlies' Freude schnell, in ihr eine Unterstützung zu haben, da sie in das gleiche Horn tutete. „Meine Mutter zum Beispiel . . .“, sie drohte mit dem krummen Zeigefinger in Marlies' Richtung, „ . . . hat sogar nach dem Krieg einen Nachbarschaftskaffee gegeben, und das, obwohl sie nichts hatten! Da musste eben improvisiert werden, na und? Alle haben mit angepackt und geholfen.”

„Ja, ja”, nickte Else, die Älteste, die immer nur Omma Else genannt wurde, „ . . . das war ein schönes Fest. Mein Gott, war ich da noch jung! Wir haben getanzt und gelacht . . . ” Der weiße Dutt wackelte. Dann nahm sie sich mit ihren knorrigen Fingern einen winzigen Buchsbaumzweig, strich fast liebevoll über die kleinen rundlichgrünen Blätter und hielt ihn sich lächelnd an das Haar, was ihrem faltigen Aussehen einen grotesken Ausdruck gab.

Hanne und Lore zwinkerten sich zu. Sie wussten beide, es war an der Zeit, die alte Geschichte zu erzählen. Die Geschichte, die immer beim Kränzen erzählt wurde, seit über dreißig Jahren.

„Omma Else, erzähl mal, was vor dreißig Jahren passierte, beim Kränzen für Mizzi und Paul. Marlies hat als neue, anerkannte Nachbarin ein Recht darauf sie zu hören.“ Hanne stieß mit ihrem frisch gefüllten Likörgläschen gegen Lores. Die glänzenden Augen verrieten die Vorfreude. Sie wollte sich an dem nun folgenden, entsetzten Gesicht der neuen Nachbarin weiden. Unterdessen wurde Edelgard unruhig.

Omma Else ging sofort darauf ein. Düstere Schatten

legten sich wie von selbst auf ihre Gesichtszüge, die Mundwinkel versteinerten für einen Moment. Eine unheilvolle Stimmung kam auf. Die anderen Frauen hielten inne, mucksten sich nicht. Nur vom Haus her hörten sie die störenden Stimmen der Männer, die soeben lauthals beschlossen hatten, einen Rundgang zu machen. Heinz kam auf die Frauen zu, um es ihnen mitzuteilen. „Wir gehen mal eben zum Baggerloch, an den Elfrather See. Mal sehen, wie weit der Pitt mit dem Auskoffern ist. Lange kann es nicht mehr dauern, dann ist die Verbindung durchbrochen."

„Ja, ja, ist schon recht . . .", Edelgard winkte ab, für sie gab es interessantere Themen, dazu gehörte mit Sicherheit nicht, wann der See für die Ruderregatta soweit sein würde.

Sie wandte sich zu Omma Else, die die Pause genutzt hatte, ihr Eierlikörgläschen - und nur *sie* bekam Eierlikör - auszulecken. Auf ihrer weißbehaarten Oberlippe klebte noch ein Rest, mit dem der neu aufgesetzte, unheilvolle Blick nicht so recht ankam. Hanne bekam einen Lachkrampf, so wie sie ihn immer bekam, wenn jemand etwas nicht bemerkte.

Marlies, die Altenpflegerin gelernt hatte, sprang unwillkürlich auf. Sie zog aus dem selbstgehäkelten Basttäschchen, das vor Omma Else auf dem Tisch lag, ein sauberes Taschentuch mit Häkelrand hervor und wischte das kleine Malheur weg - ein Reflex, den sie nicht mehr abstellen konnte. Verdutzt versuchte Omma Else nachzuvollziehen, was da gerade mit ihr passiert war. Anscheinend bekam sie es nicht eingeordnet, oder es war ihr egal, jedenfalls fuhr sie mit der Geschichte fort: „Es war auf Mizzi und Pauls Hochzeit. . ."

Hanne rutschte ungeduldig auf ihrem Stuhl hin und her, Edelgard wischte sich mit einem Knäuel Papiertaschentuch den Schweiß von der Stirn. Ihr Blutdruck preschte in die Höhe, man konnte es deutlich sehen.

„... wir Frauen saßen ...", theatralisch vollführte Omma einen Rundumschlag mit ihrem rechten Arm, „... so wie jetzt, zusammen an den Tischen und banden den Kranz. Wir sangen Volkslieder dazu und tranken selbstgemachten Likör. Es war Mai. Früher, ja früher, wurde immer im Mai geheiratet, noch vor der Heuernte, weit nach der Einsaat. Wir waren alle froher Dinge. Die Männer hatten auf dem Nachbarhof die Haken und Winkel ins Gemäuer der Haustür geschlagen und sich anschließend von uns aus, nach einem Selbstgebrannten, auf einen Spaziergang zu den Feldern begeben ..." Omma Else musste eine für Edelgard unendlich lange Pause machen. Zu sehr wühlte sie das Bild auf, das sie nun vor Augen hatte. Sie senkte ihren Kopf, wollte aufhören.

„Und dann?" fragte Marlies zaghaft, bekam aber keine Antwort. Sie blickte zu den anderen, die aber nickten nur wissend mit dem Kopf.

Hanne, die die Geschichte in- und auswendig kannte, damals aber nicht dabei war, übernahm: „... die Frauen waren gerade mit dem Kranzbinden fertiggeworden und hatten sich zu einer Kaffeetafel in den Schatten begeben. Die Kränze und die Rosen wollten sie nach einer kleinen Pause aufhängen. So aßen sie also erst einmal selbstgebackenes Rosinenbrot mit frischem Käse und ..."

„Das ist doch völlig unwichtig!" keifte Lore, „wer will das jetzt wissen?"

Omma Else hatte sich gefasst. Sie hob ihr leeres Eierlikörglas und ließ es enttäuscht sinken. Hanne sprang auf, um nachzuschenken. Nach einem großen, zähflüssigen Schluck blickte Omma kurz zu Marlies, wischte sich schnell den Mund ab und sprach weiter: „Ich ging mit Anna, Hannes Mutter, voran und jede von uns war mit einem Kranz aus Buchsbaum beladen. Hinter uns gingen die anderen Frauen mit den Rosen und dem Türkranz, den sie würdevoll wie eine Schleppe vor sich hielten. Als wir auf den Hof kamen, stolzierten wir an dem Kreuzweg des Bauerngartens, der mit Buchsbaumbüschen eingefasst war, vorbei, passierten das steinerne Backhaus und mussten durch den Holztorbogen mit den Kletterrosen. Anna und ich sahen ihn zuerst ... den Hauseingang ... und ... wie er da hing ... an dem Eisenwinkel für den Türkranz. Sein Kopf war zur Seite geneigt und die blaue Zunge hing heraus, so blau, wie die von einem geschlachteten Kälbchen. Die Arme und Beine hingen schlaff herab. Es war Peter. Peter Weimers. Er wohnte seit einem Jahr im Haus vom alten Mücks gegenüber. Er kam aus der Stadt und hatte es damals unter Preis gekauft und umgebaut. Keiner von uns hatte ihm dabei geholfen, weil er noch nicht zur Nachbarschaft gehörte. Wir alle hatten ihn auf unsere Pflicht zur Erhaltung der Tradition aufmerksam gemacht, aber er sagte nur, das sei ein alter Hut, das hätte er nicht nötig." Omma Else nahm den angegrünten Zeigefinger und tunkte ihn ins Glas. Sie leckte den Finger ab und wiederholte das Ganze. Die anderen blickten angewidert zu ihr – vermutlich wegen der soeben erzählten Geschichte.

Und dann endlich, wagte Marlies es, als Erste zu sprechen. „Ja, und wer hat ihn umgebracht?" Sie blickte zu Omma Else, die immer noch mit ihrem Glas beschäftigt war und zu reden aufgehört hatte, so als ob bei den Märchenwaldfiguren das Band zu Ende war und ein neues Geldstück eingeworfen werden müsste.

Edelgard sprang auf und schrie panisch: „Umgebracht? Wieso umgebracht? Er hat sich selbst erhängt! Außerdem ist das schon lange her – das ist verjährt."

„Verjährt? Eine Selbsttötung verjährt?" grübelte Marlies laut und sah wie die anderen eiligst ihre Arbeit aufnahmen. Sie rückten die Stühle beiseite, räumten die Abfälle weg und Edelgard stellte selbst die halbvollen Gläser auf ein Tablett. Sie machten sich daran, die fertiggebundenen Kränze aufzunehmen und gingen wortlos zum Nachbarhof. Marlies hatte Mühe, ihnen so schnell zu folgen. Am Hof angekommen, gingen sie durch den dunkelroten kletterrosenbehangenen Torbogen zum Hauseingang. Auch hier schlug ihnen die schwüle Luft entgegen.

An der Haustür wartete bereits Wilfried Steiner auf sie – an einem Eisenwinkel hängend.

Mörderischer Niederrhein

Georg Driskes kann nicht mehr ruhig schlafen. Zum ersten Mal in seinem Leben hat er Angst. Richtige Angst. Existenzangst. Er weiß nicht mehr, wie es weiter gehen soll. Für ihn geht es um Leben und Tod. Er ist gerade vierundsechzig Jahre alt geworden. In einem Jahr wird er pensioniert und Annemie hat an seinem Geburtstag verkündet: „Wenn Schorsch in Pension ist, bekomme ich endlich sein Arbeitszimmer. Da richte ich mir ein feines Nähzimmer ein. Dann kann ich immer alles liegen lassen und muss nicht ständig meine ganzen Arbeiten in der Kommode verstauen. Da hab ich jetzt wirklich lange genug drauf gewartet."

Georg war wie vom Blitz getroffen. Als er den ersten Schreck überwunden hatte, wollte er zaghaft widersprechen, aber seine achtzigjährige Schwiegermutter schnitt ihm das Wort ab: „Wenn dä Jong net mieer nooe de Scholl jieeht, brukt dä och kin Ärbetszimmer miehr."

Seitdem hat Georg Schlafprobleme. Er wälzt sich nachts unruhig von einer Seite auf die andere und grübelt, was aus ihm werden soll. Wo soll er bleiben, wenn er kein Arbeitszimmer mehr hat? Was soll er tun ohne eigenes Reich, wo er unbehelligt seiner heimlichen Leidenschaft nachgehen kann?

Bisher hatte er sich das Leben nach seiner Pensionierung gemütlich und unbeschwert ausgemalt. Annemie wäre auch weiterhin mit ihren Aktivitäten in diversen Vereinen und Interessensgemeinschaften gut beschäftigt. Er hätte endlich so viel Zeit für sich, wie er wollte. Jetzt machte er sich zum ersten Mal Sorgen um seine Zukunft.

Was sollte aus ihm werden, wenn er nicht mehr jeden Morgen pünktlich um sieben Uhr fünfzehn das Haus verlassen und zur Arbeit fahren würde?

Er konnte auf keinen Fall zu Hause bleiben. Wohin sollte er sich zurückziehen? Wo könnte er ungestört seine Lieblingslektüre verschlingen? Was würde Annemie von ihm denken, wenn sie plötzlich dahinter käme, dass er, Lehrer für Deutsch und Geschichte am Gymnasium, sogenannte Schundromane verschlang? Wo sollte er seine gutsortierte Sammlung an Groschenheften verstecken?

Den ganzen Tag unter Annemies Aufsicht - das würde er nicht überleben. Sollte er bis nachmittags um vier durch den Ort spazieren, sich in Kneipen und Cafés rumtreiben? So groß ist Aldekerk auch nicht. Das kommt gar nicht in Frage, die Zeit tot zu schlagen. Was würde das für einen Eindruck machen? Er ist schließlich ein angesehener Bürger, Oberstudiendirektor an einem Moerser Gymnasium, Beamter. Er darf in dem Punkt einfach nicht nachgeben. Vielleicht würde er sogar einen Streit riskieren. Georg kann sich nicht erinnern, schon einmal mit Annemie gestritten zu haben.

„Das letzte Wort ist noch nicht gesprochen", murmelt Georg, setzt sich im Bett auf und streicht seine grauen Haare glatt. Es ist schon hell draußen. Sein Blick fällt auf den Wecker: sechs Uhr fünfzig. Er hat verschlafen. Wie ist das möglich? Energisch schlägt er die Bettdecke zurück und steht auf. Seine Frau liegt mit dem Rücken zu ihm auf der rechten Betthälfte und atmet gleichmäßig. Georg betrachtet sie versonnen. Soll er sie wecken oder ist es strategisch günstiger, als erster ins Bad zu huschen? Annemie ist Mitte fünfzig, hat aber Dank diverser Cremchen oder durch das feuchte Klima am Niederrhein kaum Falten. Ihr kinnlanges blondes Haar trägt sie adrett nach innen geföhnt. Einzelne graue Haare werden sorgfältig ausgerissen oder getönt.

„Meine Frau brauchte nie zu arbeiten. Sie ist immer nur Hausfrau gewesen, wie soll sie da graue Haare bekommen?" antwortet Georg häufig, wenn er auf das jugendliche Aussehen seiner Frau angesprochen wird. Kinder haben sie nicht. Es hat einfach nie geklappt und sie hatten auch nie ernsthafte Schritte unternommen, an ihrem Zustand der Kinderlosigkeit etwas zu ändern. Georg findet, er hätte jeden Tag genug mit Kindern zu tun, da braucht er keine eigenen.

Als sie sich vor zwanzig Jahren beim Schützenfest in St. Hubert kennen gelernt hatten, haben sie zueinander gefunden, weil sie beide irgendwie übrig geblieben waren. Sie waren beide Einzelkinder und entdeckten nach und nach so manche Gemeinsamkeit. Sie waren beide am Niederrhein geboren und so wie die Landschaft hier war auch ihre Beziehung, keine Höhen, keine Tiefen. Es war nicht die große Liebe, aber sie mochten sich und da war es ganz natürlich, dass sie nach einer angemessenen Zeit heirateten. Georg zog von Geldern nach Kerken in eines der Häuser, die Annemies Eltern gehörten. Sie kam aus einer guten Familie und ihre Mutter war ausgesprochen erleichtert, als ihre Tochter endlich unter der Haube war.

Georg hat sich inzwischen angezogen und sucht im Briefkasten nach der Zeitung. Aber es ist keine Zeitung da. Das bedeutet, er hat gar nicht verschlafen, es ist Sonntag. Er hat Zeit. Zeit zu grübeln. Plötzlich kommt ihm seine Lage aussichtslos vor.

Wo soll ich hin, wenn montags die Frauen von der Arbeitsgruppe Brauchtumspflege kommen? Und mittwochs gibt sie Patchworkkurse bei uns zu Hause. Das verstehe ich sowieso nicht. Erst kauft sie teure Stoffe, dann schneidet sie die in kleine Läppchen und näht alles wieder zusammen. Die ganze Wohnung hat sie damit dekoriert – Patchworkkissenhüllen, Patchworkwandteppiche, Patchworkvorhänge und Tischdecken aus

Patchwork, auf denen die Gläser wackelig stehen, wegen all der vielen Nähte. Und jetzt hat sie auch noch Einkaufsbeutel aus Patchwork gemacht, dabei sind Jutebeutel viel praktischer. Die Frauen sitzen bei uns um den ausgezogenen Wohnzimmertisch herum, einige bringen sogar ihre Nähmaschinen mit und das ist dann ein Gesumme und Geschnatter. Das kann sich niemand vorstellen, der es noch nicht erlebt hat. Alle vier Wochen richtet Annemie einen Kaffeeklatsch aus für die Frauengemeinschaft von St. Peter und Paul. Die basteln das ganze Jahr über für den Weihnachtsbasar. Annemie ist die erste Vorsitzende, weil sie so kreativ ist und ein Genie, wenn es ums Organisieren geht. Das muss man ihr lassen, das kann sie. Sie ist natürlich auch Mitglied im hiesigen Karnevals-Komitee. Frau Sticklenbroek von der gleichnamigen Fleischerei hat mal behauptet, Aldekerk hat nur einen eigenen Karnevalszug, weil Annemie das organisiert. Und dann ist sie auch Mitglied im Natur- und Fahrradclub. Die jährliche Fahrradtour durch die Bruchlandschaft von Stenden, Aldekerk, Eyll und Nieukerk richtet sie natürlich auch aus.

Im Geiste sieht Georg seine Frau in seinem Arbeitszimmer über Karten gebeugt, in Unterlagen blätternd an seinem Schreibtisch. Sich selbst sieht er am Küchentisch kauernd, die Zeitung aufgeschlagen auf dem Tisch, das Jerry-Cotton-Heft heimlich auf dem Schoß. Nein, so weit wird es nicht kommen. Georg will sich nicht in sein Schicksal fügen, sondern selbst bestimmen, wo es lang geht. Er macht Pläne für seine Zukunft. Eine Zukunft ohne Annemie.

Bei einem Lehrerausflug am Krickenbecker See bei Nettetal überrascht ihn der Gedanke, Annemie zu ertränken. Beim Anblick der planschenden Gäste des Strandbades muss er unvermittelt daran denken, dass Annemie nicht schwimmen kann. Ob er sie zu einem Badeausflug überreden könnte? Etwas später bei der Besichtigung der historischen Gerichtsstätte *„Geer"* ist er fasziniert von der Leichengrube im Moor. Und wieder muss er an Annemie denken.

Vierzehn Tage später befindet er sich mit Schülern bei einem Klassenausflug auf der Burg Linn. Wie hypnotisiert steht er auf dem Aussichtsturm und starrt in die Tiefe. Wie leicht man über das Geländer fallen könnte, wenn man sich zu weit darüber lehnt. Oder wenn jemand nachhelfen würde.

„Ich sollte mal etwas mit Annemie unternehmen", hört er sich murmeln. Georg beschließt spontan, sich bei der Touristik-Agentur Niederrhein in Kalkar mit entsprechendem Kalalogmaterial einzudecken.

„Schorschi, ich bin schnell noch mal ein Stündchen bei Frau Nöttsches vom Heimatverein", ruft Annemie und klopft an die Tür des Arbeitszimmers. Sie öffnet die Tür einen Spalt. „Ich hab in der Küche ein paar Bütterkes hingestellt. Eine Kanne Tee hab ich dir auch gekocht, denn ich weiß nicht, wann ich zurück bin. Nachher hab ich noch Gymnastikgruppe."

„Was hältst du von einer Kanufahrt auf der Niers?" fragt Georg und wedelt mit einer Broschüre mit Ausflugstipps.

Seine Frau zieht die Nase kraus. „Ach, Schorschi, das is nix für mich. Am Wochenende hab ich auch gar keine Zeit. Die Uschi von den Wanderfreunden will mit mir über die Vorbereitungen zu Kallis rundem Geburtstag sprechen. So, ich muss jetzt. Tschöh."

„Viel Spass", sagt Georg. Dann markiert er einige Ausflugsziele in seinem Katalog. Er beschließt, die Gelegenheit zu nutzen und erst einmal gründlich den Ordner mit ihren Versicherungen zu studieren. Das Kleingedruckte bei den Lebensversicherungen interessiert ihn besonders. Georg will sich gründlich informieren und

vorbereiten. Nichts überstürzen, das ist nicht seine Art. Alles will gut geplant und durchdacht sein. Er hat sich bei einer großen Buchhandlung in Moers auch schon Fachliteratur über Erbschaftsrecht bestellt.
Schließlich gehört das Haus Annemie. Und ihre Eltern besitzen eine ganze Reihe Häuser, die vermietet sind. Georg ist sich nicht sicher, ob er die nach Annemies Ableben automatisch erben würde, wenn seine Schwiegereltern mal das Zeitliche segnen. Er will auf alles vorbereitet sein, nichts dem Zufall überlassen. Zufrieden schlendert er in die Küche, holt sich ein Bier aus dem Kühlschrank und macht sich über die Butterbrote her. Rosinenpottweck mit Käse und Schwarzbrot hat sie ihm hingestellt. Das war noch nie sein Geschmack. Viel lieber würde er ein herzhaftes Schinkenbrot essen. Na, es würde nicht mehr lange dauern, bis sich hier einiges ändert.

Knapp vier Wochen später ist Georg tot. Mit leichtem Unwohlsein hatte es angefangen, dann waren ihm die Haare ausgefallen. Obwohl Annemie ihn aufopfernd pflegte und ihm ständig Tee zur Aufmunterung kochte, hatte sich sein Befinden zusehends verschlechtert. Der alte Hausarzt Dr. Schauter konnte sich das gar nicht erklären. Georg Driskes war immer kerngesund gewesen, wenn man von einer Erkältung ab und zu absieht. Es müsse wohl was Psychosomatisches gewesen sein.

Schließlich bestätigten Freunde und Verwandte, dass Georg seinem Rentnerdasein mit großer Sorge entgegengesehen habe. Seit seinem vierundsechzigsten Geburtstag habe er sich merklich verändert. Er sei richtig sonderlich geworden, erklärt die Schwiegermutter. „Ich hab zu ihm jesacht, nu brauchste bald kein Arbeitszimmer mehr, sach ich. Da isser janz jrün jeworden im Jesicht und hat kein Wort mehr jesacht."

Annemie schmeißt Georgs Teebecher und alle ihre

Teekannen weg, obwohl man sie beim Trödelmarkt der Kindertagesstätte noch hätte verkaufen können. Sie ist eine Frau der Tat.

Sie hat ihre Frauenkreise und Vereine und kommt erstaunlich gut über seinen Tod hinweg. Und sie hat ein neues Hobby, sie beschäftigt sich mit Gift- und Heilpflanzen vom Niederrhein.

Die letzte Flasche

Ein Aufschrei des Entsetzens tönte aus dem Büro des Krefelder Oberbürgermeisters: „Hilfe! Sie ist weg!"

Die Sekretärin stürmte in das Büro und sah ihren Chef fassungslos vor der leeren Vitrine stehen. Hilflos streckte er die Hände in die Luft. „Rufen Sie die Polizei. Sie soll sofort kommen, mit mindestens drei Streifenwagen und voller Besatzung."

„Herr Oberbürgermeister, was ist denn passiert?" Die Sekretärin war völlig konsterniert über das ungewöhnliche Verhalten ihres Chefs.

„Ich will eine Sonderkommission, eine Spezialeinheit. Mein Kleinod, mein Andenken, meine Reliquie ist weg. Einfach weg. Gestohlen!"

„Herr Oberbürgermeister, beruhigen Sie sich. Möchten Sie vielleicht ein Cognäcchen? Nur ein klitzekleines?"

„Rufen Sie endlich die Polizei!"

„Aber was ist denn nur geschehen?"

„Sehen Sie das denn nicht? Sie ist weg: meine letzte Flasche *Rhenania Alt*. In Krefeld gebraut, in Krefeld abgefüllt, verschlossen und vom Band genommen."

„Deswegen machen Sie so einen Aufstand?"

„Aufstand? Ich mache keinen Aufstand. Ich will meine letzte Flasche *Rhenania Alt* wieder haben. Die allerletzte Flasche. Die hat einen Wert, das können Sie sich gar nicht vorstellen. Und deswegen will ich, dass Sie sofort die Polizei rufen. Eine Sonderkommission, Sachverständige und Bierexperten", brüllte der erste Bürger.

Verwirrt huschte die Sekretärin in ihr Büro und telefonierte mit der Polizei. So ein Aufstand wegen einer Flasche Bier!

Wenige Minuten später war das Einsatzkommando vor Ort. Allerdings war nur ein Streifenwagen gekommen, mit der üblichen Besatzung von zwei Beamten.

„Wieso sind sie nur zu zweit?" Der Oberbürgermeister war verärgert. „Sie müssen Verstärkung anfordern. Vielleicht sind die Diebe noch im Haus!"

„Herr Oberbürgermeister, wenn wir ihre Sekretärin richtig verstanden haben, ist ihnen lediglich eine Flasche Bier abhanden gekommen." Die Beamten versuchten, den wichtigsten Bürger der Stadt zu beruhigen und erklärten, alles zu tun, was in ihrer Macht stünde, um das Verbrechen umgehend aufzuklären.

Doch der Oberbürgermeister ließ nicht locker. „Wo bleibt die Spurensicherung? Verstehen Sie denn nicht? Es war die letzte Flasche! Eine Rarität von unschätzbarem Wert! Ich lasse sofort den Polizeipräsidenten anrufen."

Die beiden Polizeibeamten nickten wortlos. Eine Flasche Bier! Und dafür musste der ganze Polizeiapparat in Bewegung gesetzt werden? Was würde der Steuerzahler dazu sagen?

Das Gespräch mit dem Polizeipräsidenten verlief nicht nach Wunsch. „Lieber Dieter, du glaubst doch nicht, dass ich für deine Bierflasche noch mehr Personal abstellen kann? In der heutigen Zeit habe ich nicht mal Leute, um nach einem gestohlenen Fahrrad zu fahnden. Tut mir leid. Ich kaufe dir eine neue Flasche"

Der Oberbürgermeister lehnte, der Verzweiflung nahe, in seinem Bürostuhl. Eine neue Flasche kaufen. Als wenn das so einfach wäre. Das war noch ein richtiges Krefelder Bier gewesen, etwas ganz Besonderes. Das gab es nicht mehr zu kaufen. Wer konnte ihm helfen? Er wollte seine Flasche *Rhenania* wieder haben, koste es, was es wolle.

In den nächsten Stunden kamen mehrere geheimnisvoll aussehende Männer in das Büro des Oberbürgermeisters. So sehr die Sekretärin sich auch bemühte, sie konnte kein Wort verstehen, von dem was im Büro ihres Chefs gesprochen wurde. Die Türen waren gut gepolstert.

Nach einigen Stunden ging auf einmal die Tür auf und einer nach dem anderen kam heraus und verabschiedete sich mit einem angedeuteten Kopfnicken. Zurück blieben eine verwirrte Sekretärin und ein zufriedener Oberbürgermeister.

„Wer war das denn?“ fragte die Sekretärin irritiert.

„Das war meine Sonderkommission.“

„Sonderkommission? Hat der Polizeipräsident jetzt doch Leute abstellen können?“

„Nicht direkt. Das sind echte Fachleute, sozusagen Profis.“

„Und wie geht es jetzt weiter?“

„Sie werden schon sehen. Der Dieb ist so gut wie gefasst.“

Im Laufe des Tages erschienen die geheimnisvoll aussehenden Männer wieder. Sie schleppten Kartons ins Büro des Oberbürgermeisters und einer brachte sogar einen ganzen Kasten *Rhenania Alt* mit, obwohl dem Oberbürgermeister nur eine Flasche gestohlen worden war.

„Das soll einer verstehen.“ Kopfschüttelnd widmete sich die Sekretärin wieder ihrem Computer.

Im Büro des OB tat sich einiges. Die Herren packten ihre Kartons aus, verlegten meterweise Kabel und montierten Bildschirme, Videokameras, Mikrophone und einen großen Scheinwerfer. Die Videokameras wurden so ausgerichtet, dass sie auf den ersten Blick nicht zu sehen waren und trotzdem von allen Seiten die Vitrine im Bild hatten. Die Bildschirme wurden in einem Nebenraum angeschlossen und vor jeden Fernseher wurde ein bequemer Bürostuhl gestellt, schließlich konnte es eine lange Nacht werden. Der große Scheinwerfer wurde mit einem Bewegungsmelder versehen und genau auf die Vitrine ausgerichtet.

Und dann schritt der Herr Oberbürgermeister zur Tat, er stellte persönlich eine Flasche *Rhenania Alt* aus dem Kasten in Vitrine und verschloss diese.

Kurz vor Feierabend waren die Herren der Sonderkommission fertig. Man mutmaßte, es könne sich um eine ganzen Bande handeln, um das organisierte Verbrechen, wahrscheinlich hätte man es mit Wiederholungstätern zu tun. Man musste mit allem rechnen.

Pünktlich um siebzehn Uhr deckte die Sekretärin ihren Computer ab und klopfte schüchtern an die Tür: „Ich gehe dann jetzt."

„Schönen Feierabend und viel Spaß bei der After-Work-Party auf der Rennbahn", wünschte einer der Herrn.

„Danke, und viel Erfolg bei der Verbrecherjagd", wünschte die Sekretärin ihrerseits. In diesem Moment trat der Oberbürgermeister aus seinem Büro und die Sekretärin kreischte erschrocken: „Herr Oberbürgermeister, was ist mit Ihnen passiert?"

„Wir jagen den Bierdieb, da muss man sich tarnen."

Der erste Bürger hatte sich, in Ermangelung schwarzer Schminke, die Erde der Topfpflanzen sich ins Gesicht geschmiert. ‚Männer sind manchmal schlimmer als kleine Kinder', dachte die Sekretärin und verabschiedete sich hastig. ‚Manche Frauen haben keine Ahnung von der Verbrecherjagd', dachte der Oberbürgermeister. Er verschloss behutsam die Bürotür und ging auf seinen Posten, so dass die Videokameras gestartet werden konnten.

‚Hoffentlich dauert es nicht so lange', dachten die drei Männer, die sich im Büroschrank des wichtigsten Bürgers der Stadt versteckt hatten, um den Dieb sofort zu überwältigen. Weitaus bequemer hatten es die Männer, die mit einer Bierflasche in der Hand vor den Bildschirmen hockten und die Vitrine überwachten.

Da, ein Geräusch! Angespannt horchten die Männer in die Dunkelheit. Nein, sie hatten sich wohl getäuscht. Nahezu unmöglich, dass hier jemand Überstunden machte. Da, wieder ein Geräusch. Das könnte die Putzfrau sein. Sie wischte das Büro der Sekretärin. Dass Putzen so lange dauern konnte.

Den Herren in den Aktenschränken wurde es warm. Die Luft wurde knapp und langsam dösten sie ein. So überhörten sie, das sich die Tür zum Büro des Oberbürgermeisters leise öffnete.

Den Herren vor den Bildschirmen war schnell langweilig geworden und sie hatten sich zum Skatspiel zusammengesetzt.

Auf einmal hörten sie alle ein Krachen und eine wütende Stimme: „Dat jibbet doch nich. Jestern hab ich al ens en Fläsch aus dä Schrank jenommen und nu is da al wier een drin. So'n Suupnaas is unsere OB."

Die Herren der Sonderkommission schossen aus dem Nebenraum und aus den Aktenschränken. Völlig geblendet von dem Scheinwerferlicht stand da eine kleine Frau mit dem Putzlappen in der einen und der Bierflasche in der anderen Hand. „Wat soll dat dann?"

„Jute Frau, wat maakt Ihr dann he? Wat wollt Ihr möt dat Bier?"

„Bier ist Bier!"

„Wo ist die Flasche von gestern?" brüllte der Oberbürgermeister ganz aufgeregt.

„Die von jestern? Juter Mann, nu man nich so hibbelig, da kann ich nich denken."

„Die Flasche! Wo ist die Flasche?"

„Jestern hab ich die Fläsch in dat Putzkabuff gestellt. Die wollt ich meine Fritz mitnehmen, hab ich aber verjessen."

„Gott sei Dank!" jubelte der OB und rannte Richtung Putzkabuff. Tatsächlich, in der Aldi-Tüte stand seine Flasche *Rhenania Alt*. Er nahm sie vorsichtig wie ein rohes

Ei hoch und brachte sie in sein Büro. Behutsam stellte er sie wieder in die Vitrine und schloss sie wieder ab.

„Gute Frau, diese Flasche ist ein Kleinod, ein Heiligtum, die wird nicht getrunken“, erklärte er freundlich.

„En Bier blivvt en Bier. Aber wennste meinst.“ Kopfschüttelnd zog die Putzfrau von dannen.

Die Männer der Sonderkommission standen fassungslos im Büro des Oberbürgermeisters. Der Täter war eine Frau, keine Diebesbande, kein organisiertes Verbrechen.

„Kommt Jungs, jetzt gehen wir ein gepflegtes Bierchen trinken. Ich geb' einen aus“, sprach der Oberbürgermeister und Herren zogen los.

Der erste Bürger und die Wirte von *Kleinlosen*, vom *Viererzug*, von *Gleumes*, vom *Fassbierkeller*, vom *Nordbahnhof*, vom *Dachsbau* . . .

Das war eine Sonderkommission! Na dann Prost!

Die Story ihres Lebens

Die tief stehende Septembersonne blendete Maria, als sie ihren, im Laufe der Jahre etwas klapprig gewordenen, Renault auf den Parkplatz lenkte.

Etwa zwei Dutzend Autos parkten dort noch, vornehmlich auf den schattigen Stellen des Platzes. In den warmen Sommermonaten war der Elfrather See ein beliebtes Ausflugsziel für die Bewohner der umliegenden Orte, hatten die Kollegen Maria erzählt.

Auch heute, in den warmen Nachmittagsstunden, hatte hier gewiss rege Betriebsamkeit geherrscht, doch nun, in den fortgeschrittenen Abendstunden, hielten sich nur noch wenige Menschen auf dem weitläufigen Geländes rund um den Badesee auf.

Maria verließ den Parkplatz über den kleinen Zugangsweg zum See. Die achtundzwanzigjährige Journalistin hatte ein mulmiges Gefühl, schließlich war es eine recht mysteriöse Geschichte, auf die sie da gestoßen war. Doch im Zuge ihrer Recherchen glaubte sie, eine spannende Story ausgegraben zu haben. Sie hatte gerade mal ein Jahr Berufserfahrung und war erst vor wenigen Wochen nach Krefeld gezogen, um ihre neue Stelle in der Lokalredaktion einer Tageszeitung anzutreten. Jetzt hoffte sie, auf einen richtigen Knaller zu stoßen. Eine sensationelle Story, die die Verkaufszahlen ihrer Zeitung in die Höhe schnellen ließ und ihr einen Karriereschub einbrachte. Maria hoffte herauszufinden, was hinter den ungeklärten Todesfällen steckte, die sich im letzten Jahr hier am See ereignet hatten. Die Polizei hatte die Fälle ungeklärt zur Seite gelegt, doch Maria glaubte, mit ihren Nachforschungen die Fälle aufklären zu können.

Maria ging den schmalen, gepflasterten Fußweg entlang, der zum See führte. Am Ende gelangte sie auf eine große Grünfläche und mehrere verzweigte Wege, die in verschiedene Richtungen führten.

Maria war erstaunt über die großzügig angelegte Freizeitanlage mit mehreren Spielplätzen, Segel-, Surf- und Ruderclubs und mit idyllischen Picknickplätzen. Sie war verblüfft von den vielen Seiten, die Krefeld zu bieten hatte, das einzige, was sie vor ihrem Umzug von dieser Stadt gewußt hatte, war, dass die *Krefeld Pinguine* deutscher Eishockeymeister geworden waren. Von Tag zu Tag gefiel ihr ihre neue Umgebung besser, dabei war sie eigentlich nur ihrem Freund Peter zuliebe an den Niederrhein gezogen. Sie hatten sich während des Studiums kennengelernt und weil er sich als ihr Traumprinz entpuppte, war sie ihm in seine Heimatstadt gefolgt. Hier sollte er als Juniorchef in die Firma seines Vaters einsteigen. Maria hoffte, sich mit einer aufsehenerregenden Story in eine gute Position bei ihrer Zeitung zu katapultieren.

Maria ging am See entlang und suchte die Stelle, die in ihren Unterlagen beschrieben war. Ihre Gedanken drehten sich um die Vorfälle des vergangenen Jahres, und alles, was sie bisher darüber herausgefunden hatte. Mehrere Frauen waren innerhalb weniger Wochen am See verschwunden und später tot aufgefunden wurden. Ein junges Mädchen hatte von einem Angriff durch ein Ungeheuer berichtet, dem sie nur um Haaresbreite entkommen war.

Maria sah die Schlagzeilen schon vor sich: „Der Elfrather See - Loch Ness am Niederrhein“ oder das „Seeungeheuer vom Niederrhein“. Schließlich hatte in Mönchengladbach ein Killerwels, der einen Dackel gefressen hatte, für Aufsehen gesorgt. Wer weiß, welches Tier hier im Badesee mutiert war.

„Einige Puzzleteile fehlen noch“, dachte Maria. Sie

fühlte sich der Lösung des Falles recht nahe. Sie lief weiter den Pfad hinab. Die tiefrote Abendsonne tauchte die Landschaft in eine märchenhaft anmutende Atmosphäre, nur noch wenige Erholungssuchende waren auf dem Gelände zu sehen. Wie weit mochte es noch sein, bis zu der Stelle, an der Sandra Boermann angeblich ihre grausige Begegnung mit der Bestie gehabt hatte?

Ihr Kollege Hans Schulten hatte Maria Einsicht in seine Unterlagen gewährt und ihr bereitwillig alles erzählt, was er über die Ereignisse wusste.

„Die Polizei hat die Akte geschlossen“, sagte Hans Schulten, der Redakteur der lokalen Tageszeitung. Er hatte seinerzeit recherchiert und mehrere Artikel über die Leichenfunde geschrieben. Hans Schulten war ein freundlicher, aufgeschlossener und bemerkenswert gut aussehender Mann Mitte dreißig. „Es sah zunächst nach einer Verkettung tragischer Umstände aus und es schien reiner Zufall, dass es binnen ein paar Woche gleich mehrere Tote gegeben hatte“, erzählte Hans Schulten bereitwillig. „Als offizielle Ursache für den Tod der beiden ersten Frauen wurde unkontrollierte Strudelbildung innerhalb des Sees angegeben. Irgendwas wegen wechselhafter Wassertemperaturen, hiess es damals.“

„Und was glauben Sie?“ fragte Maria.

Der Redakteur zögerte einen Augenblick. „Wenn Sie mich so fragen“, begann er schließlich nachdenklich, „zu viele Zufälle! Und die Polizei hielt vermutlich auch Erkenntnisse zurück, um die Ermittlungen nicht zu gefährden. Die Sache wurde einfach ziemlich niedrig gehalten.“

Maria nickte.

„Es gab da noch einen weiteren Zwischenfall mit einem jungen Mädchen, das behauptete, von einem Ungeheuer angegriffen worden zu sein. Allerdings hatte sie unter ziemlichen Drogeneinfluss gestanden und ihre Aussage war wenig glaubwürdig.“

„Ach, Sie sprechen von Frau Boermann, davon hab ich gelesen“, sagte Maria.

Schulten blätterte in seinen Unterlagen. „Genau, Sandra Boermann“, bestätigte er. „Es war nur so, dass sie zum Zeitpunkt des angeblichen Überfalls mit sechs anderen jungen Leuten eine Party am Seeufer feierte. Alle hatten wohl reichlich Alkohol und Drogen konsumiert. Ein Gutachter attestierte ihr Wahrnehmungsstörungen als Folge des exzessiven Drogengenusses. Man ging davon aus, dass sie zur mutmaßlichen Tatzeit unter starkem Realitätsverlust litt. Ähnliches galt wohl auch für einige andere Teilnehmer der Party. Man vermutete, dass einige der anwesenden Personen möglicherweise versucht haben, Sandra Boermann gegen ihren Willen in den See zu ziehen.

„Vorstellbar“, sagte Maria. „Trotzdem würde ich gern selbst einmal mit ihr sprechen.“

Schulten riss einen Zettel von seinem Notizblock und notierte Anschrift und Telefonnummer von Sandra Boermann. Maria bedankte sich und verließ das Büro.

Schon für den nächsten Vormittag hatte sich Maria mit der jungen Frau verabredet. Pünktlich um elf Uhr stand Maria vor dem etwas verkommen wirkenden Haus auf der Südstraße. Auf ihr Klingeln rührte sich zunächst nichts, doch nachdem sie einige Minuten gewartet hatte, krackte es in der Gegensprechanlage: „Ja?“, fragte ein dünnes Stimmchen.

„Hallo, hier ist Maria Görtz. Wir haben gestern miteinander telefoniert und verabredet, dass ich heute um elf zu Ihnen komme.“

Aus dem Lautsprecher kam keine Reaktion. Maria wartete, dann rief sie: „Hallo, Frau Boermann, sind Sie noch da?“

Nichts. Erst als Maria energisch an die Haustür pochte, gab die krächzende Stimme Antwort: „Kommen Sie herauf. Zweite Etage, links!“

Ein Summen ertönte. Maria stieß die alte Holztür kräftig auf und trat in einen schmalen, düsteren Hausflur mit hoher Decke. Die Fliesen des Fussbodens zeigten typische Ornamente des Jugendstils, die Maria hier schon in vielen Häusern im Stadtzentrum gesehen hatte. Der Flur führte weiter in einen Anbau, wo früher vermutlich ein Webstuhl gestanden hatte, wie in so vielen alten Krefelder Häusern. Die kühle Luft roch feucht und moderig. Trotz des strahlenden Sonnenscheins draußen, fiel nur wenig Licht durch die matte Glasscheibe der Haustür. Maria stieg die ausgetretene Holztreppe hinauf in den zweiten Stock. Ausser den knarrenden Stufen waren keine Geräusche zu hören. Als sie endlich in der zweiten Etage angekommen war, bemerkte sie, dass eine der Wohnungstüren nur angelehnt war. Maria klopfte zaghaft. „Hallo, Frau Boermann? Sind Sie da?“

Sie bekam keine Antwort. Es herrschte Totenstille. Plötzlich wurde die Tür ruckartig aufgerissen. Maria gefror das Blut in den Adern. Vor ihr stand im Gegenlicht eine gespenstische Gestalt. Sie erkannte eine dürre Person mit ungepflegter Mähne, die sich in ein helles Laken um den Körper gewickelt hatte. Sandra Boermann hatte tief liegende Augen in einem blassen Gesicht, das Maria an einen Totenschädel erinnerte. Die Journalistin konnte kaum glauben, dass diese Frau erst zwanzig Jahre alt sein sollte.

„Kommen Sie rein“, wisperte eine Stimme.

„Huh, sie haben mich ganz schön erschreckt“, stieß Maria hervor.

„Kommen sie“, flüsterte die Frau mit heiserer Stimme. Dann wandte sie sich ab und ging vor in den Wohnraum. Schwere, altmodische Vorhänge schotteten den unordentlichen Raum gegen das Tageslicht ab. Lediglich drei zur Hälfte abgebrannte Kerzen, die auf einer Art Couchtisch platziert waren, erhellten das Zimmer ein wenig. „Setzen Sie sich bitte.“

Die Journalistin hob einige zerfledderte Zeitschriften von einem abgeschabten Sessel und nahm Platz. „Ich will Sie gar nicht lange aufhalten, Frau Boermann“, begann sie Maria nach einer Weile des Schweigens. Sie fühlte sich nicht wohl in ihrer Haut und wollte so schnell wie möglich wieder fort von hier. „Ich habe einige Fragen zu den Ereignissen, die sich seiner Zeit am Elfrather See abgespielt haben.“

„Und wer beantwortet meine Fragen?“, entgegnete die junge Frau mit patziger Stimme.

„Vielleicht kann ich ihnen Fragen beantworten, wenn ich herausgefunden habe, was damals wirklich passiert ist“, antwortete Maria enthusiastisch.

„Was wirklich passiert ist?“, wiederholte Sandra Boermann spöttisch. „Ich habe damals gesagt, was wirklich passiert ist, aber das wollte keiner hören. Ich weiß, was ich gesehen habe, ich bin nicht verrückt. Noch heute sehe ich in meinen Träumen diese Ungeheuer vor mir, aber mir glaubt ja niemand.“ Ihre Stimme war lauter und aggressiv geworden.

„Ich werde Ihnen glauben“, sagte Maria ruhig. „Vertrauen Sie mir! Erzählen Sie mir alles, woran Sie sich erinnern können.“

Stockend begann Sandra Boermann, ihre Geschichte zu erzählen: „Es ist über ein Jahr her. Ich bin samstags abends mit ein paar Freunden zum See gefahren. Das haben wir oft gemacht und dort gegrillt oder wir hatten was anderes zu essen und zu trinken mit. Man ist da ungestört, wenn man die richtigen Plätze kennt. Natürlich hatten wir von den Frauenleichen gehört, die einige Zeit zuvor im See gefunden worden waren. Aber wir dachten uns nichts dabei. Es hieß doch, die wären verunglückt. Von einem Monster hatte nie was in der Presse gestanden. Wir haben gegessen und getrunken und auch was eingeworfen. Das ist nichts ungewöhnliches, das haben wir immer gemacht. Ein paar Trips vielleicht.

Allerdings hatte der Cocktail mich kurzfristig aus den Socken gehauen. Ich nahm eine Auszeit. Keine Ahnung, wie lange mein Blackout gedauert hat. Das nächste, woran ich mich erinnere, ist dieses grausige Röcheln."

„Was für ein Röcheln?" unterbrach Maria.

„Es war ein lautes Röcheln eben oder vielleicht auch ein Zischen, wie jemand, der sehr schwer atmet. Dieses Geräusch ist mir deutlich im Gedächtnis geblieben. Das war schrecklich, so unnatürlich. Und dann hat es mich gepackt. Es packte mich am Arm und riss mich mit einem Ruck hoch. Dann griff es mich an den Haaren und im Nacken, ich weiß nicht, ob mit seinen Klauen oder mit seinem Gebiss. Wie auch immer ... Das Ungeheuer schleifte mich weg. Ich hatte riesige Angst, dass diese Bestie mir das Genick brechen würde. Ich schrie so laut ich konnte und versuchte mich loszureissen. Woran ich mich genau erinnern kann, sind seine enormen Kräfte, meine Todesangst und dieses grauenhafte Röcheln."

Sandra Boermann zog die Nase hoch und wischte sich mit der Hand über das Gesicht. Sie schluchzte, als sie weiter sprach. „Ich wehrte mich so gut ich konnte, es war so schrecklich."

„Was haben ihre Freunde gemacht?" wollte Maria wissen.

„Ich weiss nicht genau. Einige waren high, haben geschlafen und nichts mitgekriegt."

„Aber wie konnten sie entkommen?" fragte Maria.

„Das weiß ich nicht", antwortete die junge Frau. „Ich glaub, das Ding ließ von mir ab. Ich weiss nicht, warum es mich verschont hat. Alles was ich sagen kann ist, dass das Ungeheuer zurück in den See lief. Es war auch aus dem See gekommen." Wie ein Häufchen Elend kauerte Sandra Boermann auf dem Sofa. Die angewinkelten Beine hielt sie mit ihren dürren Armen fest umschlungen und wippte vor und zurück.

Maria ließ sich so genau wie möglich die Stelle beschreiben, an der das Ungeheuer aufgetaucht war. Dann verliess sie das Haus, unsicher darüber, was sie von dieser Geschichte halten sollte. Litt Sandra Boermann an Wahnvorstellungen oder hatte sie tatsächlich ein Ungeheuer gesehen, eine Art Nessi?

Fast eine Stunde suchte Maria das Ufer ab, bevor sie die Stelle fand, auf die Sandra Boermanns Beschreibung passte. Inzwischen war es dämmrig geworden und Maria bedauerte, dass sie ihre Taschenlampe im Wagen gelassen hatte. Aber der Weg zum Parkplatz war ihr zu weit. Sie konnte keine anderen Besucher auf den Wegen und Wiesen mehr erkennen. Es war fast windstill und Maria blickte auf den ruhig daliegenden See, dessen Oberfläche fast spiegelglatt war. Minutenlang stand sie so da. Wie friedlich es hier war! Jetzt schien es ihr völlig abwegig, dass ein Seeungeheuer diese Idylle stören könnte. Die Sonne war inzwischen untergegangen und Maria fröstelte. Und auf einmal fragte sie sich, was sie hier erwartet hatte? So sehr sie sich auch gewünscht hatte, eine überlebensgroße Seeschlange zu entdecken oder eine Enthüllungsstory über ein Ungeheuer im Badesee zu schreiben, so unbarmherzig wurde ihr klar, dass sie sich nur in eine fixe Idee verrannt hatte. Sie war so sehr auf der Jagd nach einer Sensationsgeschichte gewesen, dass sie genau wie Sandra Boermann die Realität verdrängt hatte.

Maria sah sich um, unschlüssig was sie tun sollte. Da hörte sie plötzlich ein lautes Glucksen im Wasser. Maria lauschte in die Finsternis. In Ufernähe plätscherte etwas. Vielleicht nur eine Entenfamilie?

Maria hielt den Atem an. Das Plätschern kam aus der Richtung einer Gruppe von Büschen, die bis ans Ufer heran reichte. Maria ging vorsichtig auf das Gebüsch zu. Ihr war mulmig zumute, aber sie wollte sich beweisen, dass hier alles mit rechten Dingen zuging, dass sich vermutlich nur eine Ente im Unterholz verfangen hatte. Obwohl ihr Herz raste, tastete Maria sich näher ans Wasser heran. „Es gibt keinen Grund zur Panik“, sagte sie laut vor sich hin, um sich selbst zu beruhigen. „Ich gehe jetzt zurück zum Parkplatz, hier gibt es weder Ungeheuer noch Monster.“

Gerade als sie zurück auf den Weg gehen wollte, hörte sie ein Röcheln hinter sich. Ein gurgelndes, zischendes Röcheln, so wie Sandra Boermann es beschrieben hatte. Im gleichen Augenblick spürte sie, wie jemand ihr Handgelenk ergriff. Sie verlor das Gleichgewicht und fiel auf die harte, ausgetrocknete Grasdecke. Maria lag keuchend auf dem Bauch. Sie versuchte auf die Beine zu kommen, doch da traf sie ein mächtiger Hieb im Rücken. Maria stöhnte vor Schmerz. Wieder drang das zischende Atemgeräusch an ihr Ohr. Sie konnte nicht glauben, was da mit ihr geschah. Ein eiserner Griff, kalt und nass und unbarmherzig wie ein Schraubstock, packte sie am Fußgelenk des rechten Beines.

Du musst kämpfen, schoss es ihr durch den Kopf. Du darfst nicht aufgeben! Der Angreifer zerrte an ihrem Bein. Maria spürte, wie sie Stück für Stück fortgeschleift wurde. Verzweifelt versuchte sich sie sich im trockenen Gras festzukrallen, strampelte und wand sich. Ihre Hilferufe verhallten ungehört in der Dunkelheit.

„Er zieht mich in den See“, fuhr es ihr durch den Kopf. Ihre Fingerkuppen schabten auf der Suche nach Halt über den Boden. Die Nägel brachen ab.

Als sie das kalte Wasser des Sees spürte, steigerten sich ihre Befreiungsversuche. Wild zappelnd und laut kreischend schlug sie um sich. Aus ihren Schreien wurde ein Glucksen, als ihr der erste Schwall kalten Wassers in den Mund schwappte. Maria wand sich um die eigene Achse, versuchte sich auf den Rücken zu drehen, doch ihr Kampf war aussichtslos. Dann sah sie den Umriss ihres Peinigers. Die Geräusche wurden von einem Sauerstoffgerät verursacht. Der Mörder vom Elfrather See war ein Taucher! Ein Mensch aus Fleisch und Blut! Unentwegt mit den Armen rudernd, gelang es ihr noch ein paar Mal, an die Wasseroberfläche zu gelangen ...

Dann wurde sie nach unten gezogen. Sie konnte keinen Grund mehr unter sich spüren. Vor ihrem geistigen Auge erschienen tausend Bilder, sie sah ihren Freund, mit dem sie so viele Pläne geschmiedet hatte. Sie sah ihre Eltern und sich selbst, als junges Mädchen. Sie sah sich auf einem viel zu großen Fahrrad über einen steinigen Feldweg brausen. Sie sah Kornfelder um sich herum, soweit das Auge reichte. Der Fahrtwind spielte mit ihrem wehenden Haar und auf ihrem Gesicht lag ein strahlendes Lächeln, unbeschwert, wie das eines Kindes.

Kein Zweifel, dies war die Story ihres Lebens. Doch der Preis, den sie zahlen musste, war zu hoch.

Ruhe für Karl-Friedrich

Irgendwann werden sie Karl-Friedrich aus dem Rhein fischen und dann wird er nicht mehr so dünn und mager sein wie zu Lebzeiten, sondern dick durch das Liegen im Wasser. Es heißt, Dicke seien gemütlicher, doch davon werde ich nichts mehr haben.

„Was sollen wir in Italien oder Spanien? In Deutschland ist es auch schön", sagte er vor drei Monaten und beschloss für uns beide einen Urlaub in Rees am Niederrhein. Das wäre billiger und bequemer, dachte er sicher.

Armer Karl-Friedrich! Wie hatte er sich auf diese Reise gefreut und nun das! Kleine Bläschen kringeln sich dort, wo er vor kurzem untergetaucht war.

Die Nacht am Flussufer ist kühl, angenehm kühl nach der Hitze des Tages. Ich sitze hier und beobachte die Strömung, die den Gefährten meiner letzten siebenundzwanzig Jahre nun mit sich genommen hat. Ein Hauch von Melancholie, eine besondere Stimmung, liegt wie ein zarter Schleier über dem Fluss, die mich gefangen hält und nicht loslässt, obwohl kein Grund besteht, noch hier zu bleiben.

Ein Wasserläufer huscht über die Stelle, an der ich Karl-Friedrich zum letzten Mal sah. Mit seinen dünnen Beinchen scheint das Tierchen kaum das Wasser zu berühren, es ist, als schwebe es darüber hinweg.

Nun sind die Bläschen ganz verschwunden und mein Gatte mit ihnen. Dunkelheit ringsum, nur der Rhein wirkt nicht düster, er glänzt leicht silbrig, gepaart mit einem zarten Grau.

Karl-Friedrichs Haare waren ebenfalls grau, zumindest diejenigen, die ihm noch verblieben waren. Doch das war nicht der Grund, weshalb er nun alleine im Fluss dahintreibt. Ich konnte sein ewiges Genörgele nicht mehr ertragen! Wie schön hätte mein Leben sein können, wenn er sich nur um ein klein wenig Zufriedenheit bemüht hätte. Das tat er aber nicht!

Nachdem ich mich mit dem Gedanken abgefunden hatte, den Urlaub in Deutschland zu verbringen, freute ich mich ebenfalls auf diese Tage. Die Adriaküste oder Mallorca liefen mir nicht davon und so eine Reise durch unser Heimatland konnte sicher auch reizvoll sein.

Vom Fremdenverkehrsamt Rees ließ ich mir Prospekte zuschicken und war gespannt auf die beiden Schlösser Hueth und Bellinghoven, auf die Scholten-Mühle und die historische Stadtmauer entlang des Rheins.

Zwar nervte mich Karl-Friedrich beim Kofferpacken, aber heute morgen, als wir das mittlere Rheintal mit seinen zahlreichen Burgen entlang fuhren, gehörte das der Vergangenheit an. Auch er schien bester Laune zu sein und ich war gespannt auf die Loreley, von der ich schon viel gehört, die ich aber noch nie gesehen hatte. So fieberte ich mit einer gewissen Spannung dem ominösen Felsen entgegen, auf dessen Spitze früher dieses zauberhafte Mädchen gesessen haben soll. Hatte es nicht mit seinem Gesang die Männer so betört, dass sie mit ihren Schiffen vom Kurs abwichen und mit Maus und Mann versanken?

Gerade als ich glaubte, etwas erkannt zu haben, störte Karl-Friedrich meine Gedanken. „Mensch! Kann die da vorne nicht schneller fahren?"

Ich schreckte aus meinem Tagtraum auf. Karl-Friedrich spielte sein Lieblingsspiel *Frauen-am-Steuer-Überholen*. Er umklammerte das Lenkrad, sein Kopf schnellte nach vorne, der ganze Körper signalisierte höchste Alarmbereitschaft. Ich legte beruhigend meine Hand auf seinen Arm. „Reg dich nicht auf, mein Lieber. Heute haben wir Urlaub und jede Menge Zeit . . ."

Er schüttelte mich wie ein lästiges Insekt ab, streifte mich mit seinem *Das-verstehst-du-ja-doch-nicht-Blick* und gab Gas. Er lächelte, als er sein Auto vor das der Fahrerin gesetzt hatte und schlich nun seinerseits provokativ mit fünfzig Stundenkilometern vor ihr her.

Irgendwo quakt ein Frosch. Es ist gut, dass Karl-Friedrich ihn nicht mehr hört. Er liebte sie nicht, diese Tiere, die sich aufplustern können, als würden sie jeden Augenblick platzen und dann so durchdringende Laute von sich geben. Einen Frosch hatte er vor Jahren aus unserem Garten, unserem Teich, vertrieben. Seitdem ließ sich keiner mehr sehen, was ich sehr bedauerte. Vielleicht haben sie ein Informationssystem, mit dem sie sich untereinander vor Menschen wie Karl-Friedrich warnen.

Ich schaue in Häuser mit schwarzen Fenstern. Die Bewohner schlafen längst. Ich sollte auch gehen, obwohl – niemand wartet in dem Zimmer der Pension auf mich und die Nacht ist so schön, so leise, so voller Geheimnisse.

Karl-Friedrich schläft jetzt auch. Nichts und niemand wird ihn mehr aufregen, keine unordentliche Ehefrau, keine Autofahrerin, die auf der Straße dahinkriecht, kein mieses Essen in den Gasthäusern. Kein Vorwurf mehr, wenn er seine Sonnenbrille verlangt und ich vergeblich alle Taschen durchsuche. Keiner wird mehr sagen: „Ich möchte nur wissen, wozu du überhaupt da bist!"

Hitze macht aggressiv, nicht nur Karl-Friedrich, auch andere Menschen. Bei denen stört es mich nicht, gegebenenfalls ärgere ich mich darüber, vergesse es allerdings bis zum Abend wieder. Karl-Friedrich hatte ich immer, ihn konnte ich nicht einfach so vergessen.

Ein Fisch schnappt nach Luft. Ob er aufgeschreckt wurde durch den Lärm, den mein Mann beim Hineinfallen verursacht hat? Karl-Friedrich konnte nicht schwimmen. Als Kind war er zu mickrig, sagte seine Mutter. Sie hatte Angst, er würde sich erkälten, deshalb machte sie mit ihrem Sohn früher einen großen Bogen um Wasser. Später wollte er dann nicht mehr lernen, wie man sich vor dem Ertrinken retten kann. Wie bedauerlich für ihn! Diese einfachen Bewegungen mit den Armen und Beinen hätten ihm heute das Leben gerettet.

Etwas sticht mich, eine Schnake, nehme ich an. Bei dieser Wärme gibt es viele dieser Minivampirchen, die sich nachts mit dem Tropfen Blut versorgen, den sie zur Aufzucht ihres Nachwuchses benötigen. Karl-Friedrich wollte keine Kinder. Vielleicht war es besser so. Wenn ich mir das vorstelle, lauter kleine nörgelnde dürre Karl-Friedrichs - bestimmt war es besser so!

Es beruhigt, am Ufer eines Flusses zu sitzen und zuzusehen, wie er langsam und träge dahinfließt - mit *ihm* als Fracht, der die Langsamkeit hasste.

Ich hatte Zimmer in der Innenstadt von Rees in einer kleinen Pension vorbestellt. Ich organisierte immer alles. Eben fällt mir ein, dass Karl-Friedrich mich das eventuell aus Berechnung tun ließ. Er hielt sich aus allem heraus. Einfacher ist es natürlich, zu kritisieren und darin war er ein Meister. „Konntest du nicht fragen, ob sie eine Garage zum Unterstellen des Wagens bei der Hitze haben?"

Hatte ich vergessen, kommt doch mal vor, wenn man so viel zu erledigen hat, oder?

„Und dann die Zimmer!"

Was gab es daran auszusetzen? Zugegeben, sie entsprachen nicht dem Standard eines Vier-Sterne-Hotels, aber alles war sauber und zweckmäßig eingerichtet. Außerdem kosteten sie nicht viel, darauf achtete er immer sehr genau.

„Und die Vermieterin!"

Eine nette Frau. Mollig, sehr sympathisch. Mir jedenfalls. Sie erklärte uns stolz die Sehenswürdigkeiten ihrer Stadt. Karl-Friedrich verdrehte hinter ihrem Rücken die Augen. Das Tröpfchen, welches das Fass zum Überlaufen und Karl-Friedrich ins Wasser des Niederrheins brachte, lieferte er mir beim Abendessen in dem gemütlichen Lokal nahe unserer Pension.

„Das Bier ist zu warm!" Niemand konnte etwas so vorwurfsvoll und beleidigt reklamieren wie mein Gatte. Der Kellner nahm das Glas anstandslos zurück und brachte ein neues.

„Sie können mir doch nicht erzählen, das sei ein Wiener Schnitzel! Wie Ihnen sicher bekannt ist, hat ein solches aus Kalbfleisch zu bestehen. Dieses hier schmeckt eindeutig nach Schwein. Folglich handelt es sich bei dem Schnitzel auf meinem Teller um eines nach Wiener Art und deshalb ist die Bezeichnung auf Ihrer Speisekarte nicht korrekt. Dafür allerdings ist es ..." Karl-Friedrich sah triumphierend in die Gesichter der Gäste ringsum, „... eindeutig zu teuer!"

Ich saß da mit hochrotem Kopf, während der Kellner ruhig erklärte, dass Karl-Friedrich sich täusche. Mir schmeckte nichts mehr, weder der Wein noch mein Geschnetzeltes mit gerösteten Kartoffeln, nicht einmal mehr der Salat. Als mein Mann dann noch darauf bestand, etwas von der Rechnung abzuziehen für den angeblich entgangenen Genuss beim Essen, reichte es mir endgültig. Ich beschloss, ihn zu entsorgen und den Fluten des Rheins anzuvertrauen.

Gegen dreiundzwanzig Uhr bemängelte er, im Zimmer sei es unerträglich warm. Ich gab ihm zum ersten Mal recht. „Lass uns ein Stück am Fluss spazieren gehen", schlug ich vor.

„So spät noch?"

„Es ist eine schöne, laue Nacht. Wenn wir eine Weile gelaufen sind, können wir bestimmt besser schlafen, du wirst sehen."

Er war noch nie um diese Zeit mit mir aus dem Haus gegangen. Doch es war Urlaub und warm, sehr warm ...

Das Wasser schlug leise raunend an das Ufer, als wir den unteren Weg der Rheinpromenade entlang liefen. Kaum merklich bewegten sich die Gräser, am Himmel leuchteten die Sterne und leise zirpten Grillen.

Armer Karl-Friedrich! Mit allem hätte er gerechnet, nur nicht mit diesem plötzlichen, heftigen Stoß, der ihn an einer für mein Vorhaben günstigen Stelle aus dem Gleichgewicht brachte, die kleine Böschung hinunterrutschen und in die Fluten gleiten ließ.

Er wollte rufen. Wie der von ihm so ungeliebte Frosch öffnete er den Mund, schloss ihn jedoch wieder, ohne ein Wort gesagt zu haben.

Nun fließt der Rhein weiter in Richtung Arnheim – nur, dass er jetzt Karl-Friedrich mit sich führt.

Janes

Das Unglück begann mit einem glücklichen Zufall. Ich fand nicht nur einen freien Parkplatz, sondern er forderte noch nicht einmal die obligatorische Parkgebühr, die das Parken im Zentrum unserer Städte sonst zu einem unleidlichen Abenteuer macht. Mein erster Eindruck von der Stadt war also durchaus angenehm.

Seit Geburt heimisch in einer norddeutschen Kleinstadt, unweit von Nienburg, hatte mir der Umzug in eine niederrheinische Großstadt lange Zeit Unbehagen bereitet.

Krefeld erwies sich jedoch als Großstadt mit kleinstädtischem Charme. Ich fand ein Quartier in einer kleinen Pension im nördlichen Bezirk und hatte mich an dem Tag auf die Suche nach einer Wohnung gemacht, als ich eben diesen Parkplatz fand.

Meine Stimmung stieg weiter, weil mich ein preiswerter Mittagstisch in ein gemütliches Gasthaus lockte. Noch bevor ich bestellen konnte, stellte mir der Kellner ungefragt ein Glas des niederrheinischen Bieres auf den Tisch. Es schien zu den Sitten der Stadt zu gehören, wie ich später feststellen konnte.

Derart überrumpelt, trank ich gegen meine Gewohnheit drei Glas Bier zum Mittagessen, denn immer wenn mein Glas fast geleert war, stellte man mir bereits ein frischgefülltes auf den Tisch. Daher beschloss ich, das Letzte nur sehr langsam zu trinken, um ein Viertes zu vermeiden.

Heiter trat ich nach gutem Essen wieder auf die Straße. Ein seltsamer Drang ließ mich linker Hand ein Stück stadtauswärts gehen. Und dann sah ich es. Klein und geduckt stand das Haus zwischen protzigen Neubauten der Nachkriegszeit. Die verblichene, altrosa Fassade erstreckte sich über zwei Geschosse und schien mit morbidem Charme zu lächeln. Neben der Tür entdeckte ich einen helleren Fleck, quadratisch, als ob dort einmal ein Schild gehangen hätte. Das Haus machte einen unbewohnten Eindruck und war mir auf Anhieb sympathisch.

Zu meiner Überraschung entdeckte ich nun hinter mir ein Maklerbüro. Dort konnte man mir vielleicht Auskunft über das Haus geben. Ich beschloss, einzutreten.

Der Makler, Quarz mit Namen, betrachtete mich wie eine Katze eine Maus betrachten mag, nicht unfreundlich, aber unverkennbar mit einem lüsternen Interesse nach Geld.

Umso überraschender war sein Angebot. „Sie können dort gerne ein, zwei Monate zur Probe wohnen. Mir liegt daran, dass überhaupt wieder Leben in die Bude kommt, ha, ha. Die Leute denken sonst, mit dem Haus könne etwas nicht stimmen."

Die Sekretärin räusperte sich, doch ein scharfer Blick ihres Chefs ließ sie verstummen, ehe sie zum Reden ansetzen konnte. Dafür ruhte ihr Blick nachdenklich auf meiner schmalen, vom vielen Studieren nicht sehr trainierten Gestalt. Meinen fragenden Augen wich sie jedoch rasch aus und beugte sich beharrlich über die Tastatur ihres Computers.

„Um den Kauf abzuwickeln, bedarf es Wochen, vielleicht Monate", fuhr Quarz eifrig fort. „Wir haben deshalb den ersten Raum ein wenig möbliert, um Interessenten einen freundlichen Eindruck zu vermitteln. In zwei oder drei Stunden könnten Sie Strom haben, das arrangieren wir dann mit den Stadtwerken."

War es Abenteuerlust oder die lächelnde Fassade? Jedenfalls schien mir das Angebot reizvoller, als eine weitere Nacht in der *Pension Wilma* zu verbringen, und so sagte ich zu. Quarz reichte mir einen Schlüsselbund. „Gehen Sie ruhig. Schauen Sie sich alles an. Ich will Sie auch nicht bei der Besichtigung beeinflussen. Sie können mir im Laufe des Nachmittags Bescheid geben."

Mir kam nicht in den Sinn, hinter seinem Eifer mehr zu vermuten als Geschäftstüchtigkeit. Daher machte ich mich erfreut auf den Weg, seine besten Wünsche und einen weiteren verdeckten Blick der Sekretärin zur Begleitung.

Als ich den Schlüssel ins Schloss steckte, schien mir, als ob ich auf der anderen Seite von einer Person erwartet würde. Vorsichtig hielt ich inne, schalt mich dann einen Narren und stieß die Tür rasch weit auf. Der dämmrige, lange Flur war leer. Das erste Zimmer zur Linken war das erwähnte möblierte, es war eingerichtet mit einer Couch, einem Tisch, zwei Sesseln und einer alten Anrichte nebst Schreibtisch. Das war mehr, als ich erwartet hatte. Die Couch hielt einer prüfenden Liegeprobe stand, und ich öffnete einige Fenster, um frische Luft hereinzulassen. Ohne mich in Details zu verlieren, das Haus war genau so, wie ich es mir besser nicht wünschen konnte. Rasch informierte ich den Makler über meinen Entschluss und holte mit Hochgefühl meine zwei Koffer aus der Pension.

In der Zwischenzeit hatte ein guter Geist zwei Decken und ein Kissen auf das Sofa gelegt. Auf dem Tisch stand ein kleiner Korb mit Wein und Gebäck. „Lassen Sie sich nicht zum Bier einladen, wenn Sie unser Bier nicht gewohnt sind. Bleiben Sie besser die erste Nacht im Haus und trinken Sie Wein. Der ist bekömmlicher."

Verwundert betrachtete ich die Zeilen, hastig hingekritzelt auf einen alten Umschlag. Das Krefelder Bier schien mir durchaus bekömmlich und die Warnung, wenn sie eine war, schien unsinnig. Lachend legte ich den Umschlag zur Seite und erkundete das Haus genauer. Die Luft in den Räumen war nun frischer, doch es schwebte ein Duft in der Luft, der mich vage an Arzt und Krankenhaus erinnerte. Eine weniger angenehme Erinnerung, hatte ich doch gerade wegen meiner schwächlichen Gesundheit und einem angeborenen Nervenleiden ein Jahr in der Klinik verbringen müssen.

Der helle Fleck an der Hauswand kam mir wieder in den Sinn. Der Gedanke störte mich und so setzte ich meine Besichtigung nun etwas gründlicher fort. Zu meinem Erstaunen war das gesamte Haus, bis auf das möblierte Zimmer, vollständig leer geräumt. Nicht einmal auf dem Speicher oder im geräumigen Gewölbekeller fand ich irgendeinen Hinweis auf frühere Bewohner oder eine Art der Nutzung.

Der Umstand enttäuschte mich, bin ich doch ausgesprochen neugierig und ein Mensch von leicht erregbarer Phantasie. Andererseits war ich jedoch der Sorge enthoben, mein zukünftiges Haus erst einmal entrümpeln zu müssen. Da mir Angst vor Ratten völlig fremd ist, wagte ich mich bis in die hintersten Winkel des dämmrigen Gewölbekellers vor, dorthin, wo das Licht der Lampe nicht mehr hinreichte. Dort fanden meine tastenden Hände in der Dunkelheit schließlich ein vergessenes Regal. Meine Beute war seltsam. Fünf Flaschen mit Essigessenz, wie ich sie aus meiner Kindheit noch kannte. Vorsichtig entkorkte ich eine davon. Der scharfe, stechende Geruch nahm mir den Atem. Warum hatte jemand Küchenutensilien so tief im Keller gelagert oder gar versteckt? Gab es vielleicht in diesem Tonnengewölbe noch weitere verborgene Winkel und Nischen? Ich entschied, dieser Frage später nachzugehen, sobald mir ein exakter Grundriss des Hauses zur Verfügung stand.

Als gegen Abend das Licht - wie versprochen - funktionierte, beschloss ich, erst einmal den Stadtteil ein wenig zu erkunden. Nun, da das Quartier meine Heimat werden sollte, war ein abendlicher Rundgang genau das Richtige.

Mein Dank an den Makler und seine Sekretärin endete vor verschlossener Tür, obwohl auf dem Firmenschild noch eine Stunde Geschäftszeit angegeben war.

So führte mich mein Weg zuerst nach rechts, vorbei an unterschiedlichen Geschäften, bis ich die Gaststätte *Zur alten Post* erreichte. Bis hierhin hatte ich nahezu einen halben Kilometer zurückgelegt, was mir als äußerste Grenze meines Bewegungsdrangs auch ausreichend erschien. Ich betrat das Lokal. Der Gastraum war auf den ersten Blick leer, dann entdeckte ich einen einzelnen Gast. Das heißt, er entdeckte mich, schickte mir einen freundlichen Blick hinter buschigen Brauen, und wedelte einladend mit der Hand, als hätte er mich erwartet. „Johannes", stellte er sich vor, „oder Janes, wie man op Krieewelsch he sägge dieet.«

Es war mein erster Kontakt mit der Sprache der Einheimischen und ihren Gewohnheiten, und ich hätte als frisch Zugereister keinen besseren Lehrmeister finden können. Liebenswürdig, manchmal auch penetrant langatmig, erzählte mir Janes vom früheren Krefeld, der alten Poststation und den Pferdefuhrwerken, die einst an dieser Stelle ihren Brunnen hatten. Er lud mich zum Bier ein, jedoch nicht ohne eine verschmitzte Warnung anzuhängen. „Nehmen se sich in acht möt oser Bier, junger Mann. Et jibbt Leute, die hören plötzlich de Pferde wiehern, wenn se hier oder da drüben aus de Kneipe rauskommen.«

Diese zweite Warnung, freundlich gemeint, quittierte ich mit einem Lächeln zum Abschied und begab mich über die Straße zum *Fasskeller*, auf den mich Janes hingewiesen hatte.

Die beschriebene Pferdetränke, oder das, was man zur Erinnerung daran als Brunnen gebaut hatte, war nicht zu verfehlen. Auch der *Fasskeller* war alles andere als ein Keller. Der Name wies in eine vergangene Zeit, das Ambiente hingegen war eher auf junges Publikum gerichtet. Eine Kneipe, in der sich eine After-Work-Party abhalten ließ. Zu meiner Verwunderung stand Janes bereits an der Theke und winkte mich heran. Wenn er sich als Fremdenführer betätigen wollte, dann hätte er es mir gleich sagen können, wobei mir auch nicht klar war, wie er so schnell und vor mir die Kneipe wechseln konnte. Hatte ich mich zu lange am Brunnen aufgehalten, und er war unbemerkt an mir vorbeigehuscht?

„Sehen se, junger Mann, hier können se am Freitag Bier drenke on en lecker Dier kenne liere."

Fast verwundert glaubte ich eine gewisse Lüsternheit in seinen Worten mitschwingen zu hören. Meine Mundwinkel stimmten dem Vorschlag kaum zu.

Darauf lachte er anzüglich und bestellte wieder Bier. „No komm, oder bös do ene drüje Pitter?" Janes blickte auf die Uhr. „So, junger Mann, nu is et Zeit für die nächste Station. Jeh'n se die Straße wieder zurück bis an de Eck. Dann kennen se schon alle juten Kneipen in ihrer neuen Heimat."

„Woher wissen Sie denn, dass ich hier jetzt wohne?", fragte ich erstaunt.

Janes winkte ab. „Ach, Krieewel is en Dorf. Hier lernt m'r sich schnell kennen, un m'r weiß sofort, wat so passieren tut."

Nachdenklich schüttelte ich den Kopf. Der Weg zurück führte mich an meinem zukünftigen Haus vorbei zu dem Brauhaus, in dem ich bereits zu Mittag gegessen hatte. Sorgsam hielt ich die Straße im Auge, doch ich konnte nicht feststellen, dass Janes mir folgte. Erleichtert setzte ich meinen Weg fort, denn der seltsame Mann wurde mir langsam lästig, wenn nicht sogar unheimlich. Seine bizarre Sprechweise wurde nur noch überboten von seiner Kleidung, die gut und gerne in ein Museum der fünfziger Jahre gepasst hätte. Völlig unbestimmbar war auch sein Alter. Mal wirkte er wie ein Greis, dann wieder wie ein Mann im besten Lebensalter.

Ohne die geringste, Lust unlösbare Rätsel zu lösen, setzte ich meinen Weg fort. Das Brauhaus empfing mich schon am Eingang mit munterem Stimmengewirr. Obwohl im Gastraum noch ausreichend Platz war, drängelten sich ein Dutzend Menschen um einen runden Tisch in einem dielenähnlichen Vorraum. Durch ein Glasfenster wurde ihnen das Bier gereicht. Diese Art des Trinkens war mir völlig unbekannt.

Ich fand einen freien Tisch, setzte mich, erhielt ungefragt das erste Bier, als sich eine schwere Hand auf meine Schulter legte. „Dat jieeht op mech“, sagte Janes und setzte sich ungefragt. Er hob sein Glas. „Salü - dat kömmt noch ut de Franzuosetiet.“ Er wischte sich genüsslich den Schaum vom Mund. „Angerte sägge Prost.“ - „Janz früher“, fuhr er ungerührt fort, „da jab et hier sojar Bier für umsonst. Von de Kirch. Die wollten so den Alkoholismus bekämpfen, ha, ha. - Also drenke m'r noch ieene.“

Mir schwanden fast schon die Sinne, doch Janes bestellte ein Bier nach dem anderen, palaverte weiter von Land und Leute, verfiel mit jedem Bier tiefer in seine obskure Mundart, bis ich gar nichts mehr verstand. Schließlich hatte er ein Einsehen, geleitete mich zur Tür und drehte mich in die richtige Richtung. „Dann man av nooe Huus, Jong!“

Als ich mein Zimmer betrat, hätte ich fast erwartet, Janes im Sessel zu sitzen zu sehen, doch zu meiner Erleichterung war ich nun endlich allein. Ohne große Umstände begab ich mich, so wie ich war, zur Ruhe. Der Grad meiner Trunkenheit machte mich unempfindlich gegen Rituale der Nachthygiene.

Das Geräusch, das mich dann weckte, war nicht das Rumpeln der Straßenbahn. Der Ton war fein und hoch, wie von einem elektrischen Gerät. Einer von den Tönen, die man als nervtötend bezeichnet. Unwillig drehte ich den Kopf hin und her, auf der Suche nach der Quelle des Tons. Mal kam er von links, dann von rechts und zum Schluss von oben. Ächzend machte ich Licht und stieg die Treppe hinauf ins obere Stockwerk. Doch kaum oben angelangt, schien der Ton von unten zu kommen. Es war zum verrückt werden.

„Morje es Friedag. Dooe kannsse en paar nette Dieres kenne lieere." Janes stand unten im Flur und grinste mich an.

„Was machen Sie denn hier? Wie kommen Sie hier überhaupt rein?«

Statt einer Antwort verschwand er in meinem Zimmer. Ich hörte ihn weiter palavern, aber inzwischen so in seiner Mundart, dass ich kaum ein Wort davon verstand. Wütend stürzte ich die Treppe hinunter. Doch inzwischen hatte er das Zimmer durch die zweite Tür verlassen. Noch wütender folgte ich der albernen Stimme ins Hinterzimmer, dann ins Treppenhaus.

„Bleiben Sie endlich stehen!", brüllte ich ihm hinterher. Sein unentwegtes Geplauder nervte mich. Er entfernte sich schließlich Richtung Keller.

Wütend und unbesonnen rannte ich hinterher. Halb die Treppe hinab, versagte plötzlich das Licht und ich stürzte in die Tiefe.

Am Morgen fand mich die Sekretärin des Maklers nahezu besinnungslos auf dem Teppich. Mein Mund war geschwollen und blutig. „Janes", stammelte ich. „Wo ist Janes?"

Die Sekretärin wurde bleich. „Janes? Sie haben Janes getroffen? Den Zahnarzt?" Dann half sie mir vorsichtig auf die Beine und schob mich zur Couch. „Ich habe Sie gewarnt", sagte sie vorwurfsvoll. „Sie können von Glück sagen, dass Sie noch leben."

Ich verschwieg ihr meine Trunkenheit und dass ich in der Nacht randalierend durch das leere Haus gestolpert war, doch sie ließ sich nicht davon abhalten, mir von Janes zu erzählen.

Johannes war während des Krieges ein tüchtiger und beliebter Zahnarzt im Nordbezirk gewesen. In den Wirren der Nachkriegszeit war seine Frau mit einem englischen Soldaten durchgebrannt. Danach hatte er sich radikal verändert, wurde wortkarg und nahezu menschenfeindlich. Jeden Freitag war er nächtens durch die Kneipen des Viertels gezogen, hatte junge Frauen betrunken gemacht und in seine Zahnarztpraxis geschleppt. Eines Tages war er dann spurlos verschwunden und nie wieder aufgetaucht. Als man schließlich die Tür aufbrach, fand die Polizei im Keller seines Hauses auf langen Regalen unzählige Einmachgläser mit schauerlichem Inhalt und Dosen mit Hunderten von Zähnen. Vermutlich hatte er seinen Opfern vorher alle Zähne gezogen.

Das Haus ließ sich seitdem kaum mehr vermieten. Waren doch einmal Interessenten aufgetaucht, so gaben sie stets an, abends in den Kneipen oder beim Einkaufen von einem alten Herrn mit Namen Janes belästigt worden zu sein. Aber am schlimmsten, so sagten sie, seien nachts im Haus die Geräusche, die an einen Zahnarztbohrer erinnern.

Ich schüttelte mich und betastete meinen blutigen Mund. Irgendwann in der Nacht hatte ich einen Eckzahn verloren. Ich würde wohl bald einen Zahnarzt aufsuchen müssen.

Jemahlene Poppedriet

„Jemahlene Poppedriet!“

Sie zuckte zusammen. Sie hatte sich so viel Mühe gemacht, Kochbücher studiert und extra ein Spargelkochbuch aus der Stadtbücherei ausgeliehen. Ihre ‚Käsespätzle mit Lachs und Spargel überbacken‘ sahen ihrer Meinung nach nicht nur gut aus, sondern schmeckten auch hervorragend.

Ihr Mann stocherte mit seiner Gabel auf dem Teller herum und nörgelte: „Zu Hause gab es immer Spargelröllchen mit gekochtem Schinken und Mayonnaise - dat war lecker. Ja, meine Mutter konnte prima kochen und nich so ’ne jemahlene Poppedriet.“

Da war es wieder - dieses Wort. Sie konnte es nicht mehr hören. Er aber fand es witzig. Am Anfang ihrer Bekanntschaft hatten sie noch gemeinsam darüber gelacht.

Kennen gelernt hatten sie sich auf der Geburtstagsfeier einer Freundin. Er war der Arbeitskollege irgendeines Bekannten. Sie sprach ihn an, als er misstrauisch das Büfett beäugte. Für den Rest des Abends unterhielten sie sich über gutes Essen. Hätte sie doch damals genau hingehört. Aber in ihrer ersten Verliebtheit bemerkte sie nichts.

Sie erinnerte sich noch genau an jenen Abend beim Italiener. Wie hatte sie sich darauf gefreut, mit ihm schön essen zu gehen. So kam es, dass sie alles witzig fand, was er sagte und wie er über das Essen herzog. Der Höhepunkt war sein Ausdruck „Jemahlene Poppedriet“ für die eigentlich ganz tollen ‚Tagliatelli con Scampi e Salmone‘. Vielleicht lag es auch an der Menge des vorzüglichen Weines, den sie trank, dass sie albern kicherte, als er ihr erklärte, sein Vater hätte diesen Ausdruck gebraucht, wenn er mit dem Essen nicht zufrieden gewesen wäre. Übersetzt würde das soviel bedeuten wie „Gemahlene Puppenscheiße“. Ha, ha – wie komisch.

Das Lachen war ihr inzwischen vergangen.

Mit den Worten „nichts Ordentliches da!“, warf er die Kühlschranktür zu. Sie verzichtete darauf, ihn auf den Manchego hinzuweisen, wusste sie doch inzwischen, dass er sagen würde: „Käse darf nicht nach Käse schmekken – ha, ha – hat schon mein Opa gesagt.“

Warum versuchte sie nur immer wieder, ihn davon zu überzeugen, dass es auch noch andere Lebensmittel gab, als die, welche er von zu Hause gewohnt war.

„Dann hol’ ich mir eben Pommes und Schaschlik“, rief er im Hinausgehen.

Eigentlich hatte sie das kommen sehen, es war ja nicht das erste Mal. Sie ärgerte sich immer mehr über seine Essgewohnheiten, anstatt sich daran zu gewöhnen und sie hinzunehmen.

Beim Abräumen des Tisches sah sie sich im Wohnzimmer um: Alles war ziemlich spießig, ganz nach seinem Geschmack und dem seiner Mutter. Gediegene Sitzgruppe mit Dreisitzer, Zweisitzer und Sessel – und die altdeutsche Schrankwand, in der ihr Hochzeitsbild stand.

Ihr lief es heute noch heiß den Rücken runter, wenn sie an ihren Hochzeitstag dachte. Schwiegermama hatte alles in die ordnende Hand genommen, einschließlich des Menüs. Noch immer sah sie das Grinsen ihrer Arbeitskolleginnen vor sich, als die Rindfleischsuppe aufgetragen wurde. Und wie sie erst kicherten, als Rinder- und Schweinebraten mit Kartoffeln, Soße und Gemüse auf den Tisch kamen. Beim Schokoladenpudding blieb ihnen das Lachen im Halse stecken. Seine Mutter und er hingegen strahlten: ein ordentliches Essen!

Der Geruch von Schaschlik mit Pommes - seiner Meinung nach auch ein ordentliches Essen - erfüllte die Wohnung. Er ließ sich vor dem Fernseher nieder und aß mit großem Appetit. „Du lernst es wohl nie. Warum machste immer so Fisematenten?“, fragte er. „Koch doch einfach mal was Ordentliches und alle sind zufrieden.“

„Was Ordentliches“, dachte sie, „ich koche, was nach deiner Meinung ‚etwas Ordentliches‘ ist, und du glaubst, alles sei gut.“

Ihre Unzufriedenheit wuchs von Tag zu Tag. Das Thema ‚Essen’ überschattete inzwischen ihr gesamtes Eheleben. Sie kämpfte täglich mit der Frage: „Was koche ich ihm ‚Ordentliches‘ zu Essen?“

„Was gibt’s denn morgen?“, fragte er und stopfte sich mehrere Pommes in den Mund. An seinem Kinn lief ein roter Faden Ketchup hinunter. Eigentlich hätte sie gerne das Rezept ‚Fischlasagne mit Frühlingsgemüse‘ ausprobieren wollen.

Resignierend verkündete sie: „Morgen koch’ ich dir Rouladen mit Soße, Kartoffeln und Salat.“ Sein Strahlen versöhnte sie nur kurz.

So saßen sie am nächsten Tag beide erstaunlich zufrieden zusammen am Tisch. Er war zufrieden, weil es ihm so gut schmeckte, und sie war zufrieden, weil es ihm so gut schmeckte.

Sie lächelte, als er plötzlich anfing zu keuchen. Dann fasste er sich röchelnd mit einer Hand an den Hals und schnappte verzweifelt nach Luft. Sie wandte sich ab, als er neben seinem Stuhl zusammenbrach und blau anlief. Erst als er keinen Ton mehr von sich gab, sah sie wieder zu ihm rüber.

Er hatte Recht gehabt, sie lernte es nie: Eine ‚ordentliche‘ Rinderroulade steckt man mit zwei Nadeln zusammen und nicht mit vier.

Wo ist Anna Becker?

Julia Anders war spät dran. Sie hetzte durch das Haus, um ihre Sachen einzusammeln. Im Stehen trank sie einen Schluck Kaffee, biss ins Brötchen und versuchte gleichzeitig, ihre Jacke anzuziehen. Jeden Tag nahm sie sich vor, früher aufzustehen. Wenn ihr Mann Arne auf Geschäftsreise war, verschlief sie regelmäßig. In letzter Zeit war er oft auf Geschäftsreise.

Als sie noch allein in Düsseldorf wohnte, hatte ihr Zeitmanagement besser gestimmt. Sie liebte die Geräusche der Stadt, das pulsierende Leben, Autogehupe und die Bimmeln der Straßenbahnen. Da hatte sie nie einen Wecker gebraucht.

Aber ihr Mann hatte sich auf den ersten Blick in dieses kleine Haus am Ortsrand von Viersen verliebt. Er war sehr spontan und setzte seine Wünsche möglichst sofort um. So hatte er auch darauf bestanden, Julia vom Fleck weg zu heiraten, knapp acht Wochen nachdem sie sich kennen gelernt hatten. Intensiv und leidenschaftlich hatte er um sie geworben, und so gab sie seinem Drängen schließlich nach. Ebenso hartnäckig hatte er durchgesetzt, dieses Haus zu kaufen. Er wollte, dass seine zukünftigen Kinder im Grünen aufwachsen würden. Julia war es schwergefallen, den Kaufvertrag zu unterschreiben, aber sie tat es nur ihrem Mann zuliebe.

Ihre Eltern und Freunde hatten sie gewarnt, aber in ihrer blinden Verliebtheit hörte sie nicht darauf, denn Arne war ein wirklich blendend aussehender Mann mit viel Witz und Charme, und sie war stolz darauf, seine Frau zu sein. Doch obwohl sie schon seit sechs Monaten hier lebte, hatte Julia sich noch nicht eingelebt.

Im Hinausgehen fiel ihr Blick auf eine Schlagzeile im Ortsteil der Westdeutschen Zeitung: „Suche nach Anna Becker - immer noch ohne Erfolg."

Wie magisch angezogen, überflog Julia den Artikel trotz ihrer Zeitnot: „Die Suche nach Anna Becker (22) ist auch nach einem Jahr immer noch ohne Erfolg. Die junge Frau wurde zuletzt am 9. März 2002 auf dem Parkplatz am Sportstadion des 1. FC Viersen gesehen. Dort ist sie - laut Zeugenaussagen - zu einem Mann ins Auto gestiegen und seither spurlos verschwunden. Es handelte sich um einen dunklen Peugeot 306 (schwarz oder dunkelblau metallic) mit Viersener Kennzeichen. Von dem Mann fehlt jede Beschreibung. Anna Becker ist schlank, 1,72 m groß und brünett, sie trug Pullover und Jeans unter einem dunklen Mantel. Wer kann Angaben zum Verbleib der jungen Frau machen, oder wem ist in diesem Zusammenhang etwas Verdächtiges oder Ungewöhnliches aufgefallen? Hinweise nimmt die örtliche Polizeistation entgegen."

Julia schauderte. Sie konnte sich nicht vorstellen, dass hier auf dem Land, das ihr still und langweilig vorkam, einfach ein Mensch verschwand. Erschrocken schaute sie auf ihre Armbanduhr. Jetzt wurde es aber allerhöchste Zeit! Sie hatte ihren Job als Gehilfin in dem Notariat in Viersen noch nicht lange, und ihr Chef konnte bei Verspätungen sehr ungehalten werden.

Sie spurtete in die Garage und holte ihr nagelneues Fahrrad heraus. Auch dies war ein Tribut an das neue Haus, ein Zweitwagen war vorerst nicht drin. Aber ihr Mann hatte sie getröstet: „Jetzt fängt das Frühjahr an und im Herbst sieht unsere finanzielle Situation vielleicht schon ganz anders aus. Wenn ich den großen Auftrag an Land ziehen kann, ist für dich sicher die Anschaffung eines kleinen Flitzers drin."

Über Art und Inhalt des großen Auftrages schwieg sich Arne allerdings aus. Überhaupt sprach er sehr wenig über seinen Beruf und die damit verbundenen Tätigkeiten. Er ging meistens früh aus dem Haus und kam in der Regel erst sehr spät wieder zurück. Wenn Julia Fragen stellte, wich er meistens aus oder sagte, er habe nach dem anstrengenden Tag im Büro keine Lust mehr, darüber zu reden. Sie respektierte seinen Wunsch, zumal er es meisterhaft verstand, ihre Gedanken in andere Bahnen zu lenken.

Julia bestieg ihr Fahrrad und überlegte, ob sie die Abkürzung durch das kleine Waldstück oder die längere Strecke über die Straße nehmen sollte. Ein Blick auf ihre Armbanduhr half ihr bei der Entscheidung. Zielstrebig schlug sie den Weg an der Kleingartenanlage ein, der an einem Wald- und Moorgebiet vorbeiführte. Es war noch sehr kalt zu dieser Jahreszeit. Sie schlug den Kragen ihrer dicken Jacke hoch, um sich vor dem eisigen Wind zu schützen.

Der Zeitungsartikel kam ihr wieder in den Sinn, als ihr Weg sie über den Parkplatz an der Sportanlage vorbei führte, wo man die vermisste Frau zuletzt gesehen hatte. Es überkam sie ein mulmiges Gefühl. Was war wohl mit dieser Anna Becker geschehen? Hatte man sie entführt, missbraucht oder sogar getötet? Oder hatte die junge Frau vielleicht absichtlich ihre Vergangenheit hinter sich gelassen, um ein neues Leben zu beginnen?

Julia radelte zügig über den noch leicht gefrorenen Waldweg. Trotz der Kälte spürte sie schon das beginnende Frühjahr. Die Tage wurden merklich länger, und hier und da zeigte sich zaghaft das erste Grün. Vor dem kleinen Steg, der über ein träge dahinfließendes Bächlein führte, bog der Pfad nach links ab, und auf einmal verhinderte ein quer über den Weg gestürzter Baum die Weiterfahrt. Verärgert stieg Julia ab und überlegte, wie sie mit ihrem Fahrrad an diesem Hindernis vorbei kommen könnte. Wieso konnte ein Baum einfach so umstürzen? Sie konnte sich nicht daran erinnern, dass es in der letzten Zeit einen Sturm oder ein Unwetter gegeben hatte. Sie schulterte kurzentschlossen ihr Fahrrad und versuchte, über den Baumstamm zu klettern. Das Rad schien zentnerschwer zu sein. Die Äste und Zweige kratzten an ihren Beinen und beschmutzten die helle Jacke. Endlich stand sie auf der anderen Seite des Baumes.

Da sah sie ihn auf einmal! Die bedrohliche, dunkle Silhouette eines riesig groß anmutenden Mannes, der ein Stück weiter, breitbeinig mitten auf dem Weg stand. Sein Gesicht konnte sie nicht erkennen, er hatte den Hut tief ins Gesicht gezogen. Vor Angst blieb ihr beinahe das Herz stehen. Ihr Atem ging in stoßweises Keuchen über. Die verschwundene Frau fiel ihr wieder ein. Panik stieg in Julia hoch. Sie ließ ihr Fahrrad fallen und wollte schreien, brachte aber nur ein klägliches Krächzen zustande. Sie blickte sich verzweifelt nach einem Fluchtweg um und stellte fest, dass die Gestalt auf einmal wie vom Erdboden verschluckt war. In panischer Angst drehte Julia sich um, weil sie das Gefühl hatte, er könne plötzlich hinter ihr stehen. Aber da war niemand. Julia versuchte, ihren stockenden Atem unter Kontrolle zu bekommen. Ob sie sich das alles nur eingebildet hatte? Sie musste phantasiert haben. Vielleicht hatte sie der Stress der letzten Zeit und der Zeitungsartikel so durcheinander gebracht.

Sie sah sich noch mehrmals um, keine Spur von diesem mysteriösen Mann. Julia bestieg zögernd ihr Fahrrad und trat langsam in die Pedalen. Aber dann wurde ihr Antritt forscher und das Tempo immer schneller. Schließlich erreichte sie unbeschadet den Waldrand.

Mit etlicher Verspätung schlich sie sich an ihren Schreibtisch und stürzte sich gleich auf die Arbeit, die sie den Vorfall vorerst vergessen ließ.

Am Abend nahm Julia die Strecke über den Fahrradweg am Waldrand vorbei. Nur kurz stutzte sie, als sie an der kleinen Parkplatzausfahrt vorbeikam. Sie schalt sich selbst wegen ihrer übersteigerten Phantasie und beschloss, die Sache zu vergessen. So berichtete sie ihrem Mann abends am Telefon, dass alles in Ordnung sei und es keine Neuigkeiten gäbe.

Der nächste Morgen brachte ein böses Erwachen. Sie hatte schon wieder den Wecker überhört und fast neun Stunden wie eine Tote geschlafen. Ärgerlich auf sich selbst hastete sie durch ihr Morgenprogramm. Zum Frühstück war keine Zeit mehr. Ein Blick aus dem Fenster ließ ihr Stimmungsbarometer weiter sinken - ein trister, nebliggrauer Morgen erwartete sie. Sie beschloss, ihren dicken Parka anzuziehen und fluchte wieder über die Tatsache, kein eigenes Auto zu besitzen. Warum war Arne auch schon wieder weg? Er hätte sie zur Arbeit bringen können.

Erst als sie das Stück über den Parkplatz an der Sportanlage radelte, wurde ihr bewusst, dass sie wieder die Abkürzung durch den Wald eingeschlagen hatte. Nebelschwaden waberten durch die gespenstig anmutende Landschaft. Aber Julia trat tapfer in die Pedale. Sie zögerte, als sie die Stelle erreichte, an der sie gestern in den kleinen Pfad abgebogen war. Vermutlich war der umgestürzte Baumstamm noch nicht beiseite geräumt worden. So entschied sie, geradeaus über den kleinen Steg zu fahren. Sie würde zwar länger brauchen, aber die Strecke war wenigstens frei.

Dieses Mal sah sie den Mann erst, als er auf sie zukam. Nach einer Linkskurve stand er wie aus dem Erdboden geschossen plötzlich vor ihr. Breitbeinig, die Hände in die Hüften gestemmt, den Hut tief ins Gesicht gezogen, groß und unheimlich. Julia schrie laut. Der Mann streckte eine Hand nach ihr aus, als wolle er nach ihr greifen. Julia riss instinktiv den Lenker herum, trampelte wild in die Pedale. Sie hörte, dass der Mann ihr etwas hinterher rief, konnte ihn aber nicht verstehen. Durch den Nebel verschwammen die Konturen vor ihr und sie wusste nicht, wo sie sich augenblicklich befand.

Und da geschah es! Sie hatte ein Schlagloch übersehen und flog in hohem Bogen über den Lenker, direkt ins Gebüsch. Ihr trommelnder Herzschlag übertönte alle möglichen Geräusche. Plötzlich wurde ihr klar, dass ihr Fahrrad noch immer auf dem Weg lag. Ihr Verfolger würde nun wissen, wo sie sich befand. Vorsichtig lugte sie aus ihrem Versteck und robbte in Richtung Pfad. Immer wieder hielt sie den Atem an und lauschte, aber der Nebel schluckte alle Geräusche. Sie kroch weiter, bis sie ihr Fahrrrad vor sich sah und reckte sich nach dem Hinterrad. Mit aller Kraft zerrte sie daran und Zentimeter für Zentimeter zog sie es ins Gebüsch.

Sie selbst kroch ein Stück weiter, auf dem feuchtschlammigen Untergrund. Keine zehn Pferde würden sie dazu bringen, ihr Versteck zu verlassen. Sie versuchte ihre Gedanken zu ordnen. Sie glaubte nicht, dass diese Begegnungen reine Zufälle waren. Der Mensch schien ihren genauen Tagesablauf zu kennen. Bei dieser Vorstellung begann sie erneut zu zittern. Womöglich stand er nur wenige Meter von ihrem Versteck entfernt und wartete darauf, dass sie wieder auftauchte. Sie würde diesen Ort vorerst nicht verlassen. Sie kroch noch tiefer in das schlammige Moorgebiet hinein. Eine dünne rote Linie lief ihren rechten Arm hinunter. Sie musste sich verletzt haben und hatte es nicht gespürt. Ihre Kleidung war verschmutzt, zum Teil auch zerrissen. Julia legte sich platt auf den Bauch und weinte.

Erst nach einiger Zeit nahm sie den modrigen, fauligen Geruch wahr, der sich in der Umgebung breitmachte. Julia schob mit der linken Hand einige Blätter beiseite, die ihr den Blick versperrten. Aus dem Boden ragte ein ungewöhnlich geformter Wurzelstock. Erst als Julia genau hinsah, erkannte sie, dass es eine knöchrige Hand sein musste. Die Handwurzel steckte im Schlamm und die Finger waren gekrümmt, als ob sie etwas festhalten wollten. Die Verwesung war noch nicht völlig eingetreten, die Hand wirkte ledern. Julia wollte schreien, aber das Entsetzen lähmte ihre Stimme. Das Moor hatte noch Grausameres zu bieten, denn jetzt nahm Julia unmittelbar vor sich die Konturen eines menschlichen Kopfes wahr. Der Hinterkopf steckte im Schlamm, das Gesicht war zu sehen. Die blicklosen Augenhöhlen starrten nach oben, der Mund war, wie zu einem Schrei, weit geöffnet.

Das muss Anna Becker sein, schoss es Julia durch den Kopf. Hier hat man sie also vergraben. Und jetzt erstattete das Moor Anzeige gegen die furchtbare Tat und gab die Leiche nach einem harten und trockenen Winter frei.

Julia wollte weg. Sie konnte es keine Sekunde länger hier aushalten. Vorsichtig tastete sie sich vorwärts, immer darauf bedacht, die Überreste von Anna Becker nicht zu berühren.

Sie fand ihr Fahrrad im Unterholz. Der Nebel lag noch immer wie dicke Watte in der Luft. Julia ignorierte die Schmerzen im rechten Arm. In geduckter Haltung versuchte sie, ihr Fahrrad wieder auf den Weg zu zerren. Mühsam richtete sie sich auf, quälte sich auf den Sattel und fuhr mechanisch los.

Irgendwann stand sie vor ihrem Haus, tränenüberströmt und außer Atem. Der erste Gedanke, der ihr durch den Kopf schoss, war, ihren Mann Arne anzurufen. Sie wollte ihn bitten, sofort nach Hause zu kommen. Julia flehte, dass er nicht wie so oft sein Handy abgestellt hatte und die sonore Stimme aus der Mailbox sie auffordern würde, eine Nachricht zu hinterlassen. Wider Erwartung war Arne direkt am Apparat. Noch völlig durcheinander und unter dem Schock des Erlebten berichtete Julia was ihr widerfahren war, und dass sie glaubte, Anna Becker gefunden zu haben. Dann brach sie in heftiges Schluchzen aus.

Arne beschwor sie, nichts zu überstürzen und auch

keine Polizei einzuschalten. „Du hast keinerlei Beweise“, sagte er, „vielleicht hält man dich für verrückt. Bitte beruhige dich und warte, bis ich wieder zu Hause bin. Ich werde heute Abend wieder bei dir sein.“

Seine Worte beruhigten Julia. Nachdem sie im Notariat angerufen und sich krank gemeldet hatte, legte sie sich auf die Couch und schlief ein. Julia war total erschöpft und wachte erst am späten Nachmittag wieder auf.

Es war schon dunkel. Sofort waren die entsetzlichen Bilder wieder da. Wo Arne nur blieb? Es war es bereits achtzehn Uhr. Sie knipste die Stehlampe an. Unruhig lief sie im Wohnzimmer auf und ab. Sollte sie doch die Polizei anrufen? Ein Schmerz durchzuckte sie. Vorsichtig schob sie den Ärmel ihres Pullovers hoch und begutachtete den geschwollenen Arm mit den Abschürfungen und der Schnittwunde. Da hörte sie, wie sich ein Schlüssel im Schloss drehte. Julia warf sich Arne in die Arme. „Gut, dass du endlich da bist“, schluchzte sie, „ich hätte es keine Minute länger ausgehalten. Wir müssen zur Polizei!“

Arne klopfte ihr beruhigend auf den Rücken, „Ich bin ja jetzt da.“

Julia berichtete noch einmal, was sie in den letzten beiden Tagen erlebt hatte. Arne unterbrach sie mehrmals und fragte nach Details. Beim Erwähnen des großen schwarzen Mannes schaute er ungläubig. „Morgen zeigst du mir, wo du ihn angeblich gesehen hast. Und natürlich, wo diese Leiche liegen soll“, sagte er nachsichtig.

„Du glaubst mir nicht?“, fragte Julia empört.

„Ich will nicht, dass du dich mit irgendwelchen Stories bei der Polizei blamierst“, sagte Arne leicht ungeduldig. „Zuerst will ich Gewissheit haben, was an deiner Geschichte dran ist. Dann können wir immer noch zur Polizei gehen.“

Julia schwieg. Sie wusste, dass er nicht nachgeben würde. In dieser Nacht schlief Julia ausgesprochen schlecht. Immer wieder tauchten die grässlichen Bilder vor ihr auf, bis sie schließlich schweißgebadet aufwachte. Julia stürzte aus dem Bett, öffnete das Fenster einen Spalt und rang nach Luft.

Arne wachte auf und rieb sich die Augen. „Hast du schlecht geträumt?", fragte er, „leg dich wieder hin und schlaf weiter."

Julia zitterte am ganzen Leib, sie blieb unschlüssig am Fenster stehen und spähte in die Dunkelheit. Sie sah den milchigen Vollmond am Himmel, auf der anderen Straßenseite, unter einer defekten Straßenlaterne nahm sie eine dunkle Silhouette wahr.

„Da", flüsterte Julia, „da ist er wieder und starrt hier herüber. Der schwarze Mann, von dem ich dir erzählt habe." Ihre Stimme erstarb, nur die Zähne schlugen klappernd aufeinander.

Arne erhob sich und trat zu ihr ans Fenster. „Mein Liebes", sagte er wie zu einem Kleinkind, „du siehst wieder Gespenster, das kommt von deinem Albtraum."

„Aber sieh doch selbst", schluchzte Julia, „er steht wirklich da!" Die andere Straßenseite war menschenleer. „Du musst mir glauben, Arne, bitte" wimmerte sie, „er hat ganz bestimmt dort drüben gestanden und hierher gestarrt. Er will mich sicher holen, so wie Anna Becker."

„Red' keinen Unsinn", sagte Arne unwirsch, „jetzt nimm dich zusammen und komm ins Bett." Er führte sie zu ihrer Seite des Ehebettes, legte sie hin und deckte sie zu wie ein Baby. „Schlaf gut", seine Stimme klang wieder etwas freundlicher, „Morgen früh klären wir die Sache auf."

Julia rollte sich zusammen und legte schützend die Arme um ihren Körper. Die Verletzung schmerzte und ihr Kopf dröhnte, leise weinte sie in ihr Kissen. Wurde sie wahnsinnig oder sorgte irgend jemand dafür, dass sie es wurde?

Als der Wecker am Morgen klingelte, quälte Julia sich aus dem Bett.

„Du siehst ja schrecklich aus“, meinte Arne wenig zartfühlend, „jetzt frühstücken wir in aller Ruhe, und dann zeigst du mir deinen Fund!“

Julia würgte an ihrem Brötchen. „Bitte“, flehte sie, „lass uns vorher zur Polizei gehen, ich will nicht alleine in den Wald gehen. Ich habe Angst.“

Arne lächelte. „Aber ich bin doch bei dir, es kann dir nichts passieren. Außerdem ist es ziemlich abwegig, dass du wirklich eine Moorleiche gesehen hast. Vermutlich hast du dir das nur eingebildet.“

Schweigsam brachen sie schließlich auf. Auch dieser Morgen war wieder neblig-trüb. Julia steckte ihre Hände tief in die Taschen des Parkas und zog sich schützend die Kapuze über den Kopf.

„Wir fahren mit dem Auto bis zum Sportplatz und den Rest gehen wir zu Fuß. Mal sehen, ob du die Stelle überhaupt noch findest“, sagte Arne. Seine Stimme klang sarkastisch.

Was sollte Julia nur tun, wenn sie die Stelle wirklich nicht wiederfinden würde? Sie gingen schweigend nebeneinander her in das angrenzende Waldstück. Immer wieder sah Julia sich um. Schließlich erreichten sie die Stelle, an der es geradeaus über den Steg weiterging und der kleine Pfad mit dem umgestürzten Baum links abbog. Julias Schritte wurden langsamer. Der Nebel war dichter geworden und sie fühlte sich unsicher und allein, obwohl Arne bei ihr war.

Ungeduldig fasste er ihre Hand und zog sie weiter. „Nun komm schon“, sagte er, „es kann ja nicht mehr weit sein.“

Unwillig ließ sich Julia von ihm weiterziehen. „Ich habe solche Angst“, flüsterte sie, „bitte lass uns nicht weitergehen. Soll die Polizei nach der Moorleiche suchen.“

„Jetzt zick' nicht rum", raunzte Arne sie an, „wir müssen gleich da sein."

Auf einmal hörte Julia ein Rascheln und für Sekunden glaubte sie, die Umrisse des großen schwarzen Mannes zu erkennen. Sie wich zurück und stammelte: „Da, da ist er!"

„Was soll das?", fragte Arne verstimmt.

„Da war er wieder", flüsterte Julia, „der schwarze Mann."

„Ich sehe da rein gar nichts", brummte Arne ärgerlich und zog sie weiter. Dabei riss er an ihrem verletzten Arm, dass Julia aufschrie.

Der Nebel ließ alles gleich aussehen und Julia erkannte die Stelle nicht gleich wieder. Jeden Meter neben dem Pfad absuchend, ging sie hin und her. Plötzlich entdeckte sie Spuren, die vom Wegschleifen ihres Fahrrades herrühren mussten.

Arne waren die Spuren auch aufgefallen. „So, dann zeig' mir mal deinen Fund, jetzt kann es ja nicht mehr weit sein", forderte er sie auf.

Julia wies auf das Gebüsch, das nur einige Meter von ihr entfernt war und flüsterte leise: „Dahinter muss es sein!"

„Geh du vor", befahl Arne.

„Aber ich habe Angst", Julia sträubte sich. Arne schob sie unwirsch vor sich her.

„Eine Moorleiche kann dir nun wirklich nichts mehr anhaben, außerdem bin ich ja bei dir. Nun geh endlich."

Am ganzen Körper zitternd, setzte sie zögernd einen Fuß vor den anderen. Arne ging dicht hinter ihr. „Nun komm schon, dann ist es gleich vorbei!"

„Hier ist es", wisperte Julia und deutete auf das Gestrüpp.

„Das ist doch Unsinn. Hier ist nichts", stellte Arne verärgert fest.

„Wirklich", Julia weinte leise, „hier ist die Stelle."

Sie liess sich auf die Knie fallen und suchte den Boden ab. Dann ging alles blitzschnell. Julia spürte, wie ihr ein Plastikbeutel über den Kopf gestülpt wurde.

„Du hast sie also wirklich gefunden", hörte sie eine heisere Stimme hinter sich, „das ist wirklich schade für dich."

Julia schlug wild um sich. Sie versuchte sich aufzurichten, aber starke Arme hielten sie von hinten fest und drückten sie zu Boden. Jemand zerrte an dem Sack. Sie bekam keine Luft mehr und begann zu würgen. Mit aller Kraft riss sie sich los und schaffte es tatsächlich auf die Füße zu kommen. Sie riss den Plastikbeutel von ihrem Kopf und rannte blindlinks weiter. Da stiess sie mit dem schwarzen Mann zusammen. Sie prallte ab, fiel zu Boden und spürte einen dumpfen Schlag auf dem Hinterkopf. Dann wurde es dunkel um sie herum.

Wolkenloser Himmel und das Zwitschern der Vögel kündigten einen schönen Tag an. Wenn es auch noch immer kalt war, so ließ sich das kommende Frühjahr nicht mehr aufhalten. Kommissar Eckstein stand am Fenster des Krankenzimmers und betrachtete das sprießende Grün.

Ein Röcheln hinter ihm liess ihn herumfahren. Er trat auf das Krankenbett zu. Mühsam versuchte Julia, ihre Augen zu öffnen. Aber mehr als ein zaghaftes Blinzeln gelang ihr nicht. Ihr Kopf schien zu zerspringen, ihr rechter Arm lag in einer Schlinge. Mit der linken Hand tastete sie über den Verband an ihrem Kopf. Leise flüsterte sie: „Wo bin ich? Was ist passiert?"

Kommissar Eckstein griff nach ihrer Hand und drückte sie sanft. „Sie sind im Krankenhaus, und ich bin Kommissar Eckstein. Sie sind auf dem Wege der Besserung."

Es fiel Julia sehr schwer, sich zu erinnern. Endlich gelang es ihr, die Augen zu öffnen. Ein fremder Mann saß an ihrem Bett, hielt ihre Hand und sah sie besorgt an. Er war groß und kräftig, hatte schwarze Haare, einen schwarzen Schnauzbart und freundliche Augen. Sie vertraute ihm. „Was ist passiert“, das Sprechen fiel ihr unglaublich schwer.

„Sie dürfen noch nicht viel reden. Wenn es Ihnen besser geht, werde ich Ihnen alles erklären.“

„Bitte sagen Sie mir, was passiert ist“, flehte Julia leise.

„Sie sind zusammengeschlagen worden“, berichtete der Kommissar, „glücklicherweise konnten wir im letzten Moment eingreifen.“

Julia wollte noch etwas fragen, aber die Müdigkeit war stärker.

Als sie erneut erwachte, hatte sie über zwölf Stunden geschlafen. Die Schmerzen waren erträglicher geworden, und ihr Verstand begann klarer zu werden. Sie versuchte krampfhaft, sich zu erinnern.

Da öffnete sich die Tür und Kommissar Eckstein betrat das Krankenzimmer. „Es geht Ihnen besser, wie schön“, sagte der Kommissar freundlich. „Ich habe eine gute Nachricht für Sie, Ihre Eltern sind auf dem Weg hierher.“ Julia wollte sich aufrichten und der Kommissar stellte hilfsbereit das Kopfteil am Krankenbett etwas höher.

„Wo ist Arne?“, fragte Julia, „Wieso ist Arne nicht bei mir?“

Unheilvolle Gedanken drängten sich in ihr Gehirn.

„Sie werden ihn bald wieder sehen. Jetzt müssen Sie erst einmal wieder auf die Beine kommen.“

Verzweifelt versuchte Julia, sich zu erinnern: Der Wald, der Nebel, die dunkle Gestalt, das Gebüsch, der schwarze Sack über ihrem Kopf, wie mit einem Keulenschlag war das ganze schreckliche Erlebnis plötzlich wieder präsent. Julia presste die Hände vor ihre Ohren und kniff die Augen zusammen, als ob sie so die schreckliche Wahrheit so verdrängen könnte. Tränen liefen ihr aus den Augen. „Wo ist Arne, wo ist mein Mann? Sagen Sie es mir, Herr Kommissar?"

Der Kommissar legte behutsam seine Hand auf ihren Arm. „Sie müssen jetzt sehr stark sein. Sie sind jung und das ganze Leben liegt noch vor Ihnen."

„Warum sagen Sie das?", Julia hatte eine schreckliche Ahnung - Arne musste etwas passiert sein. Hatte er den Kampf gegen den schwarzen Mann verloren? War er verletzt worden? Oder schlimmer noch . . . ?

„Ich kann ich Ihnen die Wahrheit nicht ersparen", begann der Kommissar, „sie haben ein Recht darauf, es zu erfahren. Der richtige Name Ihres Mannes ist nicht Arne. Er nannte sich auch Ewald Müller, Armin Breitscheid oder Carsten Otto. Er hat alle diese Namen benutzt, aber sein richtiger Name ist Peter Heller. Und Peter Heller sitzt jetzt in Untersuchungshaft."

„Das ist nicht wahr, das kann nicht sein!", Julia schüttelte immer wieder den Kopf. Dann sah sie den Kommissar in banger Erwartung an. „Ich will alles wissen, bitte, die ganze Wahrheit."

Kommissar Eckstein begann zögernd: „Schon lange steht Ihr Mann im Verdacht, krumme Geschäfte zu machen. Er ist im Drogengeschäft tätig gewesen, Einzelheiten wissen wir von einer Informantin. Wir hofften, dass sie uns helfen würde, den ganzen Ring auffliegen zu lassen. Leider hat sie einen anderen Ort für den grossen Deal genannt und nicht den Parkplatz an der Sportanlage. So kamen wir zu spät. Sie war schon zu dem Dealer ins Auto gestiegen und mit ihm verschwunden. Dieser Dealer war Ihr Mann."

Julia lag bleich und stumm in ihrem Krankenbett.

„Seit damals ist unsere Informantin verschwunden", fuhr der Kommissar fort, „wir haben sogar über die Zeitung nach ihr suchen lassen, aber sie blieb verschwunden."

Julia flüsterte: „Sie sprechen von Anna Becker."

„Ja, genau! Wir haben Ihren Mann beschatten lassen, der auf einmal ein bürgerliches Leben anzustreben schien. Er heiratete Sie und kaufte das Häuschen hier in Viersen. Nach außen führte er ein völlig normales Leben und erweckte den Anschein, als wolle er eine Familie gründen. Wir konnten ihm einfach nichts nachweisen. Trotzdem waren wir uns sicher, dass er immer noch seinen undurchsichtigen Drogengeschäften nachging. Aber ohne Beweise konnten wir nicht zugreifen. Als er Sie heiratete, haben wir uns große Sorgen um Ihre Sicherheit gemacht. Sie sind Anna Becker rein äusserlich sehr ähnlich. Ich habe Sie rund um die Uhr beschatten lassen."

„Das war also der Unbekannte, der schwarze Mann, den ich überall gesehen habe. Waren Sie das, der mir im Bruch begegnet ist?"

„Ja, das war ich. Ich wollte Sie beschützen, weil dieses Gelände für ein Verbrechen geradezu ideal ist. Einmal sind Sie vor mir geflohen, als ob ich der Leibhaftige wäre, dabei suchte ich eine Gelegenheit, Sie unauffällig zu warnen."

„Sie haben mir etwas nachgerufen damals?"

„Ja, ich habe gerufen: ‚Ich kenne Sie, Julia, und will Ihnen helfen.' Aber ich wollte Ihnen nicht nachlaufen und Sie noch mehr verängstigen."

„Wenn Sie wüssten, was Sie angerichtet haben", murmelte Julia

„An dem Morgen, als Sie mit Ihrem Mann durch das Bruch gelaufen sind, sollte das mein letzter Einsatz sein. Ich konnte es vor meinem Vorgesetzten nicht länger verantworten, Sie weiter zu beschatten, weil es keinen triftigen Grund dafür gab."

„Dann habe ich Sie also wirklich gesehen und Sie waren kein Geist", stellte Julia beruhigt fest.

„Ich wollte Sie nicht nochmals erschrecken", antwortete der Kommissar, „aber Sie haben mich wohl doch gesehen. Zum Glück hat Ihr Mann mich nicht entdeckt. Ich konnte deshalb noch gerade rechtzeitig eingreifen, als er Ihnen den Plastikbeutel über den Kopf gezogen hatte. Es war wirklich in der allerletzten Minute."

„Arne war das?", Julia wollte nicht glauben, was sie hörte. „Ich habe Arne nie etwas getan. Ich habe ihm immer vertraut. Ich habe ihn geliebt. Warum wollte er mir was antun?"

„Das wollen wir mit Ihrer Hilfe herauszufinden", sagte der Kommissar ruhig.

Julia begann hemmungslos zu weinen. Arne, der Mann, mit dem sie ihr Leben teilte, war ein Verbrecher? Er hatte sie umbringen wollen? Es dauerte lange, bis sie sich etwas beruhigt hatte.

„Wenn wir herausfinden könnten, wo Anna Becker ist", sagte Kommissar Eckstein, „ irgendeinen Hinweis fänden, was er mit Anna Becker gemacht hat. Dann hätten wir ihn. Wenn Sie uns nicht helfen, ist er bald wieder raus."

Julia schluckte ihre Tränen hinunter und überlegte. Hatte sie wirklich mit einem Mörder unter einem Dach gelebt. Konnte das alles wahr sein, was Kommissar Eckstein ihr erzählt hatte?

„Er hat übrigens ausgesagt, dass Sie wahnsinnig geworden sind und er zu diesen drastischen Maßnahmen greifen musste, um Sie vor sich selbst zu schützen", fuhr der Kommissar fort, „sie würden unter Verfolgungswahn leiden und phantastische Geschichten erfinden, um auf sich aufmerksam zu machen."

Julia überlegte fieberhaft, was sie tun sollte. Arne war, bis auf diesen einen Tag, immer gut zu ihr gewesen. Wenn sie ihn jetzt schützte, würde sie es auch weiterhin gut bei ihm haben.

Der Kommissar sah sie eindringlich an. „Wissen Sie etwas? Es kommt jetzt nur auf Sie an."

Julia schüttelte den Kopf. Was sollte sie ohne Arne tun? Wie würde ihr Leben weiter gehen. Sie wäre ganz alleine in diesem öden Ort, wo sie niemanden kennt.

Plötzlich öffnete sich die Tür und ihre Eltern traten ein. „Julia, Kind! Du lebst! Dem Himmel sei Dank. Wie schrecklich muss es dir ergangen sein. Lass dich umarmen, mein Schatz." Ihre Mutter weinte und Julia spürte die große Liebe und Sorge, die ihr entgegengebracht wurde. Sie war nicht allein, sie hatte ihre Familie und ihre Freunde, die zu ihr hielten. Sie schämte sich, dass sie nur einen Moment daran gedacht hatte, einen Mörder schützen zu wollen.

„Herr Kommissar", ihre Stimme klang leise, aber sehr entschlossen, „ich werde Ihnen helfen. Ich weiß, wo Anna Becker ist. Ich habe ihre Leiche gefunden."

Viel Rauch um nichts

Peter Becker packte seine Koffer. Vor zwei Monaten hatte man ihm und seinen Kollegen vom Kommissariat mitgeteilt, daß ein Austausch mit dem Polizeipräsidium in Krefeld geplant war. Er und drei seiner Kollegen würden für ein Jahr nach Krefeld gehen, solange musste er die schöne Stadt Landshut verlassen.

Krefeld, nie gehört, wo war das überhaupt? Er hatte auf der Karte nachgesehen, ein Nest in der Nähe von Düsseldorf - am Niederrhein. Angeblich war der Aufgabenbereich dort ähnlich umfangreich wie im bayerischen Landshut.

Am nächsten Morgen fuhr ihn ein Taxi zum Bahnhof, seine drei Koffer hatte er bereits aufgegeben. Kurz nach sechs sollte sein Zug abfahren. In Düsseldorf musste er umsteigen. Eine komische Großstadt war das, die nicht einmal Anschluß an die Intercitys, geschweige denn an die Interregios hatte.

Mit dem Taxi fuhr Peter Becker zu seinem Quartier. Seine neue Wohnung war auf dem Nordwall, mitten in der City Krefelds, nur wenige Schritte vom Polizeipräsidium entfernt. Eine typische Junggesellenwohnung, wie seine eigene. Hier ließ es sich aushalten.

Am nächsten Morgen begab er sich zu seiner Arbeitsstelle. Der Pförtner blickte kurz auf und nuschelte: „Wo woll‘n se hin?"

„Hauptkommissar Peter Becker mein Name. Ich bin einer der Austauschkommissare und suche mein Büro und meine Kollegen."

„Ach, ich verstehe schon. Sie sind einer von denen aus Bayern. Wie gefällt es Ihnen hier am Niederrhein? Ist ein ziemliches Sauwetter heute, was? Was will man machen – so ist das hier eben Anfang März!“ Der Pförtner war einer von der redseligen Sorte. Prinzipiell war nichts dagegen einzuwenden. Mit dem Pförtner musste man sich gut stellen.

Becker zwang sich zu einem Lächeln. „Wo finde ich nun mein Büro?“

„Ach ja. Zweiter Stock, aus dem Aufzug raus, dann links, drittes Zimmer auf der rechten Seite, können Sie gar nicht verfehlen.“

Becker nickte dem Mann zu und ging zum Aufzug. Das Büro war ein spärlich möbliertes Zimmer mit einer etwas kümmerlich aussehenden Topfpflanze auf der Fensterbank. Die Wände sahen aus, als ob sie einen Anstrich dringend nötig hätten. An der gegenüberliegenden Seite von seinem Schreibtisch hing ein Kalender. So ein Abreißkalender mit weisen Sprüchen für jeden Tag. Wenigstens hatte er ein Büro für sich allein. Auf dem Schreibtisch türmte sich eine beachtliche Menge Akten. Obenauf lag eine Notiz: Besprechung 8.30 Uhr im Zimmer links, gez. Lübner. Lübner war sein Chef, auch er nahm an dem Austauschprogramm teil. Peter Becker begab sich ins Nebenzimmer.

„Ah, Becker! Wie schön, dass Sie da sind.“ Lübner strahlte ihn an. Er war groß und breit, um nicht zu sagen dick, sein großer Schnauzbart und seine Hängebacken ließen ihn wie ein riesiges Walross erscheinen. Hinter diesem plumpen Äußeren arbeitete ein wacher Verstand, der seinen Mitarbeitern immer großen Respekt einflößte, wozu natürlich auch die in schöner Regelmäßigkeit auftretenden Wutanfälle beitrugen. „Da wir nun alle komplett sind, können wir direkt in medias res gehen.“

Becker sah sich um und setzte sich zu seinen Kollegen. Lübner ergriff erneut das Wort. „Kaum sind wir hier, haben wir es auch schon mit einem ganz großen Fall zu tun. Die Krefelder Kollegen sind dieser Sache erstaunlicherweise nicht nachgegangen. Dafür sind wir ja jetzt da. Eine eigenartige Mordserie zieht sich durch das gesamte Krefelder Stadtgebiet. Heute Morgen wurde ein Mord gemeldet, der in der Nacht zum gestrigen Dienstag geschehen ist. Einen genaue Recherche meinerseits ergab, dass in dieser Nacht mindestens zehn weitere Morde geschehen sind. Alle zum gleichen Zeitpunkt und alle liefen nach demselben Muster ab. Das offenbar bewusstlose Opfer lag auf der Straße, umringt von Menschen, die Kerzen in den Händen hielten. Schauerliche Gesänge hallten durch die Nacht. Um Mitternacht wurde das jeweilige Opfer mit den Kerzen angezündet und verbrannt. Ich tippe auf einen Ritualmord. Auffallend, dass die Opfer alle denselben Nachnamen trugen. Wir können davon ausgehen, dass hier systematisch eine ganze Familie ausgerottet wurde. Die Tatorte sind über die gesamte Stadt verteilt, auffällig ist eine gewisse Konzentration in der Innenstadt. Ein Zeuge berichtete, dass einige Täter während der Tat diese zu bereuen schienen. Während der Zeremonie wurde laut gejammert und geweint. Ich habe bereits die Spurensicherung zu den einzelnen Tatorten geschickt, ein Versäumnis der Krefelder Kollegen. Da es seit letzter Nacht anhaltend regnet, gibt es keine Fußspuren. Die Opfer sind leider vollständig verbrannt, die Asche lasse ich noch untersuchen. Soviel zum Stand der Dinge. Genaueres steht in den Akten auf Ihren Schreibtischen."

Lübner räusperte sich. „Meine Herren, ich erwarte, dass Sie hier jeden Stein umdrehen, jeder Kleinigkeit nachgehen und sei sie auch noch so nebensächlich. Dieses abscheuliche Verbrechen muss aufgeklärt werden!"

Lübner blickte von einem zum anderen und begann mit der Aufgabenverteilung: „Germund, Sie begeben sich auf die Suche nach der Familie der Opfer. Irgendwo wird es schon noch jemanden geben."

Germund schnitt eine Grimasse, keine schöne Aufgabe, beinhaltete sie doch, dass er den Hinterbliebenen auch die Todesnachricht überbringen musste.

„Sie, Hubermaier, gehen den Bericht der Spurensicherung durch. Vielleicht fällt Ihnen noch etwas auf. Und Sie, Becker, kümmern sich um die Zeugenbefragung. Notfalls gehen Sie ein zweites Mal zu den Leuten. Ich will wissen, was in dieser Nacht hier passiert ist. Wir treffen uns jetzt jeden Morgen um acht Uhr dreißig in diesem Raum, um unsere Ergebnisse zusammenzutragen. Also, an die Arbeit, meine Herren!"

Becker und seine Kollegen begaben sich in ihre Büros. Peter Becker setzte sich an seinen Schreibtisch und blätterte in dem Berg von Akten, der sich vor ihm auftürmte. Es würde sicher Tage, wenn nicht Wochen dauern, bis er alles durchgearbeitet hatte. Er hasste diese mühselige Kleinarbeit.

Die nächsten Tage verbrachte er damit, sich durch unzählige Berichte zu wühlen und mit verschiedenen Leuten zu sprechen. Leider ohne Erfolg. Erschwert wurde seine Aufgabe dadurch, dass einige Zeugen nicht aus Deutschland zu stammen schienen und oft nicht der deutschen Sprache mächtig waren. Bei den allmorgendlichen Meetings konnten auch seine Kollegen keine Fortschritte vermelden.

Germund tappte bei seiner Suche nach der Familie völlig im Dunkeln. Offenbar hatte man tatsächlich die gesamte Familie ausgelöscht. Hubermaier kannte inzwischen den Bericht der Spurensicherung auswendig, kam aber zu keinem Ergebnis. Es kam erschwerend hinzu, dass der Regen in jener Nacht alle Spuren verwischt hatte.

Nach einigen Wochen - Peter Becker kam gerade von einer Zeugenbefragung ins Präsidium zurück - traf er auf seinen freudestrahlenden Chef. „Ah, Becker. Gut, dass ich Sie treffe. Es gibt neue Erkenntnisse. Das Ergebnis der Ascheuntersuchung ist nun endlich da. Kommen Sie gleich zur Besprechung in meinem Büro."

Germund und Hubermaier wartetenen schon ungeduldig im Büro ihres Chefs.

„Die Untersuchung der Asche ist endlich abgeschlossen", begann Lübner. „Die Asche stammt größtenteils von Papier und Druckerschwärze, also von Zeitungen."

„Vielleicht haben die Opfer vor ihrem Tod noch schnell die Witzeseite lesen wollen", warf Germund ein.

„Meine Herren, ich muss doch sehr bitten", rief Lübner in das allgemeine Gelächter. „Ein bisschen mehr Ernst, es geht hier um ein abscheuliches Verbrechen! Es wurden also Reste von Zeitungen gefunden, ebenso Fasern von Kleidung sehr minderwertiger Qualität und Spuren von Plastik. Seltsamerweise sind keine Spuren menschlicher Asche vorhanden, obwohl das jeweilige Opfer laut Zeugenaussagen zweifelsfrei verbrannt wurde. Kann sich einer der Herren einen Reim darauf machen?"

Die drei Polizisten sahen sich ratlos an. Eine Weile herrschte Schweigen. Dann hatte Becker eine Idee: „Wie sieht es denn mit einer Art Hexenverbrennung aus, einem Ritualmord? Ich hatte schon einmal in Landshut einen ähnlichen Fall."

„Schon möglich, Becker. Ich schlage vor, da Sie damit Erfahrung haben, gehen Sie der Spur nach, sobald Sie mit ihren Zeugenbefragungen fertig sind. Ich übertrage Ihnen hiermit den gesamten Fall. Sie sind nun allein verantwortlich. Die Kollegen und ich müssen uns um einen Fall kümmern, der sich gerade ereignet hat und dem die Krefelder Kollegen wohl ebenfalls nicht gewachsen sind. Ich zähle auf Sie, Becker. Klären Sie die Sache auf!"

Erleichterung malte sich auf den Gesichtern von Germund und Hubermaier ab. Endlich konnten sie ihre fruchtlosen Recherchen abbrechen und sich vielversprechenderen Aufgaben zuwenden. Peter Becker schloss die Augen. Das hatte er nun davon, dass er den Mund aufgemacht hatte. Er musste nun alle Hexenzirkel aus der Umgebung abklappern, alle okkulten Vereinigungen, den Ku-Klux-Klan, der auch deutschlandweit operierte, die Freimaurer nicht zu vergessen, und was es sonst noch für geheime Verbindungen gab. Das würde ein langer Frühling, wenn nicht sogar Sommer werden.

Tatsächlich zogen sich die Ermittlungen bis zum Herbst hin, ohne dass sich irgendetwas ergab. Alle Spuren verliefen im Sande. Seine Kollegen lästerten schon über ihn und zogen ihn auf. Peter Becker spürte seine Motivation immer mehr erlahmen. Gerne hätte er Fall einfach bei den ungeklärten Mordfällen abgeheftet. Doch sein Chef ließ ihm keine Ruhe.

Das Verbrechen musste aufgeklärt werden, und wenn es das ganze Jahre dauern würde. Endlich, Anfang November kamen die Ermittlungen wieder in Schwung. Ein Zeuge von damals meldete sich. Er berichtete, eines der totgeglaubten Opfer in der Innenstadt gesehen zu haben. Becker wusste nicht, was er davon halten sollte. Er befragte noch einmal die Anwohner, und einige gaben an, auch sie hätten einen der Toten in der Stadt gesehen und zwar am zweiten Wochenende im November. Statt klarer wurde die ganze Sache immer mysteriöser.

Becker schlief wenig und schlecht. Er wurde ungeduldig und reizbar, was auch seine Kollegen zu spüren bekamen. Wenn eine Tür knallte, nickten sie sich zu und sagten: „Ah, Becker ist wieder da!“

Von einem Krefelder Kollegen bekam Becker den Tipp, sich im Stadtarchiv umzusehen. Zuerst stürzte er sich mit Feuereifer in die Recherche, doch nach Stunden ergebnisloser Suche, war er der Verzweiflung nahe. Er fand keine Anhaltspunkte.

Einen letzen Versuch startete er noch und sprach eine der Angestellten an: „Gnädige Frau, ich suche etwas über eine Familie diese Namens.“ Er hielt ihr einen Zettel unter die Nase.

Die Frau, eine Mittvierzigerin mit großcn braunen Augen, sah ihn belustigt an und erwiderte: „Sie sind wohl nicht von hier, oder?“

„Ich bin Hauptkommissar Peter Becker aus Landshut und nehme an einem Austauschprojekt teil. Seit März ermittle ich in dieser Mordserie.“

Die Belustigung in den braunen Augen wurde größer. „Da sind Sie hier aber falsch, wenn sie etwas über diese Familie herausbekommen wollen.“

Becker fiel die eigenartige Betonung des Wortes Familie auf. Diese Frau schien etwas zu wissen, denn sie fuhr fort: „Da gehen Sie am besten in ein anderes Archiv, im Süden der Stadt. Dort finden Sie Antwort.“

Obwohl Becker spürte, dass diese Frau mehr wusste als sie sagte, versuchte er nicht, mehr aus ihr heraus zu bekommen, sondern befolgte ihren Rat. Er fuhr zu diesem geheimnisvollen anderen Archiv und ein älterer Herr öffnete ihm die Tür und bat ihn freundlich herein.

„Hauptkommissar Peter Becker, gegenwärtig Kripo Krefeld, Mordkommission. Ich suche Informationen über eine Familie dieses Namens.“ Er hielt den Zettel hoch. „Es geht um Mord.“

„Mord, soso“, sagte der alte Mann gedehnt. Becker schilderte ausführlich die Umstände der Mordserie, die ihn hierher geführt hatte. Der alte Mann gluckste: „Sie sind wohl nicht von hier, oder?“

Dasselbe hatte ihn die Frau im Stadtarchiv auch schon gefragt. Allmählich hatte er es satt, ständig nach seiner Herkunft gefragt und ausgelacht zu werden. „Hören Sie“, rief er ungehalten, „ich habe nicht den ganzen Tag Zeit. Wenn Sie etwas wissen, machen Sie eine Aussage. Und hören auf, mich auszulachen!“

„Aber, aber junger Mann“ , beschwichtigte ihn der ältere Herr. „Beruhigen Sie sich doch. Sie sollen ihre Antwort bekommen. Ich glaube, ich kann Ihren Fall aufklären. Aber erst einmal trinken wir in Ruhe eine Tasse Kaffee."

Er verschwand im hinteren Teil des Gebäudes. Da hatte Becker endlich jemanden gefunden, der ihm weiterhelfen konnte, und dieser Mann hatte nur Kaffeetrinken im Sinn. Endlich kam der Alte wieder. „Es geht doch nichts über eine gute Tasse Kaffee, finden Sie nicht?"

Becker sprang auf. „Nun reden Sie schon, Mann! Spannen Sie mich nicht weiter auf die Folter."

„Setzen Sie sich, mein Lieber. Sie sollen alles erfahren. Ihnen ist sicher aufgefallen, dass sie sich in einem Karnevalsarchiv befinden. In Bayern würde man Fasching sagen. Der Karneval geht auf uralte Traditionen zurück und hat verschiedene Ursprünge, die sich bis zur heutigen Form des Karnevals vermischt haben. Diese Form ist überall etwas anders ausgeprägt."

„Ich brauche keinen wissenschaftlichen Vortrag zum Thema Fasching", unterbrach ihn Becker aufgebracht. „Ich will endlich wissen, was das mit meinem Fall zu tun hat!"

„Haben Sie schon mal etwas vom Hoppeditz gehört?"

Becker sah ihn entnervt an: „Selbstverständlich. Nach einer Familie dieses Namens habe ich Sie doch schließlich gefragt."

„Ich rede nicht von einer Familie, sondern von dem Hoppeditz. Der Hoppeditz ist hierzulande das Symbol des rheinischen Karnevals. Er wird in der Nacht von Veilchendienstag zum Aschermittwoch - also dem Dienstag nach Karneval - verbrannt. Damit ist der Karneval für dieses Jahr beendet. Am 11. 11. jeden Jahres, zum Beginn einer Karnevalssession, steht er wieder auf. Wir sagen hier, er erwacht, und eine neue Session beginnt, an deren Ende er wieder verbrannt wird. Der Hoppeditz besteht meist aus einem alten Anzug, gefüllt mit Zeitungspapier und einer Karnevalsmaske als Gesicht. Er wird zeremoniell unter lautem Klagen und verschiedenen Gesängen verbrannt. Ich glaube, somit dürfte ihr Fall so gut wir aufgeklärt sein."

Der alte Mann grinste und Becker saß da wie vom Donner gerührt. Plötzlich passte alles zusammen. Die fehlende menschliche Asche, die Zeitungen, die rätselhafte Wiederauferstehung, das Desinteresse der Krefelder Kollegen. Und dafür hatte er neun Monate verschwendet!

„Nun trinken Sie erst mal ein Schlückchen Schabau, bevor Sie mir umfallen. Sie sehen ein bisschen blass aus", besorgt sah ihn der alte Mann an.

„Danke, es geht schon. Ich muss sofort los, meinem Chef Bericht erstatten." Mit diesen Worten stand Peter Becker auf und wandte sich zur Tür. „Dank für Ihre Hilfe. Wer weiß, wie lange ich ohne Sie noch herumgerätselt hätte."

„Keine Ursache. Schade, dass wir uns nicht schon früher begegnet sind. Auf Wiedersehen." Mit einem leisen Lächeln verabschiedete ihn der alte Mann.

Was der Chef wohl sagen würde. Toben würde er wegen der verschwendeten Zeit. Lübner würde einen seiner berühmten Wutanfälle bekommen. Aber das war Peter Becker egal. Peter Becker fühlte sich erleichtert, endlich hatte er diesen vertrackten Fall abgeschlossen. Erledigt. Die drei Monate würde er auch noch aushalten, dann konnte er endlich wieder nach Hause.

Nachbarschaftshilfe

Sie kam von oben, hatte sehr lange Hinterbeine und schwebte ein paar Sekunden wie prüfend in der Luft, bevor sie sich langsam auf der Lehne des Stuhls niederließ und einige Holzfasern vom Teak herunterschälte. Dann richtete sie ihren schwarz-gelben Leib auf und flog in Richtung St. Amandus davon. Ich sah ihr einen Moment nach, stellte meine Kaffeetasse auf den Tisch, beugte mich vor und begutachtete ihr Werk: Überall auf dem Holz hatten sie und ihre Artgenossen Spuren hinterlassen. Kleine Streifen helles Holz schimmerten auf dem dunklen Hintergrund. Ich war gerade damit beschäftigt, im Kopf zu überschlagen, wann neue Terrassenmöbel nötig sein würden, als ich den Hubschrauber hörte.

Fast gleichzeitig piepste mein Handy. Klaus war dran. Klaus, der Scherzkeks. „Einen schönen guten Morgen. Gerade hat man der Sparkassenfiliale in Herongen mal wieder einen Besuch abgestattet. Ich hoffe, du hast noch genug Bargeld fürs Wochenende. Schaf wollte, dass ich dich anrufe, wegen deiner Ortskenntnisse." Klaus gluckste. „Die Kollegen machen die Ausfallstraßen und die Autobahnzufahrten zu und die holländischen Kollegen sind auch schon auf dem Weg. Schau dich mal in der Siedlung um. Solltest du einem freundlichen Herrn mit großen Taschen begegnen, dann . . ."

Ich verkniff mir die Bemerkung, dass dies mein freier Tag war, drückte auf das kleine Telefonsymbol, das merkwürdigerweise so aussah wie die Fernsprechgeräte in meiner Jugend und lief auf die Straße. Im Wendehammer waren die Parkplätze für die Anwohner und eventuelle Gäste einzeln markiert. Kein einziges Auto war zu sehen. Ich trat auf die plattierte Fläche hinaus und schlenderte den Fußweg zum Zentrum entlang. Hinter den Bäumen war der Kirchturm von St. Amandus zu erahnen.

Schon zweimal in diesem Frühjahr war die Sparkasse ausgeraubt worden. Jedesmal konnte der Täter entkommen, obwohl schnell Alarm gegeben worden war. Er hatte sich die Filiale offensichtlich wegen der weniger aufwändigen Sicherheitsmaßnahmen in kleineren Orten ausgesucht.

Wieder piepste mein Handy. Klaus war wegen lauter Rotorgeräusche im Hintergrund kaum zu verstehen. „Wir fliegen Richtung Grenze und drehen dann eine Runde über die Wankumer Heide. Vielleicht ist der Mann ja Naturliebhaber."

„Gibt's eine Täterbeschreibung?" brüllte ich.

„Schrei nicht so", beschwerte sich Klaus. „Nein, oder doch, ja, wie beim letzten Mal. Mittlere Größe, durchschnittliches Aussehen, mittelalt, keine Besonderheiten, ich würde sagen Typ Pikantje. Eigentlich trifft die Beschreibung auf mindestens fünfzig Prozent der Eigenheimpaschas bei euch da unten zu." Klaus lachte. „Was hast du eigentlich vor zehn Minuten gemacht? Warst du eventuell gerade Geld abheben?"

Ich lief den Spazierweg hinauf und schaute mir im Vorübergehen die schaurigen Schönheiten deutscher Eigenheimarchitektur der letzten dreißig Jahre an. Immerhin duftete es angenehm nach frischem Grün und Gras.

Einige Mütter mit Kleinkindern, Hundebesitzer und Senioren kamen mir entgegen. Auf einer Bank am Weg versüßten sich drei Jugendliche den schulfreien Morgen mit Rauchwaren und sahen mich eher ängstlich als herausfordernd an. Ein Jogger überprüfte mit der entsprechenden Geste seine Laufzeit und ging dann auf ein Wohnhaus zu. Das übliche Bild einer Siedlung der Mittelklasse. Harmloser ging es kaum. Der Täter hatte wahrscheinlich ein raffiniertes Schlupfloch entdeckt und war weg, bevor die Schlinge sich zuzog. Wir waren einfach zu langsam. Hier in der Siedlung würde jeder Fremde sofort auffallen. Ich ging an der Kirche vorbei und überquerte die Straße. Dort stand ein Einsatzfahrzeug mit rotierendem Blaulicht. In respektvoller Entfernung hatten sich ein paar Schaulustige eingefunden.

Ich zeigte den Kollegen meinen Ausweis und fragte nach Neuigkeiten. Nichts. Mehr aus Verlegenheit denn aus Ermittlungsinteresse schaute ich mir das Treiben auf dem Kirchplatz an. Der Himmel war strahlend blau, die verschiedenen Grüntöne der Weiden, Hecken und Wälder im Hintergrund leuchteten sanft im Morgenlicht. Ein junger Kollege sah zu mir herüber und wandte sich dann dem knarzenden Sprechfunkgerät in seinem Fahrzeug zu. Ich plante gerade, heute Abend mit Rita einen Spaziergang zu unternehmen, als der Kollege mich ansprach: „Diesmal hat ein Zeuge in der Sparkasse genauer hingesehen. Der Täter trug Sportbekleidung und hatte dazu passende blau-rote Turnschuhe an."

Ich versuchte mir vorzustellen, wie Klaus diesen umwerfenden Fortschritt kommentiert hätte, als schon wieder mein Handy klingelte.

Klaus war diesmal klar und deutlich zu verstehen. „Ich bin begeistert über unsere Erfolge, Helmut. Wir können jetzt ganz sicher sein, dass der Mann zwei Beine hat und seinen Kopf auf den Schultern trägt. Meiner Ansicht nach steht der Fall kurz vor der Aufklärung. Was meinst du?"

„Ich meine, wir sollten uns im *„Weitblick"* zum Kaffee treffen. Ich bin in dreißig Minuten da."

„Okay, aber wehe, du verhaftest den Mann vorher," wandte Klaus ein. „Das würde ich dir wirklich übelnehmen."

Obwohl ich mit den unmittelbaren Ermittlungen nichts zu tun hatte, ging ich zur Sparkasse hinüber und betrat die Geschäftsräume. Die Kassiererin erstattete gerade einem Kollegen Bericht. Soweit ich mithören konnte, war der Mann wieder sehr höflich aufgetreten, hatte seiner Bitte um Bares aber mit einer mittelgroßen Faustfeuerwaffe Nachdruck verliehen. Während die Kassiererin dem Täter die Taschen füllte, hatte sich der Filialleiter auf den Boden legen müssen. Dies hatte ihm dann die Beobachtung mit den Turnschuhen ermöglicht.

„Die Hauptverwaltung wird die Filiale nun wohl schließen", meinte der Filialleiter grimmig. „In neue Sicherheitssysteme wird hier nicht mehr investiert. Die Videokameras sollten in der kommenden Woche installiert werden. Das nenne ich Timing."

Im *„Weitblick"* saßen außer uns nur ein paar lustige Seniorinnen, die sich ihren Kakao mit Scharlachberg veredeln ließen und infolge des Alkohols über fast alles lachen konnten. Klaus nippte an seinem Cappucino und zündete sich eine Zigarette an. „Die Gegend ist so übersichtlich, dass der Räuber nur im Kirchweiher untergetaucht sein kann. Wir waren diesmal sehr schnell. Eigentlich kommt nur jemand aus der Siedlung in Frage", sagte er und sah mich vielsagend an.

Draußen rauschte der Verkehr auf der A 40 unablässig der holländischen Grenze entgegen. Auf dem Parkplatz hielt ein Reisebus. Eine hyperaktive Mittvierzigerin stieg aus und schleuste eine Gruppe offensichtlich behinderter Erwachsener zum Café hinauf.

„Der Überfall fand um 11.03 Uhr statt, wir wußten um 11.07 Uhr Bescheid. Die Kollegen waren um 11.18 Uhr vor Ort. Mit einem Auto ist der Täter sicher nicht geflohen. Die Linie 069 fährt um 11.04 Uhr Richtung Wachtendonk, das hätte er unmöglich schaffen können. Was bleibt, ist die Flucht zu Fuß oder mit einem Fahrrad. Wahrscheinlich ist er in eine Doppelhaushälfte gehuscht, hat seine Freundin angerufen und seinem Broker grünes Licht gegeben."

„Klar, dann sind die Nachbarn gekommen, haben nett gratuliert und beim Zählen geholfen. Das ist alles sehr eng hier, Klaus. Wenn man will, kann man von der Terrasse aus die Beziehungsgespräche aus drei Häusern gleichzeitig verfolgen. Sofern es noch Gespräche gibt."

„Beziehungsgespräche? Helmut, jetzt hast du mich richtig neugierig gemacht, das will ich unbedingt mal mitkriegen. Worauf warten wir noch? Lass uns gehen."

Ich schüttete meinen Kaffee hinunter und bat die Wirtin um die Rechnung. Beim Bezahlen beugte sie sich zu mir herunter und sagte: „Das ist eine nette Behindertengruppe aus Krefeld. Die kommen jedes Jahr um diese Zeit. Die sind alle sehr gut erzogen!"

Im unteren Teil der Siedlung hatten sich Neubauten in die Baulücken zwischen den ehemals großen Grundstücken gedrängt. Die kleinen Sandhäufchen in den Pflasterfugen deuteten darauf hin, dass Ameisen am Werk waren. Fasziniert starrte ich auf eine kleine Arbeiterin, die ein gewaltiges Sandkorn stemmte und damit torkelnd abzog. Klaus zerrte mich an der Jacke zum nächsten Altbau und klingelte.

Es dauerte eine Weile, bis sich etwas regte. Dann öffnete sich die Tür einen Spalt und der Kopf einer älteren Dame tauchte auf. Wir rasselten unseren Spruch herunter und wurden herein gebeten.

„Eigentlich habe ich schon lange darauf gewartet, dass einer von Ihnen mal hier nachfragt", begann sie. Eine Gesprächseröffnung, die selbst Klaus halbwegs überraschte. „Als die Neubauten, übrigens gegen den Willen der Anwohner, hier hochgezogen wurden, waren die Hypothekenzinsen gerade ausgesprochen hoch. Viele Häuslebauer haben sich damals kräftig verkalkuliert. Dann kam die Wirtschaftskrise, die Arbeitslosigkeit, Sie wissen das ja. Nun, einige haben es dennoch geschafft. Andere dagegen . . ."

Ich trank einen Schluck von dem Mineralwasser, das

die freundliche Dame uns serviert hatte, und fragte: „Was war mit den anderen?"

„Die anderen mussten entweder verkaufen und dorthin zurückziehen, wo sie herkamen," entgegnete sie, „oder . . ."

„Oder was?"

„Oder sie mussten sich eine sichere Geldquelle suchen. Krisensicher sozusagen." Sie lachte leise. „Wissen Sie, diese jungen Familien haben viel Kontakt untereinander. Die Kinder spielen miteinander. Die Frauen treffen sich zum Reden, die Männer zum Sport. In Krisenzeiten wächst man noch mehr zusammen. Da werden manchmal aussergewöhnliche Ideen geboren."

Sie ging zum Fenster und schob die Gardine leicht zur Seite. Dann winkte sie uns zu sich. „Sehen Sie, gleich wird man sich in Nummer dreiundfünfzig treffen. Das machen sie immer so. Hinterher. Sie treffen sich in Haus Nummer dreiundfünfzig."

Tatsächlich kamen innerhalb der nächsten halben Stunde die Nachbarn aus ihren Häusern und betraten Nummer dreiundfünfzig. Klaus stieß mich an: „Ich mag es, wenn Menschen zusammenkommen. Lass uns auch hinüber gehen."

Auf unser Klingeln wurde rasch geöffnet. Im Wohnzimmer saßen vier Paare. Ich kann mich täuschen, aber auf mich wirkte es so, als wären einige fast erleichtert gewesen, als wir uns als Polizisten zu erkennen gaben. Auf dem Teppich spielten Kleinkinder.

Der Hausbesitzer war noch in der Küche beschäftigt. Schließlich betrat er mit einem Tablett den Wohnraum. Offensichtlich hatte er noch nicht registriert, dass weiterer Besuch eingetroffen war. Er trug Laufbekleidung eines bekannten amerikanischen Herstellers. Dazu die passenden blau-roten Turnschuhe.

Langsam stellte er das Tablett ab und setzte sich auf einen Sessel. Mit einer müden Geste strich er sich übers

Gesicht und blickte mir in die Augen. „Wissen Sie eigentlich, dass sich die Geldinstitute mit dem Kreditgeschäft eine goldene Nase verdienen? Als ich vor drei Jahren plötzlich arbeitslos wurde, haben wir versucht, mit dem Filialleiter zu verhandeln. Keine Chance. Dann haben wir die Sache eben selbst in die Hand genommen."

Klaus sah mich an und schwieg. Ich fischte mein Handy aus der Tasche und bestellte einen Streifenwagen.

Palma one way

„Es ist schon viertel nach fünf", sagte Hans ungeduldig, „langsam könnte er sich wirklich mal blicken lassen."

„Du hast Recht, ich hab so ein ungutes Gefühl im Magen." Jupp rieb sich den Bauch.

„Wie meinste das denn jetzt?" Hans grinste.

„Ich mein's ernst. Da ist was schief gelaufen. Johannes ist immer pünktlich."

„Bleibt ihm ja auch nichts anderes übrig, als gelernter Maurer!" Hans hatte es sich auf einer Gartenliege bequem gemacht und deckte sich zu.

Jupp sah ihn entsetzt an. „Du willst jetzt schlafen?"

„Was soll ich deiner Meinung nach sonst tun? Wir können nur warten. Die Nacht war lang und anstrengend, und ich bin auch nicht mehr der Jüngste. Nur ein kleines Nickerchen." Er drehte sich zur Wand und schloss die Augen.

Jupp saß in der gegenüber liegenden Ecke auf einem Gartenstuhl und versuchte an etwas anderes zu denken. Er sah sich um. Das war ihr Treffpunkt. Ein Einzimmerappartement mit Küchenecke und einem Winzigbad, über den Dächern von Krefeld gelegen. Tolle Aussicht, Scheißgegend und absolut anonym. Er hatte keine Ahnung, warum man diesen Kasten ‚Mississippidampfer' nannte. Wo trieb sich nur Johannes so lange herum? Vielleicht war er im Aufzug stecken geblieben, der machte öfter schon mal Mucken.

Er sah rüber zur Liege. „Hans . . . , Hänsken . . . ?" Keine Reaktion. Jupp huschte zur Wohnungstür, öffnete sie und schlich in den Hausflur. Lieber kein Licht machen, mahnte er sich. Nicht mehr Aufsehen als unbedingt nötig. Dann wurde ihm bewusst, dass es wesentlich auffälliger war, auf Socken schleichend von jemandem im Dunkeln überrascht zu werden. Er knipste das Flurlicht an und schlurfte zum Aufzug.

Johannes stöhnte. Jetzt fing es auch noch zu regnen an. Es goss wie aus Eimern. Ob er noch etwas warten sollte? Was die anderen wohl jetzt machten? Hänsken war in Traar unterwegs, Jupp war für Verberg eingeteilt und ihn selbst hatte es zum Kliedbruch verschlagen.

Nette Gegend, kleine Einfamilienhäuser, nahe am Stadtwald und doch nicht so weit von der Innenstadt entfernt.

Manchmal fragte er sich, warum er nichts „Anständiges" gelernt hatte. Dann könnte er sich jetzt in einem dieser Häuschen gemütlich im Bett umdrehen, statt die Nacht in seinem alten Opel Astra zu verbringen. Er seufzte und sah auf die Uhr. Halb zwei, es wurde Zeit. Johannes zog sich die Kapuze seines dunklen Parkas über den Kopf, griff auf die Rückbank nach seinem Rucksack über und stieg aus. Der Regen klatschte ihm ins Gesicht. Er krümmte sich leicht, um nicht zuviel Angriffsfläche zu bieten und lief den Weg zur Straße hinunter. Johannes hatte den Wagen im Bruch geparkt, da fiel er am wenigsten auf.

Er kam zum Hökendyk. Hier waren die Häuser von der Straße durch einen Graben getrennt, dann bog er in die Kliedbruchstraße ein. Die Gegend lag im Dunkeln, kein Mensch zu sehen.

Schnell stieg er über den Gartenzaun eines an die Straße grenzenden Grundstücks. Er zwängte sich durch eine Reihe von hohen Tannen und lief in geduckter Haltung im Schatten der Bäume durch den Garten.

Was war das? Johannes hielt inne. Ihm war, als hätte sich eine Gardine im ersten Stock bewegt. Er ging hinter einem Baum in Deckung und beobachtete das Fenster. Auf seiner Uhr waren zwei Minuten verstrichen, aber alles blieb ruhig. Er hatte sich wohl getäuscht.

Ganz ruhig, keine Panik, mahnte er sich. Die Zeit, in der du so deine Moneten verdienen musst, ist bald vorbei. Bald liegst in der Sonne, die Luft duftet nach Lavendel und die Bougainvillea ranken sich an den Mauern entlang. Dann stehst du auf und . . . verdammt, reiß dich zusammen. Johannes kroch aus seiner Deckung heraus und betrachtete das freistehendes Einfamilienhaus. Die Besitzer, ein Ehepaar, waren verreist. Zumindest hatte er bei seiner Erkundungstour beobachtet, wie sie große Koffer in den Wagen packten. Dicke S-Klasse, obwohl das heutzutage auch kein sicheres Zeichen mehr war, dass es etwas zu holen gab - konnte alles auf Pump sein.

Johannes nahm sein Werkzeug aus dem Rucksack, zog seine abgewetzten Rindslederhandschuhe an und machte sich an der Terrassentür zu schaffen.

Kinderspiel, die Leute waren einfach zu leichtsinnig. Die meisten schienen zu denken, bei uns wird schon nicht eingebrochen. Von dieser Mentalität lebten Menschen wie er.

Leise öffnete Johannes die Haustür, eine Alarmanlage gab es nicht. Das hatte er schnell gecheckt. Jahrzehntelange Erfahrungen und das Vertrauen auf die Einfallslosigkeit der Menschen leiteten ihn auf der Suche nach dem Schlafzimmer zuerst in den oberen Stock. Er ging durch den Flur, öffnete die erste Tür. Volltreffer, es war das Schlafzimmer. Langsam durchschritt er den Raum. Erste Möglichkeit: hinter den Bildern. Es gab zwei, aber er wurde nicht fündig. Zweite Möglichkeit: der Einbauschrank. Auch hier kein Safe. Das beunruhigte ihn jedoch nicht im Geringsten, er hatte seine Liste noch nicht abgearbeitet. Hinter der nächsten Tür lag das Arbeitszimmer. Hier hingen keine Bilder, es blieb der Aktenschrank. Johannes nahm einige der Ordner heraus und sah, dass es sich um ein Regal ohne Rückwand handelte. Er legte vorsichtig weitere Akten auf den Boden und schon kam ein kleiner in die Wand eingelassener Safe zum Vorschein. Aus seinem Rucksack kramte er eine Sammlung von Dietrichen hervor und schickte sich an, dem Tresor zu Leibe zu rücken.

Was war das? Da war doch etwas, oder nicht? Da, schon wieder. Ihm stellten sich die Nackenhaare auf.

Jupp stand am Aufzug. Plötzlich blinkte das Licht, die Aufzugtür öffnete sich und ein dunkelhaariger Mann kam heraus. Er musterte Jupp, nickte ihm zu und ging mit müden Schritten den Gang entlang. Jupp nickte zurück.

Der Aufzug funktionierte also. Unschlüssig stand er vor der sich schließenden Tür. Er ging er zurück in die Wohnung. Sollte er es mal auf dem Handy probieren? Besser nicht. Es dämmerte schon. Je länger sie hier warteten, desto geringer wurde die Chance die Wohnung unerkannt zu verlassen. Hans schnarchte.

„He Hans, wach auf, du alte Schnarchtüte! Es ist besser, wenn wir jetzt nach Hause gehen."

„Wie, was ... Was ist los? Mann, ich lag grad am Strand und ne hübsche Spanierin hat mich gefragt, ob ich einen kühlen Drink haben möchte ... uff, ich konnte Spanisch in meinem Traum. Hätten wir unbedingt lernen sollen. Können wir doch, was meinst du? Bei der VHS?"

„Ja, ja von mir aus. Aber wir sollten jetzt die Fliege machen. Es ist besser, wenn man uns hier nicht zu oft sieht."

Sie packten ihre beiden Rücksäcke und verstauten sie in einem Campingschrank. Die nächtliche Beute – Bargeld und Schmuck – nahm Jupp mit nach Hause. Herbert, ein alter Kumpel, der sich inzwischen zur Ruhe gesetzt hatte, würde das Geld zur Sparkasse bringen. Auf der Friedrichstraße hatte er für sie einen Safe angemietet. Sie gingen das Risiko, Wertsachen zu Hause aufzubewahren, nicht ein. Es passierte so viel heutzutage.

„Wer macht sich als Erster vom Acker?“ Sie hatten es sich zur Gewohnheit gemacht, die Wohnung nie zusammen zu betreten oder zu verlassen. Hans wollte zuerst gehen. Er hatte sein Fahrrad am Supermarkt unten vor dem Haus angekettet.

Eine Viertelstunde später ging auch Jupp. Er machte sich Sorgen um Johannes, hoffentlich würde er sich bald melden. Es hatte immer noch nicht zu regnen aufgehört. Jupp lief aus dem Haus. Er zog den Kragen hoch und ging schnellen Schrittes zur Ampel. Von rechts kam ein Polizeiwagen. Jupp unterdrückte den Reflex zu flüchten. Der Wagen fuhr vorbei. Erleichtert atmete Jupp aus. Endlich schaltete die Fußgängerampel auf Grün. Er marschierte Richtung ‚Hohes Haus‘, dort hatte er am Abend zuvor seinen Wagen abgestellt - ausgerechnet vor dem Haus mit der Nummer dreizehn. Ob das ein böses Vorzeichen war?

„Keine Bewegung! Hände an die Wand!“ brüllte plötzlich eine Stimme hinter Johannes. Das war der Augenblick, vor dem er sich immer am meisten gefürchtet hatte. Aus der Traum vom Rentnerdasein im sonnigen Süden . . .

Johannes wurde rüde an die Wand gedrängt. Hände tasteten seinen Körper ab. „Okay, er ist unbewaffnet“, sagte eine andere Stimme.

Natürlich war er unbewaffnet, er war immer unbewaffnet. Hatte man so ein Ding dabei, würde man es vielleicht auch benutzen. Der Gefahr wollte er vorbeugen. Er wurde aufgefordert, sich umzudrehen. „Langsam“, mahnte ihn der bullige Polizist.

Klar langsam . . . , er würde keinen Widerstand leisten. Er wusste, wann er verloren hatte. Eine Frau drängte sich an den beiden Polizisten vorbei. „Ja, ja, das ist der Kerl, den ich gesehen habe. Der ist durch unseren Garten gelaufen. Und dann ist er zu den Küttners rüber gestiegen. Ich hab's genau gesehen", rief sie aufgeregt. Johannes fiel auf, dass sie auf Schluffen ging, dunkelroten, leicht abgeschabten Plüschpantoffeln. Unwillkürlich musste er grinsen.

„Die Hausbewohner sind in Urlaub?" fragte der Bullige. Die Frau nickte eifrig.

Johannes fand sich ein paar Stunden später im Gerichtszimmer wieder. Ein Beamter in Uniform saß an der Wand, einer in Zivil neben ihm. Das war der, der auch die Vernehmung geleitet hatte. Die hatten ihn ganz schön in die Mangel genommen. Und nun hatten die ihn zum Haftrichter mitgenommen.

Der Witz war, dass ihm die Bullen scheinbar sämtliche ungeklärten Einbrüche der letzten Jahren anhängen wollten. Mal abgesehen von der Tatsache, dass sie damit wohl eine immens hohe Trefferquote haben würden, den Richtigen einzubuchten. Aber schließlich waren Jupp und Hans auch mit von der Partie. Wenn überhaupt, würden sie ihm nur den letzten Einbruch nachweisen können. Johannes sah sich um. Der Raum war klein und mit diesem typischen hellen Gelb gestrichen, das man so oft in alten Gebäuden und Amtsstuben findet.

Er sah zum Fenster, vergittert. Die Tür wurde aufgestoßen. Es kam ein kleiner Mann in einem karierten Sakko herein. „Guten Tag, 'tschuldigen sie die Verspätung, bin aufgehalten worden", sagte er und hetzte zu seinem Schreibtisch. „So, was haben wir denn nun auf dem Tisch . . . ah, ja, ich weiß schon." Er setzte sich in Positur. Der Beamte in Zivil, Herr Berger, schilderte den Vorfall.

„He, Moment mal", mischte Johannes sich ein. „Haben Sie überhaupt Beweise? Sie tun ja so, als wäre ich ein Berufsverbrecher!"

„Sind Sie das denn nicht?", fragte Berger sarkastisch.

„Nein, natürlich nicht!“ Natürlich doch, aber das ging ihn nichts an. „Für Sie bin ich ein unbescholtener Bürger, bis Sie mir das Gegenteil bewiesen haben.“ Diese Fernseh-Gerichtshows am Nachmittag erfüllten doch manchmal einen sinnvollen Zweck.

„Also, ehrlich gesagt, Herr Berger“, sagte der Haftrichter, „ich seh’ hier keinen Haftgrund. Einbruchsdiebstahl, schön und gut, aber . . . hat er sich denn schon mal einem Verfahren durch Flucht entzogen?“

„Erlauben Sie mal, ich hatte noch nie so etwas wie ein Verfahren“, empörte sich Johannes. Verfahrensentziehung, dachte er, das wird so ziemlich das Erste sein, was ich tu’, wenn ich hier raus bin.

„Er konnte sich nicht ausweisen und das genügt nach § 113 StPO“, legte der Beamte nach.

„Das ist nicht Ihr Ernst?“ fragte der Haftrichter„Ich kann nicht jeden Kleinkriminellen in U-Haft schicken. Haben sie seine Identität überprüft?“

„Selbstverständlich. „

„Dann ist das also zweifelsfrei geklärt. So, wenn sie sonst nichts mehr haben.“

„Kann ich jetzt gehen?“, fragte Johannes vorsichtig.

Der Beamte starrte ihn an: „Halten Sie sich zu unserer Verfügung“, brummte Berger.

„Aber sicher.“ Johannes strahlte und machte sich aus dem Staub. Er wollte diesen Ort so schnell wie möglich verlassen. Er eilte zum Haupteingang und trat auf die Straße. Es war jetzt viel zu tun. Er musste systematisch vorgehen. Als Erstes brauchte er ein Telefon.

Hans hörte das Telefon schon klingeln, als er noch vor der Haustür stand. „Ja doch“, brummte er, stürmte in die Wohnung, doch als er den Hörer abgenommen hatte, tutete ihm nur noch das Freizeichen ins Ohr. „Dafür hab ich mich so beeilt!“ Es klingelte wieder. Hans riss den Hörer von der Station: „Hallo . . . ?“

„Mensch, Hans, erreich' ich dich endlich mal?", quakte ihm eine Stimme aus entgegen.

„Hallo Herbert! Alles erledigt?"

„Ja sicher. Aber deshalb ruf ich nicht an. Johannes hat sich eben gemeldet. Die Luft wird ihm hier zu heiß, wenn du verstehst . . .", sagte Herbert verschwörerisch.

„Wie, zu heiß?", fragte Hans.

„Mann, die haben ihn geschnappt!"

„Scheiße!"

„Er verdünnisiert sich jetzt."

Na gut. Dann hatten sie jemanden, der sich auf Mallorca schon mal nach ihrer Traum-Finca umsehen konnte.

„He Hans, bist du noch dran? Hör zu, die haben ihn zwar wieder laufen lassen, aber Johannes meint, die Bullen würden ihn jetzt verfolgen."

„Doch nicht wegen so 'nem kleinen Einbruch. Ansonsten können die ihm doch nichts nachweisen."

„Hab ich auch gesagt. Aber, du kennst ihn ja."

„Komm' zum Punkt", sagte Hans ungeduldig.

„Der Punkt ist: Er braucht Geld. Er muss den Flug bezahlen, das Hotel . . ."

„Ja, ja, schon klar. Und jetzt veranstaltest du eine Sammlung für ihn?"

„Du hast es erfasst. Wie viel hast du im Haus?"

„Ich fürchte nicht genug. Bis wann brauchst du's?"

„Bis morgen früh", sagte Herbert.

Nachdem Johannes mit Herbert telefoniert hatte, und der ihm versicherte, das Geld zu besorgen, war er einigermaßen beruhigt. Für Johannes war klar, dass er beschattet wurde. Ebenso klar war, dass er morgen hier weg sein wollte. Auf die Jungs konnte er sich verlassen, soviel stand fest. War ja nur ein Vorschuss, schließlich würden sie alle nachkommen. Sie mussten nur noch den Schmuck zu Geld machen. Dann begann auch für die anderen das Rentnerdasein. Ihm machte nur noch Kopfzerbrechen, ob er es wagen konnte, zu fliegen. Was war, wenn er schon zur Fahndung ausgeschrieben war? Spätestens bei der Passkontrolle hätten sie ihn. Andererseits, würden die wirklich um einen Kleinkriminellen so einen Wind machen? Schließlich konnte Johannes sich dazu durchringen, den Versuch morgen vom Flughafen Düsseldorf aus zu starten.

In der Nacht machte er kaum ein Auge zu und als er morgens in den Spiegel sah, stöhnte er auf. Dann griff er zur Selbstbräunungscreme, er wollte in Palma ja auch nicht sofort auffallen.

Als Herbert gegangen und Johannes das Geld auf Brustbeutel und Gürteltasche verteilt hatte, klingelte das Telefon. Er nahm ab. „Ja?"

„Berger, Einbruchsdezernat. Ich möchte Sie bitten, heute Mittag auf's Revier zu kommen. Ich hab da noch einige Fragen."

„Aber sicher, Herr Berger. Haben Sie an eine bestimmte Zeit gedacht?", fragte Johannes zuvorkommend. Man musste sich immer kooperativ zeigen. Vor allem, wenn man gerade auf dem Sprung war, auf dem Absprung.

„Kommen Sie gegen zwei Uhr."

„Geht klar." Kaum hatte Johannes eingehängt, beschloss er eine Planänderung vorzunehmen, statt heute Mittag würde er sofort fahren. Er wählte die Nummer eines Taxiunternehmens.

Menschenmassen schoben sich durch den frisch renovierten Flughafen in Düsseldorf. Das kam Johannes sehr entgegen. Er war froh, dass er den dunkelblauen Blazer angezogen hatte, so konnte man nicht sehen, dass sein blau-weiß-kariertes Hemd unter den Armen durchgeschwitzt war. Er ging möglichst unauffällig auf einen der Ticketschalter zu.

Hinter ihm rief plötzlich eine Stimme: „Halt! Stehen

bleiben. Hände auf den Rücken!“ Nein, nicht schon wieder. Johannes begann zu zittern, er stand da wie paralysiert. Er wollte laufen, aber seine Beine versagten den Dienst. Schweißtropfen bildeten sich auf seiner Stirn.

„Tut mir wirklich Leid. Mein Sohn Kevin ist heute wieder ein wahres Monster. Bitte entschuldigen Sie vielmals!“ Mit diesen Worten zog eine Frau ihren etwa sechs Jahre alten Jungen zurück in die Reihe vor dem Abflugschalter. Johannes sank auf eine der Sitzgelegenheiten. Als er sich wieder im Griff hatte, ging er erneut auf den Schalter zu.

„Was kann ich für Sie tun?“, fragte die freundliche Dame dahinter.

„Ich möchte nach Palma, heute noch. Ist das möglich?“ erkundigte er sich.

„Einen kleinen Moment, ich schaue sofort in den Computer.“ Die Dame starrte gebannt auf den Bildschirm. „Das tut mir Leid, die Plätze sind alle vergeben. Soll ich Sie auf die Stand-by-Liste setzen?“, fragte sie.

„Ja, bitte tun Sie das“, antwortete Johannes schlapp.

„Fragen Sie doch bitte gegen dreizehn Uhr noch einmal nach.“

Johannes nickte und wollte sich schon abwenden, als sie ihn zurückrief. „Warten Sie bitte, da ist gerade noch ein Platz in der zehn Uhr dreißig Maschine frei geworden. Wenn Sie sofort zum Ausgang C 23 gehen. Wann möchten Sie zurückfliegen?“

„Lassen Sie den Rückflug offen. Palma: One way!“ seufzte Johannes.

Glück gehabt! Auch die Handgepäckkontrolle ging locker über die Bühne. Aber als er sich dem Schalter für die Passkontrolle näherte, schlug sein Herz wieder bis zum Hals. Allerdings war das Häuschen leer. Niemand wollte seinen Pass sehen, er konnte völlig ungehindert passieren. Halleluja, freies Europa! Entspannt schritt er den langen grauen Tunnel entlang, der ins Flugzeug führte. Am Ende wurde er von einer blonden Stewardess erwartet. Sie begrüßte ihn freundlich und geleitete ihn zu seinem Platz. Die Türen wurden geschlossen. Der Flieger rollte zur Startbahn. Eigentlich, dachte Johannes, ist alles viel zu glatt gelaufen.

Ungefähr drei Monate später saßen drei Herren in einer Fensternische in einem kleinen Restaurant ganz in der Nähe von Valdemossa. Alle drei trugen helle Anzüge und waren braun gebrannt.

Der Besitzer des Restaurants schmunzelte, als sich alle drei von ihren Sesseln erhoben und einander zu prosteten. „Na Raul, haben unsere Gäste etwas zu feiern?"

Raul, der Ober, lächelte und zuckte die Achseln: „Sie stoßen auf ein neues Leben an, was immer das auch heißen mag."

Mord aus Versehen

„Guten Tag, Frau Martens!“

Langsam dreht sich die Angesprochene in die Richtung, aus der die Stimme sie erreichte. Hören kann die alte Dame nämlich noch sehr gut! Das Sehen fällt ihr schon schwerer, und so dauert es einen Moment, ehe sie antwortet.

„Guten Tag, Frau Löffler!“ Ohne Frau Löffler aus dem dritten Stock eines weiteren Blickes zu würdigen, macht sich Frau Martens daran, ihre Wohnungstür abzuschließen. Sie trägt ihren alten schwarzen Mantel, an dem die Jahre genauso wenig spurlos vorübergegangen sind, wie an ihrem Gesicht. Tiefe Falten und Runzeln haben sich in die Gesichtshaut eingegraben. Die Mundwinkel hängen herab - so, als ob noch nie ein Lachen über ihre Lippen gekommen war. Bitter sieht sie aus, die Frau Martens. Nur ganz selten, wenn zum Beispiel der letzte Sonnenstrahl eines schönen Sommertages sich in ihren blassblauen Augen spiegelt, und wenn man sich ganz besonders viel Mühe gibt, dann erkennt man, dass diese Frau einst wunderschön gewesen sein muss.

Nachdem Frau Martens umständlich ihren Schlüssel in ihre Handtasche verstaut hat, nimmt sie ihren Regenschirm, den sie immer als Krückstock benutzt, in die linke Hand, um sich mit der rechten am Treppengeländer festzuhalten. Die zwei Etagen machen ihr von Tag zu Tag mehr zu schaffen. Trotzdem sieht man sie jeden Tag zur selben Zeit ihren beschwerlichen Weg machen. Die Nachbarn können schon fast die Uhr danach stellen. Punkt fünfzehn Uhr fünfzehn öffnet sie ihre Tür und geht los. Ihr Ziel ist auch jeden Tag dasselbe: die Bank zwischen Rheintor und Rheinschlösschen auf dem Deich des Uerdinger Rheinufers. Frau Martens ist damit schon so etwa wie eine Institution im beschaulichen Uerdingen. Kaum jemand vermag sich daran zu erinnern, dass es jemals anders war.

Als Frau Martens unten auf der Straße steht, geht sie gleich in Richtung Rhein weiter. Am Rheintor angekommen, macht sie eine kleine Pause. Der Fluss führt zur Zeit ziemlich viel Wasser mit sich. Aber noch ist das Rheintor, ein Durchbruch im Deich, offen.

‚Wenn das Wasser so weiter steigt, werden sie sicher bald den Sand rankarren', denkt Frau Martens. Sie nimmt ihren Regenschirm fest in die Hand und wendet sich nach rechts. Mühsam geht sie die drei Stufen und dann den Weg auf den Deich hoch. Über die Pflastersteine auf der Deichkrone setzt sie ihren Spaziergang fort in Richtung Rheinschlösschen, einem gediegenen Restaurant. Ihre Besuche dort kann sie vermutlich an einer Hand abzählen. Na, wenn schon!

Da vorne unter dem großen Kastanienbaum ist ihre Bank. Schön, dass sie frei ist. Mit einem leichten Seufzen lässt sich Frau Martens auf ihrem Lieblingsplatz nieder. Sie sitzt einfach da und schaut auf den leise dahinfließenden Strom.

Auf einmal, so als ob sie aus einer Trance erwacht, zwinkert sie mit ihren Augenlidern, reibt sich mit beiden Händen durchs Gesicht und steht mit einem Ruck auf. Sie geht nach Hause zurück.

‚Nach Hause', denkt Frau Martens, als sie die Stufen zu ihrer kleinen Wohnung hinauf stöhnt. Diesmal begegnet sie niemandem im Treppenhaus. Es ist ihr auch lieber so. Sie ist lieber allein, spricht nur das Nötigste mit anderen Menschen, bekommt auch nie Besuch. Nur jeden Freitag erscheint ihre Putzhilfe auf der Bildfläche. Aber selbst die kann sich nicht erinnern, je mehr als „Guten Tag", „Auf Wiedersehen", „Sie machen das schon" und „Da liegt Ihr Geld" von Frau Martens gehört zu haben.

Plötzlich rührt sich die Türklingel. Frau Martens zuckt leicht zusammen. „Wahrscheinlich sind es nur ein paar Lausbuben, die Klingelmännchen spielen", beruhigt sie sich. Doch da schon wieder und noch mal und noch mal. Frau Martens holt tief Luft und geht zur Gegensprechanlage. Sie nimmt den Hörer. „Hallo?", fragt sie fast wispernd.

„Hallo, Frau Martens?" fragt eine männliche Stimme am anderen Ende.

„Ja", gibt Frau Martens zur Antwort.

„Wie schön, dass Sie zu Hause sind! Mein Name ist Schmitz. Ich komme von der Krankenkasse. Kann ich mal kurz mit Ihnen reden? Es ist sehr dringend!"

Frau Martens überlegt. Trotz ihrer zweiundachtzig Jahre ist sie durchaus noch klar im Kopf, wie man so sagt. Und übers Ohr hauen lassen, will sie sich schon gar nicht. „Ich habe keine Probleme", sagt sie daher in die Gegensprechanlage hinein.

„Das freut mich zu hören. Aber es geht um ein paar Unstimmigkeiten in Ihren Akten, denen ich auf den Grund gehen muss", erklärt Herr Schmitz geduldig. „Es dauert auch bestimmt nicht lange, und Sie müssen mich auch gar nicht in Ihre Wohnung lassen. Aber wenn wir uns im Hausflur unterhalten könnten, wäre das super."

Ohne ein weiteres Wort zu erwidern, drückt Frau Martens auf den Summer. Es dauert keine dreißig Sekunden und ein Mann von vielleicht Mitte fünfzig steht vor ihrer Tür. Er trägt eine graue Sportjacke und schwarze Jeans. Seine angegrauten Haare hängen ihm zum Teil in der Stirn. Alles in allem eine sympathische, fast noch jungenhafte Erscheinung.

„Welche Unstimmigkeiten meinen Sie?" Frau Martens kommt lieber gleich zur Sache, um den Fremden möglichst schnell wieder los zu werden.

„Zum Beispiel, dass Sie gar nicht Mathilde Martens sind!“ antwortet Herr Schmitz schnell. Er nutzt den Überraschungsmoment und schiebt sich an der vollkommen fassungslosen Frau Martens vorbei in die Wohnung. Nur den Bruchteil einer Sekunde später ist die Tür zu und zweimal abgeschlossen.

Frau Martens schlägt das Herz bis zum Hals. Fieberhaft überlegt sie, wie sie sich jetzt verhalten soll. Um Hilfe rufen? Auf alles eingehen, was der Einbrecher - denn um einen solchen musste es sich ja wohl handeln - von ihr verlangt?

Weiter kommt Frau Martens nicht mit ihren Überlegungen, denn schon ergreift Herr Schmitz wieder das Wort. „Liebe Frau Martens, schauen Sie nicht so erstaunt, dass Ihr Geheimnis doch nicht so gut behütet war, wie Sie gedacht hatten. Aber nun beruhigen Sie sich erst mal und laden mich auf eine Tasse Kaffee in Ihr Wohnzimmer ein. Hier am Niederrhein trinkt man doch Kaffee, oder?“

Frau Martens nickt und zeigt mit ihrer linken Hand auf das Wohnzimmer. „Was wollen Sie von mir? Wer sind Sie in Wirklichkeit?“ fragt Frau Martens mit erstickter Stimme, nachdem Herr Schmitz sich wie zu Hause fühlend auf das Sofa gelümmelt hat.

„Alles zu seiner Zeit“, erwidert Herr Schmitz, „jetzt trinken wir erst mal Kaffee.“

Später sitzen beide am Wohn-zimmertisch und lassen das braune Gebräu durch ihre Kehlen rinnen. Eigentlich trinkt nur er. Frau Martens rührt ihre Tasse nicht an. Sie konzentriert sich darauf, Haltung zu bewahren und nicht vor lauter Angst zu schreien. Die Spannung ist kaum auszuhalten. Keiner sagt ein Wort. Herr Schmitz hält seine Untertasse in der linken Hand, während die rechte mit dem Löffel den Zucker verrührt. Eine kleine Ewigkeit dauert dieser Rührvorgang, und Frau Martens glaubt schon, er würde gar nicht mehr aufhören. Sie irrt sich. Denn gerade als sie doch selbst einen Schluck aus ihrer Tasse zu sich nehmen will, sieht sie, wie Herr Schmitz den Löffel aus der Tasse nimmt, ihn mit einer kreisenden Bewegung an den Mund führt, die Unterseite des Löffels mit der Zunge ableckt und dann senkrecht vor sich auf den Tisch legt, so dass der Löffelstiel von ihm wegzeigt.

Frau Martens starrt Herrn Schmitz an. Kann das Zufall sein? Nein, sie ist eine vernünftige Frau, und Zufälle haben nichts mit Vernunft zu tun. Und da - kaum, dass Herr Schmitz getrunken hat, geht die Rührerei von Neuem los. Gespannt bis in den letzten Muskel beobachte Frau Martens ihren uneingeladenen Gast. Da - schon wieder - dasselbe Ritual, Löffel mit kreisender Bewegung an den Mund, Unterseite des Löffels abgeschleckt, Löffel senkrecht zum Körper auf den Tisch gelegt. Kein Zweifel, Frau Martens kennt dieses Ritual. Aber diesen Mann kennt sie nicht.

„Wer sind Sie?“ fragt sie eindringlich den Fremden.

„Nun, ich bin der Sohn des Mannes, den Sie umgebracht haben.“

Vorsichtig schlägt Frau Martens die Augen auf. Sie erkennt ihre Wohnzimmerdecke. Jetzt merkt sie, dass sie ausgestreckt auf dem Sofa liegt. Auf ihrer Stirn spürt sie ein feuchtes Tuch.

„Geht es Ihnen wieder besser?“ Herr Schmitz beugt sich über die alte Dame.

„Ja“, antwortet sie schroff und will sich im selben Augenblick aufrichten. Doch es dreht sich alles in ihrem Kopf.

„Nicht so schnell, meine Liebe! Lassen Sie sich Zeit. Sie sind gerade in Ohnmacht gefallen.“ Mit Hilfe von Herrn Schmitz gelingt es Frau Martens, sich hinzusetzen.

„Ja, ich weiß.“

„Aber Frau Martens, oder soll ich lieber sagen: Frau Sprenger, ich will Ihnen doch nur helfen!“, entrüstet sich Herr Schmitz gekünstelt.

„Mir helfen?“, Frau Martens brüllt den Eindringling an. „Was wollen Sie von mir? Reden Sie endlich!“ In Frau Martens Stimme liegt eine verzweifelte Entschlossenheit.

„Ich merke, es ist an der Zeit, Ihnen reinen Wein einzuschenken.“ Herr Schmitz setzt sich auf seinen Sessel zurück. Er räuspert sich und beginnt zu reden. „Mein Name ist William Smith und ich wurde am 26. April 1942 geboren in einem kleinen Dorf im Süden Englands. Mein Vater war gerade dreiundzwanzig Jahre alt, als ich geboren wurde. Er war Soldat. Und es war ein Riesenglück, dass er gerade Urlaub hatte, als meine Mutter niederkam. Sie liebte meinen Vater über alles. Meine Mutter hielt es kaum aus, als er wieder in den Krieg ziehen musste. Na, ja, ich erspare uns die Sentimentalitäten. Wir wissen, wie der Krieg ausgegangen ist. Mein Vater blieb in Deutschland, genauer gesagt: in Krefeld. Ab jetzt müssten Sie, Frau Martens, viel besser erzählen können als ich, oder soll ich doch lieber bei Frau Sprenger bleiben?“ Forschend blickt er in das Gesicht von Frau Martens. Die sitzt mit regungsloser Miene da.

„Keine Antwort? Gut, dann bleib ich bei Frau Sprenger, denn als solche haben Sie doch meinen Vater hier kennen gelernt. Sie haben ihn verführt und dann, als Sie seiner überdrüssig waren, haben Sie ihn umgebracht.“

„Nein, das ist nicht wahr!“ Frau Martens’ Stimme bebt und in ihr klingt eine grenzenlose Verzweiflung mit. „Ich habe ihn nicht umgebracht! Ich habe ihn nicht umgebracht!“

„Ach, hören Sie doch auf, Frau Sprenger!“, Erregt ist Herr Schmitz aufgesprungen. „Sie wissen, dass ich die Wahrheit sage. Warum sonst sollten Sie Ihren eigentlichen Namen verschweigen? Sie haben etwas zu verbergen, eine schreckliche Wahrheit nämlich. Hinter der Fassade der einsamen alten Frau steckt die Fratze einer gemeinen Mörderin!“

Schwer atmend und drohend die Faust erhoben steht William Smith vor der alten Frau, die ganz in sich zusammengesunken auf dem Sofa sitzt und leise weint. Nach mehreren Sekunden nimmt William seine Faust herunter. Er schaut auf Frau Martens herab mit dem Blick eines Jägers kurz vor seinem tödlichen Schuss. Er hat sein Opfer da, wo er es haben wollte. Frau Martens ist in seiner Hand und dieses Gefühl der Genugtuung, des Sieges will er auskosten.

„Wollen Sie gar nicht wissen, wie ich Ihnen auf die Schliche gekommen bin? Nein? Ich erzähl' es Ihnen trotzdem, denn Sie zu finden und zur Rechenschaft zu ziehen ist meine Lebensaufgabe.“

Ohne Frau Martens aus den Augen zu lassen, beginnt William Smith seine Geschichte zu erzählen. „An meinem achtzehnten Geburtstag eröffnete mir meine Mutter, dass mein Vater nicht an einer Lungenentzündung gestorben sei, sondern einem Mord zum Opfer gefallen sei. Sie erzählte, dass er eines Tages nicht zum Dienst erschienen war. Sechs Wochen später war bei Venlo eine kaum zu identifizierende Männerleiche ans Rheinufer gespült worden. Es war mein Vater. Offiziell wurde von einem Unfall gesprochen, aber meine Mutter hatte nie daran geglaubt. Sie vermutete schon damals, dass eine andere Frau dahinter steckte.“ William Smith macht eine Pause. „Diese Frau waren Sie, Frau Sprenger. Mit der Hilfe einiger Kameraden meines Vaters gelang es mir Stück für Stück das Puzzle zusammenzusetzen. Und ich sah meinen Vater direkt vor mir, wie er mit diesem Flittchen Hedwig Sprenger in der Gegend rumturtelte, während meine Mutter mit mir alleine zurecht kommen musste.“ William Smith holte tief Luft. „Sie ließen es sich gut gehen bei meinem Vater, nicht wahr? Sie haben sich aushalten lassen. Als mein Vater, von Gewissensbissen geplagt, mit Ihnen Schluss machen wollte, haben Sie ihn eiskalt umgebracht, um an seine paar Kröten zu kommen. Wie viel Geld war es? Hundert oder zweihundert Mark? Frau Sprenger, hat es sich gelohnt, für zweihundert Mark zu morden?"

Frau Martens hat inzwischen aufgehört zu weinen. „Sie haben recht, Herr Smith", antwortet sie mit erstaunlich ruhiger Stimme. „Sie haben recht. Ich habe Ihren Vater hier kennen gelernt. Ich war damals ein junges Ding – und es gab nichts zu essen. Irgendwie musste man sich durchschlagen. Nun, ich habe für die gute Laune bei den Besatzungssoldaten gesorgt. Ich habe gesungen, getanzt, manchmal auch geflirtet. Und dafür haben mich die Soldaten mit dem Nötigsten versorgt. Und dann traf ich Bill. Es war eine herrliche Zeit. Manchmal trafen wir uns in meiner Bude, und ich kochte ihm den Kaffee, den er selbst mitgebracht hatte. Ich liebte es, ihm dabei zuzuschauen, wie er den Zucker umrührte und mit dem Löffel jonglierte. Er war ein ganz besonderer Mann. Aber Sie müssen mir glauben, er hat mir nie gesagt, dass er eine Frau und einen Sohn hatte. Das habe ich nicht gewusst."

Frau Martens schnäuzt sich. „Es waren die schönsten sechs Monate meines Lebens. Jeden Tag saßen wir am Rhein, manchmal einfach nur so, ohne ein Wort zu sagen. Wir verstanden uns, liebten uns! Und dann – kam der 23. September. Es war ein recht kühler Tag. Der Himmel war wolkenverhangen und der Wind blies kräftig. Bill und ich trafen uns an unserem Lieblingsort, am Rheinufer. Ich freute mich auf Bill. Aber er war nicht so wie sonst. Ich fragte ihn, was los sei. Er drehte sich plötzlich zu mir und sagte, es sei alles aus. Mehr könne er mir nicht sagen. Es hätte mit seiner Familie zu tun. Ich konnte doch nicht ahnen, dass er damit Sie und Ihre Mutter meinte." Frau Martens fängt wieder an zu weinen. Sie schluchzt: „Ich fiel ihm um den Hals, schrie, das könne doch nicht war sein, und er solle mich nicht verlassen. Bill schlug mir ins Gesicht. Ich stieß ihn in einem Reflex von mir. Da stolperte er und stürzte in den Rhein. Es war ein Unfall." Schluchzend vergräbt Frau Martens ihr Gesicht in ihrem Taschentuch.

Nach ein paar Minuten fragt William Smith nach: „Und warum haben Sie das nicht der Polizei erzählt? Warum haben Sie Ihren Namen geändert?"

Frau Martens schaut William fest in die Augen. „Ich hatte Angst. Ich galt doch als leichtes Mädchen. Wer hätte mir schon geglaubt? Hätte man nicht genau das gesagt, was Sie mir jetzt vorwerfen? Ich wollte es nicht darauf ankommen lassen. Und da ich zufälligerweise an den Pass von Mathilde Martens gekommen war, wollte ich auf Nummer sicher gehen. Und ich wollte ein neues Leben anfangen. Ich wollte nicht mehr mein Geld damit verdienen müssen, fremde Soldaten glücklich zu machen. Ich wollte frei sein. Das ist alles."

William Smith sitzt zusammengesackt auf einem Sessel. Nach all den Jahren der Suche, die sein ganzes Leben ausgefüllt hatte, steht er mit leeren Händen da. Seine unglückliche Mutter vor Augen, ist er in die Welt ausgezogen, um die Mörderin seines Vaters zur Rechenschaft zu ziehen. Und was hat er gefunden? Eine alte Frau, die einmal in seinen Vater verliebt war und nun verzweifelt ihre Unschuld beteuert. Was sollte er tun?

Er sieht Frau Martens fest in die Augen. Sie hält seinem Blick stand. Er hatte die Aussagen der alten Kameraden seines Vaters, die ihm von einem Flittchen erzählt hatten. Vielleicht waren sie auch nur eifersüchtig darüber gewesen, dass sein Vater das Glück gehabt hatte, bei ihr zu landen. „Eigentlich habe ich nur Indizien. Ich wollte eine Mörderin finden, damit Vaters Tod nicht nur ein blöder Zufall war. Ich wollte eine Mörderin, um mit dem Schicksal abrechnen zu können."

Frau Martens unterbricht ihn in seinen Gedanken: „Lebt Ihre Mutter noch?"

„Nein, sie ist vor zwölf Jahren gestorben."

„Sind Sie verheiratet? Haben Sie Geschwister? Leben Sie in Deutschland?"

„Nein, ich bin nicht verheiratet. Ich habe auch keine Verwandten mehr. In Deutschland lebe ich seit ungefähr sieben Jahren, aber ich bin hier nicht heimisch geworden. Meine Mördersuche hat mich zu sehr in Anspruch genommen."

„Hören Sie", schlägt Frau Martens vor, „das Schicksal hat unser beider Leben auf tragische Weise miteinander verknüpft. Es ist kein Zufall, dass Sie mich gefunden haben. Ich glaube, es ist wichtig für unsere Vergangenheitsbewältigung, dass wir uns in aller Ruhe aussprechen. Es ist schon spät geworden. Was halten Sie davon, wenn wir jetzt etwas essen und anschließend einen Spaziergang machen. Vielleicht interessiert es Sie, wo es damals passiert ist?"

Herr Smith und Frau Martens gehen zum Rhein. Es sind nicht mehr viele Menschen unterwegs, denn es ist eine ungemütliche Nacht.

Frau Martens geht mit William Smith durch das Rheintor. Sie stehen an einem Geländer.

„Der Rhein ist relativ hoch, genau wie damals. Hier am Uerdinger Ufer hat er eine unglaubliche Geschwindigkeit. Da kann man so manches verschwinden lassen."

„Man kann so manches verschwinden lassen?" William Smith stutzt. „Wie ist das gemeint?"

„Kommen Sie hier herüber, dann kann ich es Ihnen besser erklären." Frau Martens ist ein paar Schritte weiter gegangen, dahin, wo kein Geländer mehr ist.

William tritt zu ihr.

„Stellen Sie sich ans Ufer und schauen Sie sich den Fluss an."

Teuflische Boshaftigkeit verzerrt das Gesicht von Frau Martens, als sie mit ausgestreckten Armen und angespannten Muskeln einen Schritt auf William Smith zumacht.

Schützenfest

„Wenn der mal nicht tot ist“, dachte ich. Aber ich kniete mich trotzdem nieder, um, wie so oft im Fernsehen beobachtet, den Puls am Hals zu überprüfen. Ich spürte, dass da nichts mehr war und wunderte mich gar nicht. Wer so eine ungesunde Hautfarbe hatte und so ein merkwürdig verkrümmtes Rückgrat, der konnte nicht mehr unter den Lebenden weilen. Schade, der junge Mann, war bestimmt mal ein hübscher Kerl gewesen und viel zu jung zum Sterben.

Seltsam, dass ich so ruhig blieb. Das war meine erste Leiche und ich tat so, als ob ich täglich nichts anderes im Wald finden würde. Keine Übelkeit, keine Panik, ich war eiskalt wie der Körper, der vor mir halb verdeckt von Blättern und Unrat auf dem Waldboden lag. Ich zückte mein Handy und wählte die 110.

„Darf ich Sie nach Hause bringen?“

„Nein, ich kenne den Toten nicht“, antwortete ich automatisch, denn das war in den letzten Stunden die am häufigsten gestellte Frage an mich.

„Ich habe Sie etwas anderes gefragt“, lachte der Beamte.

„Was? Ich habe wohl nicht zugehört“, erschöpft blickte ich in zwei bemerkenswert hübsche braune Augen. „Entschuldigen Sie, ich bin etwas verwirrt, was haben Sie gefragt?“

„Ob ich Sie nach Hause bringen darf?“

„Oh“, brachte ich nur heraus und stellte fest, dass in den braunen Augen ein sehr sympathisches Lächeln strahlte.

„Kommen Sie. Wir sind fertig. Der Tote wird jetzt weggebracht. Hier gibt es nichts mehr zu tun.“ Er streckte mir seine Hand entgegen, um mir von dem Baumstamm aufzuhelfen, auf dem ich mich niedergelassen hatte, um nicht im Weg zu stehen.

„Danke, aber ich habe mein Fahrrad dabei. Oder bin ich jetzt festgenommen, weil ich den Toten nicht kenne und gerne alleine Fahrrad fahre?“ Mein leicht aggressiver Ton ließ sein Strahlen verblassen.

„Sie sind natürlich nicht festgenommen, aber wir werden bestimmt noch ein paar Fragen an Sie haben.“

„Ach“, sagte ich ein wenig ironisch, „vielleicht, ob ich den Toten kenne und ob ich weiß, wie er hierhin gekommen ist. Ihr seid doch die Polizei, ihr müsst das herausfinden. Außerdem wohne ich noch nicht lange in Kempen, als dass ich hier viele Leute kennen würde.“

„Sind Sie sicher, dass Sie nach all dem hier allein nach Hause fahren wollen?“

„Natürlich, ich bin ja auch alleine hierher gekommen.“

„Na, dann wünsche ich Ihnen noch einen schönen Abend.“

„Wünsche ich Ihnen auch.“ Ich rang mir ein halbwegs freundliches Lächeln ab und schwang mich auf mein klappriges Fahrrad. Allerdings fuhr ich nicht heim, sondern radelte zu meiner Schwester Anna, um die gruseligen Neuigkeiten los zu werden. Meine Schwester ist vor fünf Jahren – der Liebe wegen – an den Niederrhein gezogen.

Nachdem ich meine Geschichte mehrmals wiederholt hatte, lernte ich, dass der Wald am Niederrhein nicht Wald heißt, sondern Bruch, gesprochen mit einem gedehnten „U“. Also: „Bruuch!“

Na, ja – dachte ich – sieht ja auch anders aus, als die Wälder im Siegerland, wo ich aufgewachsen bin und bis vor einem Jahr gewohnt habe. Die Wälder dort sind dunel, hoch, feucht und es duftet nach Fichtennadeln, Moos und Pilzen. Außerdem liegen da keine Leichen rum!

Anna wollte natürlich Einzelheiten wissen, sie besuchte gerade einen Lehrgang, um sich zur Detektivin ausbilden zu lassen, allerdings zur Kaufhausdetektivin.

„Der Mann war etwa um die zwanzig Jahre alt. Bekleidet war er mit einem Jackett, dunkelblau mit messingfarbenen Knöpfen, sah irgendwie nach Uniform aus. Darunter ein weißes Hemd, es fehlte allerdings die Krawatte."

„Hast du einen Hut gesehen?", fragte Anna, „oder sonst noch irgendwelche Dinge, die nicht üblicherweise im Bruch herum liegen."

„Liebelein", sagte ich, „was liegt hier eigentlich nicht im Wald rum? Soviel Müll wie hier habe ich noch nie in der Natur herumliegen sehen."

„Was ist dir noch aufgefallen?"

„Der Tote war bedeckt mit Blättern und über seine untere Hälfte lag ein Tuch oder etwas Ähnliches, ich habe nicht so genau hingeschaut und angefasst habe ich auch nichts, ich wollte keine wichtigen Spuren durcheinander bringen. Ich habe auf der Straße auf die Polizei gewartet, weil ich nicht recht beschreiben konnte, wo genau ich mich befinde. Die Polizei hat alles, was nicht wie ein Baum oder Blatt aussah, in kleine Plastikbeutel verpackt, um es im Labor untersuchen zu lassen. Sogar ein Jagdhorn haben sie gefunden."

Meine Schwester wurde hellhörig. „Ein Jagdhorn? Hast du gesehen, wie es aussah?"

„Wie ein Jagdhorn eben aussieht. Messingfarbener Klangkörper und mit grünem Band umwickelt, wo der Bläser es festhält."

Anna sprang auf, „Das gibt's doch nicht." Sie sah mich an, ihr Gesicht war fleckig und gerötet bis zum Haaransatz. Ich machte eine Geste, die sie zum Sprechen animieren sollte.

„Du weißt doch, dass wir am Sonntag beim Vogelschießen waren."

„Ja und? Was hat das mit dem Mord zu tun? Jetzt red schon und spann mich nicht auf die Folter."

Anna kippte jedem von uns einen Schnaps ein, *Thomasbitter* - brrr - aber sehr wirksam. Sie kippte ihren runter, ohne vorher anzustoßen.

„Also", fing sie an, „deinem Schwager Jürgen, der mein Mann ist, wurde auf dieser Feier sein Horn gestohlen. Und es muss mit dem Teufel zugehen, wenn das Horn, das im Wald bei der Leiche gefunden wurde, nicht sein Horn ist."

„Mach mal halblang", beschwichtigte ich, „es gibt hier ja bestimmt mehrere Menschen, die Jagdhörner besitzen. Deswegen muss dein Mann ja kein Mörder sein."

„Sag ich doch gar nicht." Meine Schwester berichtete aufgeregt von den Vorkommnissen an besagtem Abend. „Das war sowieso eine seltsame Veranstaltung. Gustel wollte unbedingt König werden, aber seine Schwester rannte ständig hinter ihm her, um ihn vom Schießen abzuhalten. Das würde zu teuer, das könne er sich doch gar nicht leisten. Es ging um den Junggesellen-König von Boetsch, da dürfen keine verheirateten Männer mitschießen und niemand, der nicht aus dem Ort ist. Marion und Gunther wollen im Juni heiraten und Gunther hielt auch auf den Vogel, er hätte zum letzten Mal die Gelegenheit, König zu werden", erklärte sie mir, der solcherlei Riten völlig unbekannt sind. Da wo ich herkomme, schießt jeder Depp auf den Vogel und es ist auch nicht so teuer, sodass jeder mal König sein kann.

„Kurz vor Schluss, der Vogel hing nur noch an wenigen Nägeln, wurde es fast richtig dramatisch. Es schossen nur noch wenige mit und dann fiel der Vogel bei einem, den in Boetsch keiner kannte, obwohl wirklich nur Boetscher mitschießen dürfen. Ein Aufschrei ging durch den Saal als der Vogel runterkam. Es gab einen richtigen Tumult, bis sich herausstellte, dass der Schütze sehr wohl aus dem Ort stammt, aber seit Jahren auswärts studiert. Dann hat Jürgen noch geblasen: ‚Hoch soll er leben‘ - anschließend hat er sein Horn an einen Haken unterm Tresen gehängt und später war es verschwunden.“

Anna machte eine kurze Pause, um ihr Schnapsglas auszuschlecken. „Es geht noch weiter mit den ungewöhnlichen Begebenheiten. Als wir gehen wollten, standen Marion und Gunther vorm Zelt und beide heulten. Im Zelt bei der Krönung heulte der neue König und der alte König weinte auch, es war kaum mit anzusehen.“

„Und der, dem die Schwester nachgelaufen ist, wo war der?“

„Gustel? Den hab ich gar nicht mehr gesehen, vielleicht ist der enttäuscht nach Hause oder hat seinen Kummer ertränkt.“

Plötzlich hatte ich eine Idee. „Wie sieht eigentlich die Uniform der Boetscher Schützen aus?“

Anna schlug sich mit einer Hand vor die Stirn. „Oh Mann, da sagst du was. Der Tote trug ein dunkelblaues Jackett mit messingfarbenen Knöpfen? Dann war das ein Schützenbruder. Aber wer?“

„Ich schätze, das wird sich bald herausstellen.“

Am nächsten Tag stand mein braunäugiger Strahlemann mit einem Kollegen in Uniform vor meiner Tür. Meine Freude war erheblich gedämpft, denn was sollten meine Nachbarn denken. „Können Sie nicht in Zivil hier auftauchen?“, begrüßte ich die Beamten respektlos.

„Entschuldigung, wir haben da noch ein paar Fragen“, höflich nahm der Kollege seine Mütze ab und ich griente verlegen meinem Nachbarn zu, der neugierig aus seiner Wohnungstür herauslugte.

„Kommen Sie doch herein Herr. . . , eh, wie war doch gleich Ihr Name ?“

„Schmitz, mein Name ist Hauptkommissar Schmitz und das ist mein Kollege Oberwachtmeister Mönks."

Ich schmunzelte, Oberwachtmeister, Hauptkommissar, ich kam mir vor wie freitags abends beim Fernsehen. „Das mit den Fragen können Sie vergessen, ich weiß nämlich nichts. Fragen sie lieber die Leute, die beim Vogelschießen in Boetsch dabei gewesen sind."

„Sie wissen also doch, wer der Tote ist?", wollte Kommissar Schmitz wissen.

„Nicht direkt. Aber ich habe erfahren, wer solche Uniformen trägt und da nehme ich an, dass der Tote am Vogelschießen teilgenommen hat."

„Welche Umwege sind das?", fragte der Wachtmeister.

„Anna, meine Schwester, war am Samstag auch in Boetsch."

Der Hauptkommissar sah mich ernst an: „Der Tote ist der neue Schützenkönig von Boetsch."

„Was?" fiel ich ihm ins Wort, „der König, den keiner kannte?"

„Wie - den keiner kannte - das entzieht sich unserer Kenntnis. Woher wissen Sie das?"

„Lieber Herr Schmitz, Klatsch ist eine Quelle von unschätzbarem Wert, vielleicht bringt sie auch ihre Ermittlungen weiter. Meine Schwester erzählte mir, dass ein Aufschrei durch die Menge ging, als unser Toter den Vogel holte."

„Was weiß ihre Schwester noch?"

„Keine Ahnung, aber wenn Sie wollen, können wir zusammen zu ihr fahren, sie ist um diese Zeit bestimmt zu Hause."

„Gute Idee, aber Sie brauchen nicht mitzukommen. Wie ist die Adresse ihrer Schwester?" Der Wachtmeister holte sein Notizbuch aus der Tasche.

„Kommt nicht in Frage. Ich möchte nicht, dass meine Schwester einen Schock erleidet, weil die Polizist vor Ihrer Tür steht. Ich fahre aber nicht in Ihrem Dienstwagen mit, sonst denkt meine Nachbarschaft, ich sei verhaftet worden. Ich fahre mit dem Fahrrad vor, hier ist sowieso überall nur Tempo-Dreißig-Zone, da kommen Sie bequem hinter mir her“, bestimmte ich.

Mein Finger verweilte einige Sekunden auf dem Klingelknopf, da bemerkte ich, dass meine Schwerster vergessen hatte, den Schlüssel abzuziehen. Er steckte von außen im Schloss. Vorsichtig öffnete ich die Tür und trat in die Diele.

„Nicht erschrecken. Ich bin's, der Schlüssel steckte.“

Anna kam die Treppe herunter gehüpft. „Na, Schwesterchen, wie geht's heute? Neue Leichen im Bruch entdeckt?“, fragte sie, bevor sie meine Begleiter erspähte.

„Schau mal wen ich mitgebracht habe“, sagte ich und stellte die Herren vor.

Anna bekam große Augen und gab brav die Hand. „Wie kommt's,“ fragte sie neugierig.

„Ich dachte, als angehende Detektivin interessiert es dich, wie wir die Ermittlungen vorantreiben“, antwortete ich vorlaut.

Anna schlug vor, im Wintergarten Platz zu nehmen und wurde gebeten, ausführlich über ihre Beobachtungen beim Schützenfest zu berichten. Die Ermittler machten sich Notizen und fragten nach Namen und Adressen der anderen Zeugen.

„Da fällt mir noch was ein, was ungewöhnlich war“, sagte Anna nachdenklich. „Ich hab ja schon erzählt, dass ich den Gustel nicht mehr gesehen habe, bis wir gingen. Aber nachdem der Gustel das letzte Mal geschossen hatte, und der Vogel fiel ja direkt nach ihm, kam er bei uns an der Theke vorbei. Jürgen holte gerade sein Horn aus der Tasche, da fegte Gustel mit Absicht zwei volle Biergläser vom Tresen und versuchte Streit anzufangen. Das ist sonst nicht seine Art, ich kenne ihn nur als einen ruhigen und besonnenen Mann. Er war wohl so wahnsinnig enttäuscht, dass er den Vogel nicht abgeschossen hat. Danach habe ich ihn nicht mehr gesehen."

Der Wachtmeister machte sich fleißig Notizen. Wie heisst dieser Gustel mit Nachnamen?"

Erwartungsvoll schauten wir drei Anna an, doch sie zuckte die Achseln. „Der Nachname von Gustel", sinnierte sie. „Doch, den muss Jürgen wissen. Kleinen Moment, mein Mann ist oben im Arbeitszimmer."

Anna stürzte die Treppe hinauf und kam nach wenigen Minuten mit Jürgen zusammen in den Wintergarten. „Der Gustel heißt eigentlich Stefan Gärtner. Wie er zu dem Spitznamen kam, kann ich Ihnen nicht sagen. Aber ich habe seine Adresse, falls sie die brauchen."

Dienstbeflissen stellte Hauptkommissar Schmitz noch einige Fragen an Jürgen. „Ist ihnen an besagtem Abend etwas Besonderes aufgefallen?"

„Es gab allerhand Merkwürdiges", meine Jürgen wichtig und nahm erst einmal Platz. „Es war merkwürdig, dass der Vogel zuerst, wie es schien, nicht fallen wollte, und dann ausgerechnet bei jemandem herunterkam, der im Ort unbekannt zu sein schien. Dann die Heulerei bei der Krönung. Und natürlich der Verlust meines Jagdhorns."

„Ihr Jagdhorn? Sie haben Ihr Jagdhorn verloren? Davon haben die Damen nichts erzählt." Vorwurfsvoll schaute uns der Wachtmeister an.

„Oh, ist das wichtig?" Meine Schwester schaute mich unschuldig an. Ich konnte ihr Schauspieltalent nur bewundern. Dafür dass sie gestern noch ganz außer sich war, dass ein Jagdhorn bei der Leiche gefunden wurde, war sie heute bewundernswert ‚cool'.

Offenbar hatte sie Jürgen nichts davon erzählt, was mich wunderte.

„Könnten Sie Ihr Horn identifizieren?" fragte der Kommissar.

„Mein Horn würde ich unter Hunderten erkennen", behauptete mein Schwager.

„Dann muss ich Sie für morgen früh ins Präsidium bitten, um sich das Horn anzuschauen", entschied Hauptkommissar Schmitz. Schließlich verabschiedeten sich die Polizisten.

Am nächsten Tag trafen Anna und ich zufällig Gustels Schwester Silke beim Einkaufen. Nach ein paar Minuten platzte sie heraus, dass die Polizei bei ihrem Bruder gewesen sei und er vermutlich unter Mordverdacht stehen würde. Gustel könne sich an nichts erinnern, weil er sich aus Enttäuschung darüber, das nicht er Schützenkönig geworden wäre, hemmungslos betrunken hätte.

„Er kann sich einfach nicht erinnern", klagte Silke. „Er hat der Polizei erzählt, dass er nur weiß, dass er mit Iris an der Sektbar war. Anschließend hatte er einen Filmriss. Iris behauptet aber, er hätte ihr nur einen Sekt ausgegeben, mehr nicht."

Wir kamen gerade vom Einkaufen zurück, als Jürgen aufgelöst vom Polizeirevier nach Hause kam. Das Jagdhorn war tatsächlich seins! Das gab uns einige Rätsel auf.

„Wieso hat der neue König dein Horn mit sich getragen?", fragte Anna. „Vielleicht hat der Mörder das Horn neben die Leiche gelegt", gab ich zu bedenken.

„Oder der neue König hat das Horn gestohlen, jemand hat das beobachtet und ist ihm gefolgt", schlug Jürgen vor.

„Und bringt ihn um, um den Diebstahl des Jagdhorns zu rächen", fiel Anna meinem Schwager ins Wort.

„Schon merkwürdig, dass Silke Gärtner nicht ausschließt, dass ihr Bruder der Mörder ist", bemerkte ich.

Anna lachte, „aber es heißt doch, der Mörder ist immer der Gärtner . . ."

„Dein Detektivkurs machte sich langsam bezahlt“, witzelte Jürgen.

„Was ist eigentlich die genaue Todesursache“, erkundigte sich Anna.

„Als er da im Wald lag, sah er irgendwie verdreht aus, ich habe angenommen, er hat sich das Genick gebrochen“, sagte ich.

Jürgen machte ein wissendes Gesicht. „Ich habe da so was gehört“, fing er langsam an und hatte seinen Spass daran, uns auf die Folter zu spannen. „Vielleicht sind das ja nur Gerüchte, ihr wisst ja, wie das hier so ist.“

„Nun red schon!“, riefen Anna und ich gemeinsam.

„Also, der Tote heißt Mathias Unkel, sein Genick war gebrochen und das war auch die Todesursache. Allerdings wären bei der Autopsie mehrere Schusswunden gefunden worden, die aber nicht die Ursache seines Dahinscheidens waren, sie wurden ihm kurz vorher zugefügt. Es machte den Anschein, als ob er gejagt worden wäre. Die Projektile sind in den Schulter- und Hüftbereich eingedrungen, eins hat seinen Hinterkopf gestreift.“

„Weiss man, was für Projektile es waren?“, fragte ich neugierig.

„Sie stammen angeblich von einem kleinkalibrigen Jagdgewehr.“ Jürgen schwieg eine Weile, dabei machte er ein sehr nachdenkliches Gesicht. „Es scheint, als hätte man ihn gejagt wie ein Tier. Er versuchte zu entkommen und kletterte auf den Baum unweit der Fundstelle. Die Polizei nimmt an, dass er vom Baum fiel und sich dabei das Genick brach. Übrigens soll er einen Alkoholpegel von über zwei Promille gehabt haben.“

In meinem Kopf lief ein Film ab. Ich sah den jungen Mann, wie er stark angeheitert auf dem Nachhauseweg durch den Wald ging und nichts ahnend in das Horn blies, froh endlich König zu sein. Irgendwo muss ihm sein Mörder aufgelauert haben, der ihn dann durch das Bruch jagte. Plötzlich der erste Treffer, Schmerzen, Panik. Er hat vermutlich nicht mal gesehen, wer ihn angriff, ist blind geflüchtet, gerannt, gestolpert und in seiner Angst auf den Baum geflüchtet.

Mir drängten sich einige Fragen auf. „Es könnte hilfreich sein, zu wissen, wann der genaue Todeszeitpunkt war. War es noch hell genug, oder brauchte der Schütze ein Nachtsichtgerät? Dann könnte es ein Profi oder ein bezahlter Killer gewesen sein. Es wäre auch interessant zu erfahren, in welchem Winkel die Kugeln eingetreten sind."

„Warum das denn?" Jürgen schüttelte verständnislos den Kopf.

„Ganz einfach, ich kann mir nicht vorstellen, dass der Schütze seinem Opfer hinterhergelaufen ist. Bei schlechten Sichtverhältnissen hätte er womöglich nicht getroffen. Ich denke, unser Schütze hat irgendwo gewartet und dem König aufgelauert."

„Dann muss er aber gewusst haben, wann und wo er herkommt." Anna schlug die Beine übereinander und stützte ihr Kinn mit der rechten Hand ab.

Alle Mutmaßungen brachten uns nicht weiter.

„Vielleicht sollten wir den Freundes- und Familienkreis des Opfers nicht von vornherein vom Kreis der Verdächtigen ausschließen", gab Anna zu bedenken, „schließlich sind die meisten Morde Beziehungstaten."

„So, meine Gattin, die Detektivin, hat schon einen Kreis der Verdächtigen." Gespielt beeindruckt schürzte Jürgen die Lippen und fuhr fort: „Darf ich mal vermuten wer dazugehört? Bestimmt ein bis zur Besinnungslosigkeit betrunkener Schützenbruder, dem von seiner Schwester abgeraten wurde, auf den Vogel zu halten. Und eine unbescholtene Neuzugezogene, die zufälligerweise den Toten im Bruch gefunden hat. Verdächtig ist natürlich auch derjenige, dessen Jagdhorn bei der Leiche gefunden wurde. Jetzt fügen wir noch wahllos ein paar Bürger und Schützenbrüder aus Boertsch hinzu. Wer wird wohl das Rennen machen?"

Anna stöhnte, Jürgen lachte.

In den nächsten Tagen machten weitere Gerüchte die Runde. Aus der Zeitung erfuhr ich, dass ein junger Mann aus Kempen zu den Verdächtigten zählte. Ihm hatte Mathias Unkel die Freundin ausgespannt und darauf hin hatte Thomas L. aus K. mehrfach vor Zeugen gedroht, den Nebenbuhler kaltzumachen. Da hatte Anna mit ihren Beziehungstaten gar nicht so verkehrt gelegen. In dem Zeitungsartikel folgte eine Beschreibung das Verdächtigen, der seit der Tat flüchtig sei.

Ich wollte Anna anrufen, um ihr von dem Artikel zu erzählen, aber sie schien nicht zu Hause zu sein. Im Laufe des Vormittags versuchte ich es noch mehrere Male, aber sie ging einfach nicht ans Telefon. Zur Mittagszeit war ich so unruhig, dass ich mich aufs Fahrrad schwang und zu ihr fuhr. Als ich gerade mein Rad vor ihrem Haus abschloss, hielt ein Polizeiauto auf der Straße. Mein Hauptkommissar Schmitz mit den schönen braunen Augen stieg aus, ging um den Wagen herum und hielt meiner Schwester galant die Tür auf.

Sie scherzten noch kurz und dann kam Anna endlich zur Haustür und begrüßte mich: „Du kannst mir gratulieren, Schwesterherz, ich habe soeben meinen ersten Fall gelöst."

Ich überlegte, ob ich nicht Grund hätte, beleidigt zu sein, dass sie sich an meinen Kommissar herangemacht hatte, aber meine Neugierde siegte natürlich. „Erzähl, was ist passiert."

Nachdem wir es uns im Wintergarten bequem gemacht hatten und Anna uns zur Feier des Tages ein Schnäpschen eingoss, berichtete sie endlich. Auch sie hatte den Artikel in der Westdeutschen Zeitung gelesen und ihr war sofort eingefallen, dass sie den beschriebenen Verdächtigen auf dem Schützenfest gesehen hatte. Dann war ihr eingefallen, dass ihr eine Nachbarin erzählt hatte, dass in den Schrebergarten ihrer Mutter eingebrochen worden war. Anna hatte eins und eins zusammengezählt und unverzüglich Hauptkommissar Schmitz in Kenntnis gesetzt. Noch während Anna mit der Taxe zum Polizeipräsidium unterwegs war, hatten der Hauptkommissar und seine Kollegen den Täter auf dem Gelände des Schrebergartenvereins gestellt.

Anna hatte auf dem Präsidium bezeugt, dass sie den Täter auf dem Schützenfest gesehen hatte und der junge Mann hatte ein Geständnis abgelegt.

„Der junge Mann sagte, er hätte auf dem Fest eine Menge getrunken und als dann Mathias Unkel auch noch den Vogel abgeschossen hätte, wäre ihm eine Sicherung durchgebrannt. Er wäre ihm auf dem Nachhauseweg gefolgt. Als er gesehen hätte, in welche Richtung der neue Schützenkönig gegangen wäre, hätte er eine Abkürzung genommen und im dort aufgelauert. Er hätte Mathias Unkel aber nur einen Denkzettel verpassen wollen und sich halb totgelacht, als der aus lauter Angst auf einen Baum geklettert wäre. Mit seinem Gewehr hätte er nur in die Luft geschossen und als sein Opfer plötzlich vom Baum gefallen wäre, wäre er in Panik weggelaufen. Aus Angst hätte er sich in den letzten Tagen in mehreren Häusern im Gartenbauverein versteckt gehalten. Irgendwie tat der Knabe mir auch wieder leid“, sagte Anna, „und weisst du was? Das Horn hatte er gar nicht gestohlen, das muss tatsächlich der angetrunkene Mathias Unkel mitgenommen haben.“

Krinwelde

Mein Blick wanderte den Hügel hinauf zu der einzelnen Trauerweide, die – umgeben von einem verblassenden Grün – einige Vögel beherbergte. Es waren schwarze Krin, die die letzten Strahlen der untergehenden Oktobersonne zu genießen schienen und auf uns herabstarrten. Auf mich und auf meinen treuen Schimmel, der genauso müde war wie ich.

Es war ein langer Ritt gewesen bis in diese flachrheinischen Gefilde und mein Ross hatte wahrlich eine Pause verdient. Doch der Tag neigte sich dem Ende zu, während die Finsternis langsam um uns schlich, um mich, mein Pferd und auch die Krin im Baum mit ihrem bedrohlichen Schleier zu umhüllen. Ich lockerte die Zügel, worauf mein genügsamer Begleiter seinen Marsch fortsetzte. Es wurde Zeit, unser Ziel konnte nicht mehr weit entfernt sein.

Wir schrieben das Jahr 999, das Reich wurde von einem jungen und schwachen Kaiser regiert. Eine schlechte Ernte ließ die Not der Bauern weit und breit steigen. Überall erschienen selbsternannte Propheten und erzählten dem ängstlichen Volk vom Ende aller Tage zur Jahrtausendwende.

Und mir gab man die undankbare Aufgabe, nach einem verschwundenen Priester zu suchen. Mein Weg führte mich zu einer Ansammlung von Hütten irgendwo im Überschwemmungsgebiet des Rheins. Mit den letzten Lichtstrahlen erreichte ich schließlich diesen Ort. Mein Schimmel stampfte über einen schlammigen Pfad, während ich die ärmlichen Behausungen der hier angesiedelten Bauern betrachtete. Schließlich erblicke ich ein größeres, aus Holz gebautes Haus. Ich lenkte mein Ross in diese Richtung und stieg ab. Mein Sitzfleisch war nicht mehr zu spüren und jeder Schritt bereitete mir Mühe.

Als ich die Tür dieser Wirtschaft öffnete, dröhnte mir ein Gewirr von Stimmen, Gelächter und Grummeln entgegen. Zwei Dutzend bärtiger und grobschlächtiger Männer amüsierten sich hier mit Methumpen und schlichten Gesten. Ich folgte dem Raum, der nur von wenigen Fackeln beleuchtet war, bis zur brüchigen Theke. Nach und nach erhaschten mich die Blicke der metseeligen Gesellschaft und es wurde schlagartig ruhiger im Raum. In einem verzweifelten Versuch, die mir gegenüber erbrachte Aufmerksamkeit zu ignorieren, lehnte ich mich über die Theke und winkte den rothaarigen Mann an deren anderen Ende zu mir.

Ein schlicht gekleideter Geselle mit dickem Bauch baute sich vor mir auf und ließ seinen Blick über meine Kleider wandern. Dann öffnete er seinen Mund, um mir seine schlechten, vergilbten Zähne zu zeigen. „Was kann ich für Euch tun, Euer Hochwürden?"

Ich versuchte ein freundliches Lächeln. „Nun. Die Dunkelheit überraschte mich bei meiner Reise, da sah ich Eure werte Stube. Und das warme Licht der Fackeln verhieß mir eine Mahlzeit und ein wohliges Nachtlager. Für mich und für mein müdes Ross."

Der Bärtige musterte mich genau, dann nickte er kurz. „Ein Nachtquartier kann ich Euch wohl besorgen und etwas zu Essen lässt sich sicherlich auch auftreiben."

Mit einem unverschämten Grinsen fügte er noch an: „Einem Mann Gottes kann ich doch schließlich keinen Wunsch verwehren. Das würde mir der da oben bestimmt übel nehmen." Seine Augen richteten sich zur Decke und die Männer, die sich inzwischen um mich versammelt hatten, brachen in dumpfes Gelächter aus.

Der Wirt schickte einen Jungen nach draußen, dass er sich um mein Pferd kümmern solle. Mir hingegen wurde ein Tisch in einer dunklen Ecke des Raums zugewiesen und schon bald darauf tafelte mir ein hageres und faltiges Weib einen Holzteller mit einem bräunlichen Brei sowie einen vollen Methumpen auf. Ich aß den geschmacklosen Brei und nahm einen Schluck von dem dunklen Bräu, als sich schließlich der Wirt mir gegenüber setzte. Er kratzte sich über seinen Bart und starrte mir in die Augen. „Sagt, Hochwürden, was treibt Euch in diese Gegend hier?"

Für einen Augenblick sah ich diesem schlecht riechenden Kerl ins Gesicht, dann wanderte mein Blick zur Decke. „Der da oben. Und seine Worte."

Der Rothaarige lachte, woraufhin auch ich ein Lächeln auflegte. Ich hatte ihn zum Lachen gebracht, nun konnte ich mich diesem einfachen Menschen vielleicht nähern. „Wie heißt Euer Ort?"

„Das hier ist Fiscolo."

„Und gibt es eine Kirche in Fiscolo?"

Nun wurde sein Blick wieder ernster. „Die gibt es wohl. Doch werdet Ihr dort niemanden antreffen."

Ich zog meine Augenbrauen hoch. „Habt ihr keinen Priester hier? Niemanden, der sich um eure Seelen kümmert und euch die heilige Beichte abnimmt?"

Der fettleibige Herr des Hauses schnalzte mit der Zunge. „Um unsere Seelen kümmern wir uns schon selbst und den Rest nimmt uns der Freiherr von Blancio ab. Da bleibt nicht mehr viel, was wir mit Gott teilen könnten." Daraufhin stand er auf und widmete sich den anderen Gästen.

Ich sah mich um. Abgesehen von einigen neugierigen Blicken bot der Raum nicht viel Abwechslung. An einer der Wände entdeckte ich abgeschnittene Krähenfüße sowie Mistelzweige, die dort hingen. Durch meine langjährige Arbeit in heidnischen Gebieten wusste ich, was das zu sagen hatte. Diese Menschen hier waren zwar offiziell missioniert, doch tief in ihren Herzen waren es immer noch Bataver. Ich konnte also nicht viel Gegenliebe erwarten und das würde meine Suche nach Pater Johan nicht leichter machen.

Mit den ersten Sonnenstrahlen wachte ich auf, die Strohmatratze kitzelte meinen Rücken. Ein kühler Wind zog durch das Dachgebälk des Wirtshauses. Ich robbte mich zur Fensterluke und erhaschte einen Blick auf die umliegende Ortschaft. Die ersten Laubblätter fegten durch die menschenleeren Pfade, die die einzelnen Häuser miteinander verbanden. Am südlichen Ende der Hauptstraße konnte ich ein Steingebäude erkennen, welches mit einem schmiedeeisernen Kreuz gekrönt war.

Ich zupfte meine Kleider zurecht und verließ das Haus über die hintere Treppe. An der Kirche angekommen, schob ich die Eichentür auf und starrte in den gottverlassenen Raum vor mir. Die wenigen Holzbänke waren in einem bedauernswerten Zustand und einige der Kerzenhalter an den Wänden hatten sich aus der Verankerung gelöst. In dem undichten Dach wiederum hatten sich einige Tauben eingenistet, die erschreckt aufflatterten, als ich den Raum durchschritt. Ich stellte mich vor den steinernen Altar und blickte auf das Jesuskreuz über mir. „Lass mich stark sein, mein Herr, und fülle dieses leere Haus mit deinem Segen und deiner Liebe."

Ich harrte einen Augenblick aus und versank in Gedanken, bis ich hinter mir Geräusche hörte. Schlagartig drehte ich mich um, um ein kleines Mädchen im Türeingang zu entdecken. Es schreckte kurz zusammen und starrte mich mit großen, runden Augen an. Schließlich verschwand die Verkrampfung aus meinem Gesicht und ich ging auf das zerlumpt wirkende Kind zu. Das Mädchen sah mich unentwegt an und als ich vor ihr stand, ertönte ihre zarte Stimme: „Bist du der neue Vater?"

Ich dachte kurz nach, dann nickte ich: „Ja ich bin der neue Pater hier. Mein Name ist Clemens. Und wie heißt du, mein Kind?"

„Elisabeth." Ihre Antwort kam pfeilschnell, daraufhin tat sie einen Schritt auf mich zu, um mich zu umarmen.

Überrascht zögerte ich einen Moment, dann aber legte ich meine Hände auf ihre kleinen Schultern. Von diesem Augenblick an war mir klar, dass meine Arbeit hier nicht vergebens sein würde. Es gab noch gute Seelen in Fiscolo - und die bösen sollten nichts zu lachen haben.

Die nächsten Tage quartierte ich mich im Wirtshaus ein, obwohl ich den Verdacht nicht loswurde, dass dies dem Wirt nicht sonderlich gefiel. Ich begann damit, das Kirchengebäude aufzuräumen und zeitgleich meinem Auftrag zu folgen.

Doch wen ich in diesem Ort auch immer auf Pater Johan ansprach, niemand konnte mir Auskunft über dessen Verbleib geben. „Er ist weg", hieß es meist nur lapidar, oder „Eines Tages ist er plötzlich verschwunden". Also entschloss ich mich, den Herrn dieser Gemeinde aufzusuchen.

An jenem kühlen Herbstmorgen lenkte ich meinen Schimmel ostwärts, während über mir eine trübgraue Wolkenmasse hing. Nach einer knappen Meile schließlich erblickte ich am Rande der Siedlung von Blancio das Herrenhaus. Ich ritt auf das dunkelsteinerne Gebäude zu, welches sich quadratisch auf einem seichten Hügel abhob. Nur wenige kleine Fenster zierten die groben Mauern und über dieser Feste zog ein Schwarm schwarzer Krin mit krächzenden Schimpflauten seine Kreise. Die schwere Holzpforte stand offen, also ritt ich direkt auf den Hof dieses Gemäuers. Keine Menschenseele war dort zu sehen, darum stieß ich ein lautes „Hallo" aus und wartete. Nach ein paar Minuten öffnete sich eine der Seitentüren und ein kauziger, alter Mann starrte auf mich und mein Pferd.

Ich stieg ab und hob meine Hand zum Gruß: „Werter Mann, ich suche den Herrn des Hauses, könnt Ihr mir sagen wo ich diesen finde?"

Der grauhaarige und zahnlose Zeitgenosse, der immer noch in der Tür stand, musterte mich genau, dann öffnete er seine leeren Mund. „Der Herr empfängt keine Pfaffen. Ich wüsste nicht, warum er Euch sprechen wollte. Außerdem ist der Herr unterwegs."

Ich wurde etwas ungehalten ob der frechen Antwort. Mit großen Schritten ging ich auf den Kauz zu und sprach mit fester Stimme. „Ich bin Domvikar Clemens und ich reise im Auftrag des Bischofs von Aquis villa. Ich glaube schon, dass der Herr von Blancio mich empfangen wird."

Etwas widerwillig verbeugte sich der graue Mann und sprach nun mit überlegteren Worten. „Ich bitte zu verzeihen, aber der Herr ist unterwegs, wie gesagt. Ich weiß nicht, wann er . . ."

In diesen Moment donnerte schwerer Hufschlag über das Pflaster. Eine Horde schwarzer Reiter trabte in den Innenhof und bildete einen Ring um uns. Ein großgewachsener Mann schwang sich von seinem Rappen und baute sich vor mir auf. „Ah, frommer Besuch in meinem Hause. Ich wusste gar nicht, dass ich nach einem Priester gerufen hatte."

Ich machte eine Verbeugung. „Darf ich mich vorstellen? Domvikar Clemens. Ich entschuldige mich für meinen unangemeldeten Besuch, aber es gibt Dinge, über die ich mit Euch sprechen muss."

Der schlanke Mann mit dem dunklen, feinrasierten Vollbart nickte. „Gut. Folgt mir. Ich hoffe, Ihr habt Hunger mitgebracht."

Das konnte man wohl sagen, nach tagelanger Breizufuhr würde meinem Magen eine Abwechslung gut tun. Ich folgte dem Herrn, der mit festen Schritten durch das dunkle Gebäude stampfte, bis wir schließlich in einen wohnlichen Saal eintraten. Eine große Tafel offenbarte sich meinen Augen, gedeckt mit allen Köstlichkeiten der Gegend. Der Herr des Hauses wies mir einen Platz zu, um sich selbst am Kopf der Tafel zu platzieren. Dann griff er nach einem Pokal und hielt diesen in die Luft. Augenblicklich trabte der alte Kauz heran und schüttete den Pokal voll. Auch mir wurde Wein eingeschenkt und nachdem mein großgewachsener Tischnachbar einen tiefen Schluck genommen hatte, blickte er mich an.

„Was, wenn ich fragen darf, ist der Grund Eures Besuches, Euer Hochwürden?"

Meine Worte kamen vorsichtig aber entschlossen. „Nun, der Bischof sorgt sich um das Seelenheil in Eurer Gemeinde. Ihm ist zu Ohren gekommen, dass Pater Johan verschwunden sei und der Ort Fiscolo nun von keinem Geistlichen mehr betreut wird. Vielleicht könnt Ihr mir ja Auskunft über dessen Verbleib geben."

Der Herr knabberte an einer Entenkeule und sah mich mit seinem stechenden Blick unentwegt an. Dann legte er das Federvieh zur Seite und wischte sich die Hände ab. „Pater Johan schien es in meiner Gemeinde nicht sonderlich gefallen zu haben. Er verschwand ohne ein Wort. Ich dachte eigentlich, dass er sich längst wieder in Aquis villa befindet."

„Dort hat er sich nicht gemeldet."

Seine Augen ließen mich nicht eine Sekunde unbeobachtet, als er sprach. „Vielleicht hat sich Pater Johan auch von der Kirche abgewandt, um sich den weltlichen Dingen zu widmen."

Ich sah ihn erstaunt an. „Wie kommt Ihr darauf?"

„Das war nur so eine Vermutung. Mir war zu Ohren gekommen, dass er den Weibsbildern nachgestellt haben soll und auch ein großer Genießer war, was seine Vorliebe zum Wein betrifft."

„Nun ja, ich selber kenne Bruder Johan nicht. Aber der Bischof schien großes Vertrauen in ihn zu haben. Also kann ich mir nicht vorstellen, dass er sich einfach so von Gott abwenden würde. Wie steht es denn mit Eurer Gottestreue?"

Seine Augen begannen nun gefährlich zu funkeln. „Ich bin mit Gott im Reinen, aber danke der Nachfrage."

Die Krähenfüße an den Wänden, die ich auch in diesem Haus entdeckt hatte, sagten mir zwar etwas anderes, doch ich wollte meinen Gastgeber nicht weiter reizen.

Nachdem ich mich noch etwas gestärkt hatte, verabschiedete ich mich höflich und trat auf den Innenhof. Mein Pferd schien auf mich zu warten, es war ungewöhnlich nervös und zuckte mit den Ohren. Ich schwang mich schließlich auf seinen Rücken und trabte durch den Haupteingang, begleitet von misstrauischen Blicken der schwarzgekleideten Wächter.

Das Wetter war ungemütlich geworden, ein kühler Wind trieb das Laub in die Höhe und der graue Himmel drohte auf die Erde zu stürzen. Auf halber Strecke nach Fiscolo sprang plötzlich ein zerlumpter Mann vor uns auf den Pfad. Er machte einen verwirrten Eindruck und hielt meinen Schimmel am Zaum. Seine trüben Augen zuckten und sein Mund zitterte, als er sprach. „Verschwindet von hier, Bruder, diese Gegend ist dem Teufel geweiht."

Ich blickte ihn überrascht an. „Wer seid Ihr? Und wovon redet Ihr?"

Dann trat er direkt neben mich. „Verschwindet so schnell Ihr könnt, bevor es zu spät ist."

Über uns kreisten einige Krin und begannen zu krächzen. Der Zerlumpte zuckte zusammen, als er zu ihnen hinauf sah.

Ich hingegen musterte diesen Fremden weiterhin. „Warum sollte ich Angst haben, Gott ist bei mir."

Nun stieß er einen verächtlichen Laut aus. „Ha, Gott! Gott wird Euch hier nicht helfen können. Gott ist fern. Hört auf meine Worte und verschwindet."

Dieser Mann schien sich vor irgendetwas zu fürchten,

dessen Grund ich nicht kannte. Dann erblickte ich das Kreuz, welches um seinen Hals hing. „Pater Johan?“

Er sah mich fragend an, daraufhin huschte sein Blick nach hinten und plötzlich lief er in den Busch zurück, aus dem er auch so unvermutet hervor gekommen war. Ich hörte noch seine Worte. „Verschwindet so lange Ihr könnt, Bruder, verschwindet von hier . . .“

„Pater Johan!“, rief ich hinterher, doch er war nicht mehr zu sehen. Das Unterholz hatte ihn verschluckt und es war zu dicht, um hinterher zu reiten. Also setzte ich meinen Heimweg fort.

Eine Woche später befand sich die kleine Kirche von Fiscolo wieder in einem annehmbaren Zustand. Auch das angrenzende Pfarrhaus hatte ich wieder in Ordnung gebracht, so dass ich zur Erleichterung des Wirtes aus dessen Gaststätte umsiedeln konnte.

Sonntags dann schlug ich die Glocke und bereitete mich auf den Gottesdienst vor. Als ich die Kirche betrat, warteten dort nur ein altes Paar und eine junge Mutter mit ihrem Kind auf mich. Das Kind kam mir bekannt vor, es war das Mädchen, welches mich so herzlich empfangen hatte. Sie lächelte mich mit großen Augen an und ich begann die Messe zu lesen.

Nachdem ich den Gottesdienst beendet hatte, ging ich in das Wirtshaus, welches zu meiner Überraschung wesentlich besser besucht war. Ich stellte mich an die Theke und schaute in die erwartungsvollen Gesichter, dann sprach ich zu der Gemeinde: „Ich weiß, dass wir nur eine sehr kleine und leise Kirchenglocke haben. Und ich weiß auch, dass ihr lange ohne einen Priester auskommen musstet. Aber wenn ich nächsten Sonntag diese Glocke läute, erwarte ich ein volles Kirchenhaus. Sonst kann ich für eure Seelen nichts tun.“

Die Menge sah mich ausdruckslos an und schwieg, nur der Wirt brachte etwas über seine Lippen: „Unsere

Seelen gehören dem Herren von Blancio, sowie alles andere auch."

Ich zürnte mit lauter Stimme. „Eure Seelen gehören Gott alleine. Oder soll ich dem Missionsrat von dem Abfall eurer Gemeinde berichten?"

Der Wirt senkte seinen Kopf, ebenso die meisten anderen in diesem Raum.

„Der Herr von Blancio wird seine Gottesfürchtigkeit mit mir teilen, seit dessen gewiss. Und nächsten Sonntag werde ich vor eine versammelte Gemeinde treten." Ich verließ das Wirtshaus mit großen Schritten und ging zurück zur Kirche, um für diese verirrten Seelen zu beten.

In den nächsten Tagen ergoss sich ein furchtbarer Herbstregen über diese niederrheinische Ebene. Die Straßen von Fiscolo wirkten wie ausgestorben und erst am dritten Tage, als der Regen nachließ, wagte auch ich einige Schritte vor die Tür, um mir Brot und Käse zu kaufen. Ich betrat die Stube des Müllers, in der eine warzige Frau eifrig damit beschäftigt war, irgendwelche Gegenstände von der Wand zu entfernen und sie hastig in eine Truhe zu stecken. Ich meinte, darunter Krähenfüße zu entdecken, ignorierte das ganze aber.

Der Müller stellte sich vor mich und grüßte freundlich. „Euer Hochwürden, welcher Grund führt Euch in meine bescheidene Hütte?"

Ich blickte ebenfalls wohlwollend. „Nun, man sagte mir, das Ihr der Müller seit. Vielleicht wäre es möglich, von Euch einen Laib Käse zu erwerben. Und, so Ihr denn etwas entbehren könnt, ein paar Laibe Brot. Meine Vorräte sind nämlich zur Neige gegangen."

Der faltige Mann nickte. „Das sollte kein Problem sein, ich werde Euch sogleich einen Beutel zurecht machen." Er verschwand in die hintere Stube, während meine Augen zu seiner Frau wanderten. Das einfache Weib, welches wirklich keine Augenweide war, saß verschüchtert in einer Ecke und versuchte meinen Blicken auszuweichen.

„Gute Frau, könnt Ihr mir vielleicht sagen, was es mit den Lehmhütten am Ende der Straße auf sich hat?"

Nun sah sie mich überrascht an und begann leicht stotternd und mit zerbrechlicher Stimme zu reden. „In den Hütten wohnen nur Niedere und Unreine. Es sind Helfer für die Feldarbeit."

„Aber es sind doch auch Christen, so wie Ihr es seid. Oder sind es etwa Heiden?"

Die hagere Frau schüttelte eiligst ihren Kopf. „Nein nein, wir sind alles Christen hier. Und wir danken dem Herrn Gott, dass wir wieder einen Priester haben." Schnell schlug sie mit ihrer rechten Hand ein Kreuzzeichen und begann fortan den staubigen Boden zu betrachten.

Ihr Mann kehrte schließlich mit einem großen Leinenbeutel zurück und reichte mir diesen. Ich bedankte mich und fragte nach dem Preis für die Güter.

„Lasst es gut sein, Hochwürden. Verrechnet die Sachen einfach mit dem Zehnten, wenn die Kirchensteuer wieder ansteht."

Ich bedankte mich noch mal, segnete dieses Haus und schulterte den Beutel. Dann marschierte ich die Straße entlang, welche nur noch aus einem tiefen Morast bestand. Als ich die ärmlichen Hütten erreichte, sahen mich einige zerlumpte Gestalten argwöhnisch an.

Doch dann lief mir das kleine Mädchen Elisabeth entgegen. Sie freute sich, mich zu sehen und nahm mich sofort an die Hand, um mit mir in eine der dunklen Hütten zu stampfen.

Ihre helle Stimme erklang. „Mutter, der neue Vater ist da. Er kommt, um uns zu besuchen."

Ihre Mutter saß an einem Spinnrad und sah erstaunt hoch. Dann richtete sie sich auf, zupfte ihr graues Kleid zurecht und steckte ihr langes, dunkles Haar hoch. „Euer Hochwürden."

Ich hob meine Hand besänftigend.

„Bitte, setzt Euch." Die einfache, wenn auch schön anzusehende Frau bot mir ihren besten Stuhl an, um sich selbst auf einen Schemel zu setzen Dann betrachtete sie mich mit ihren großen runden Augen. „Ich würde Euch gerne etwas anbieten, aber ich habe im Moment nur etwas Hafersuppe im Haus."

„Danke, lasst gut sein. Ich bin auch nur kurz auf einen Rundgang durch die Gemeinde."

Mein Blick wanderte durch den kleinen Raum, der wohl so leer war, wie die Mägen seiner Bewohner. In einer Ecke eine Strohmatratze, der Tisch mit einer Kerze, das Spinnrad und ein schlichtes Holzkreuz an der Wand. Dann sah ich wieder zu der Frau hinüber, die ihre Tochter inzwischen auf ihren Schoß gesetzt hatte. „Ihr wart am Sonntag in der Kirche, leider kann ich das nicht von jedem hier in Fiscolo behaupten.

Sie zog ihre Schultern hoch. „Fiscolo hat Gott vergessen, vielleicht hat Gott auch Fiscolo vergessen."

Ich schüttelte meinen Kopf. „Gott ist überall, sogar in diesen Hütten hier. Aber sagt mir, wisst Ihr, wo Pater Johan hin verschwunden ist?"

Die zierliche Frau seufzte kurz, dann sprach sie zu ihrer Tochter. „Geh' nach draußen spielen, Lilli."

Etwas wiederwillig gehorchte das Kind und ließ uns alleine. Schließlich begann ihre Mutter zu sprechen. „Pater Johan war ein guter Mensch. Doch von denen gibt es hier nicht allzu viele. Die Kirche im Ort steht nur als Tarnung. Der Herr von Blancio hält nichts von Religionen und die meisten Fiscoler haben ihren eigenen Glauben. Pater Johan hatte mir gegenüber mal behauptet, dass der Herr vom Teufel besessen sei. Er hatte Angst vor ihm."

Sie hielt kurz inne, doch ich hakte nach. „Wo ist Johan jetzt?"

„Ich weiß es nicht. Irgendwann war er für mehrere Tage zu Besuch in Blancio. Als er zurück kam, war er dem Wahnsinn verfallen. Johan erkannte niemanden mehr, nicht einmal mich ...“ Die Frau stoppte kurz, als hätte sie zuviel gesagt.

Ich wollte ihr aus der Verlegenheit helfen. „Wie ist Euer Name?“

Ihre nussbraunen Augen sahen mich nun wieder an. „Ich heiße Sarah.“

„Gut Sarah, Pater Johan war nach seiner Rückkehr also verwirrt. Was passierte dann?“

„Er war nicht verwirrt, er war nicht mehr er selbst. Der Pater begann damit, die Kircheneinrichtung zu zerstören, ich konnte ihn gerade noch zurückhalten. Er sprach nur noch wirres Zeug vor sich hin, von Dämonen und einem Fluch und das Gott uns nicht mehr helfen kann. Dann rannte er fort. Ich habe ihn nie wieder gesehen.“

Sarah schien das alles mitzunehmen. Ich hielt ihre Hand für einen Moment, dann kramte ich in dem Leinensack, um den halben Laib Käse und ein paar Brote auf dem Tisch zu legen. „Ich möchte, dass Ihr das hier nehmt. Und sollte es Euch an etwas fehlen, sagt es mir.“

Daraufhin verließ ich das Haus und blickte zu Elisabeth, die mit ein paar anderen Kinder im Schlamm wühlte, um einen Frosch zu fangen. Sie hatte blonde Haare und blaue Augen, ganz so, wie Pater Johan mir beschrieben wurde. Ich glaubte, dass die Kirche sich um diese Familie kümmern müsse.

In der folgenden Nacht hatte ich einen schlechten Schlaf. Eine große schwarze Krin trug mich mit ihren Klauen in die Lüfte und setzte mich auf einem Berg ab. Der Vogel baute sich vor mir auf, dann veränderte er seine Form und wurde zu einem hochgewachsenen Mann. Es war der Herr von Blancio, der mit seinen schweren schwarzen Stiefeln auf den Boden stampfte. Aus dem Stampfen wurden Hufschläge und eine Gruppe von schwarzen Reitern umzingelte uns. Dann begann der Mann zu lachen. Ein schreckliches, nicht irdisches Lachen, welches bis ins Tal unter uns drang. „Wo ist dein Gott, Priester? Wo sind die Mächte des Himmels, die dich jetzt beschützen?“ Seine Augen leuchteten in einem wilden Rot und die Reiter um uns zogen ihre blitzenden Schwerter. Ich hingegen faltete meine Hände und sprach leise: „Gott ist bei mir.“

Plötzlich drang ein heller Strahl durch die dunklen Wolken über uns. Der Schein blendete mich, doch ich sah noch, wie er über dem Herrn niederging. Ein ohrenbetäubender Schrei drang in meine Ohren und aus dem Strahl blickte ich in das Gesicht des Teufels, bis er schließlich ganz verschwand.

Ein Hustenanfall riss mich aus dem Schlaf. Ich blickte auf und konnte ein helles Flackern durch den Türspalt zum Kirchenraum erkennen. Beißender Qualm lag in der Luft und ein Quieken wie von einem abgestochenen Schwein ertönte von nebenan.

Blitzartig sprang ich hoch und zog nach ein paar schnellen Schritten die Tür auf. Der Kirchenraum stand bereits in hellen Flammen. Durch den dichten Rauch konnte ich eine Gestalt erkennen, die die Leiter zum Glockenturm erklomm. Ich versuchte, hinterher zu gehen, doch es war zwecklos. Die Hitze riss mich fast um und meine Lunge begann zu brennen. Auf allen Vieren kroch ich schließlich aus dem Gebäude heraus und schnappte draußen nach frischer Luft. So saß ich also auf einem Findling und sah dabei zu, wie dieses Haus Gottes ein Opfer der Flammen wurde.

Mit der Zeit hatte sich das ganze Dorf versammelt, um dieses Feuerschauspiel zu betrachten. Doch jeder Versuch die Flammen zu ersticken, schien sinnlos. Zu weit hatte sich die Brunst schon vorgefressen und kurz darauf fiel der hölzerne Dachstuhl ächzend in sich zusammen.

Es dauerte bis in die Morgenstunden, bis das Feuer unter Kontrolle und schließlich erloschen war. Die meisten Anwohner waren bereits in ihre Häuser zurückgekehrt, während ich durch die Asche zwischen den Grundmauern stakste. In der Nähe des Glockenturms entdeckte ich zwischen verkohlten Knochenresten ein eisernes Kreuz. Ein Kreuz, welches nur Priester tragen, und es war nicht das meinige.

Am Nachmittag begrub ich die Reste von Pater Johan, nahe der abgebrannten Kirche.

Mein Auftrag schien somit eigentlich beendet zu sein, doch ich konnte Fiscolo so nicht zurücklassen. Ein Haufen gottloser Bataver unter der Herrschaft eines noch gottloseren Herren. Eine verbrannte Kirche, entflammt von dem eigenen Priester. Und ein Kind, dessen Vaterschaft zu denken gab. Es war wohl an mir, diese niederrheinische Provinz zurück auf den rechten Pfad zu führen. Und der Schlüssel dazu lag fortan in Blancio, beim Herrn dieser Ländereien.

Noch am selben Tag machte ich mich auf den Weg nach Blancio. Die Sonne, deren Schein ich seit Tagen nicht mehr gesehen hatte, stand bereits tief am Horizont und ließ den Schatten meines Schimmels weit vor uns traben. Der schmale Pfad vor uns war bedeckt mit buntem Laub und die letzten Zugvögel machten sich auf den Weg in den Süden. Es hätte ein schöner Herbsttag sein können, wäre ich in Aquis gewesen und nicht in diesen Gefilden.

Nach einer knappen Stunde erreichte ich das düstere Herrenhaus und die Wache an der Pforte gewährte mir Zutritt. Der Hausherr saß bereits beim Abendmahl an einer üppig gedeckten Tafel. Er bot mir Platz an und begann mich zu mustern. „Der Herr Domvikar. Nehmt, wonach Euch mundet, es ist genug von allem da. Was kann ich für Euer Hochwürden tun? Habt Ihr Euren Bruder inzwischen gefunden?"

Ich faltete meine Hände und redete in einem frommen Ton. „Der Herr segne Euch für Eure Gastfreundschaft. Nun, der Grund für meinen erneuten Besuch ist nicht Pater Johan, sondern eine Bitte."

Mein anschließendes Schweigen machte den feinbärtigen Mann ungeduldig. „Und?"

„In der vergangenen Nacht ist die Kirche von Fiscolo abgebrannt, wahrscheinlich habt Ihr schon davon gehört."

„Mitnichten. Ich war die letzten drei Tage auf Reise und bin erst vor wenigen Stunden zurückgekehrt. Wie konnte dieses Unglück denn passieren?"

Die Art wie er ‚Unglück' aussprach, missfiel mir, aber das ließ ich mir nicht anmerken. „Es war wohl Brandschatzung. In der Ruine fand ich das Skelett eines Mannes."

Er stutzte kurz, dann antwortete er mit kauenden Munde. „Ihr könnt von Glück sagen, das Euch nichts passiert ist. Aber was genau soll nun Eure Bitte sein?"

„Ich bitte Euch, Herr von Blancio, Freiherr über die Ländereien von Fiscolo und Geldapa, um den raschen Wiederaufbau dieses Gotteshauses, damit der christliche Glaube möglichst schnell wieder in Fiscolo Einzug halten kann."

Jetzt lehnte sich der Schwarzgekleidete zurück und begann damit, seine Lippen abzutupfen. „Ist der christliche Glaube Eurer Meinung nach in Fiscolo etwa abhanden gekommen?"

Ich überlegte meine Antwort reiflich, dann sprach ich in ruhigen, betonten Worten.

„Die Gottesehrfurcht, werter Herr, scheint mir in Euren Ländereien nicht sonderlich ausgeprägt zu sein. So leid mir das auch tut. Dem Bischof würde eine schneller

Wiederaufbau der Kirche wohl gefallen, dessen bin ich mir sicher."

Der Herr des Hauses schien seinen Zorn zu unterdrükken, als er sich weit über den Tisch beugte, doch seine Augen verrieten mir, dass er mich wohl am liebsten erschlagen hätte. „Ihr sollt Eure Kirche haben, Vikar Clemens. Ich werde Leute für den Bau abstellen und Ihr selbst könnt das ganze leiten. Ich möchte seine Heiligkeit den Bischof nicht um seinen wohlverdienten Schlaf bringen."

Ich nickte zufrieden und versuchte meine Nervosität zu unterdrücken. „Sein Dank ist Euch gewiss und meinen Dank möchte ich Euch hier schon aussprechen."

Der finstere Mann lies sich Wein nachschenken, so dass mir endlich Zeit blieb, meinen leeren Magen zu befrieden.

In Anbetracht der Tatsache, dass die Sonne schon lange untergegangen war und ich außerdem nicht mehr ins Pfarrhaus zurückkehren konnte, bot mir mein Gastgeber nach Beendigung des Mahles ein Zimmer für die Nacht an. Mir war dieses düstere Gebäude zwar genauso wenig geheuer wie der Herr des Hauses selbst, aber ich hatte keine große Wahl. Also ließ ich mir eines der Zimmer zuweisen. Ein weiches Bett und ein festes Dach über dem Kopf waren zwar ein Geschenk des Himmels, konnten aber nicht über die Kälte, die dieser Ort ausstrahlte, hinwegtäuschen. So dass ich trotz anhaltender Müdigkeit, nach den Ereignissen des vergangenen Tages und der Nacht zuvor, nicht zu meinem Schlaf fand.

Als ich ein wenig vor mich hindöste, vernahm ich plötzlich schwere Schritte von draußen. Ich ging zum Fenster und öffnete die Luke einen Spalt. Auf dem Innenhof konnte ich ein knappes Dutzend dunkel gekleideter Gestalten erkennen, die sich mit Fackeln bewaffnet versammelten, um dann schließlich wortlos durch die Ausgangspforte zu verschwinden. Eiligst stülpte ich mir meine Stiefel über und schlich über den Flur zu einem der Fenster, welches nach draußen führte. Schon bald entdeckte ich den Fackelzug, der sich nordwärts bewegte und sich wie eine Lichterkette davonschlängelte. Bevor ich die Meute ganz aus den Augen verlor, fasste ich meinen Mut zusammen und verließ das Gebäude ebenfalls über den Hof. Ich ging in die Richtung, in der ich den Fackelzug vermutete.

Es war eine dunkle Nacht, der Mond war zwar fast in ganzer Fülle, aber dicke Wolken überzogen ihn die meiste Zeit. Nach einigen Irrpfaden entdeckte ich schließlich einen Lichtkegel im Unterholz. Ich schlich mich näher, bis ich die Umrisse von einzelnen Personen erahnen konnte. Eine ganze Legion schwarzgekleideter Männer hatte sich hier im Kreis um ein Feuer versammelt, die Pechfackeln steckten zwischen ihnen im Boden.

Es schien ein Ritual zelebriert zu werden. Kräuter wurden unter einem unverständlichen Nuscheln in das Feuer geworfen. Dann zogen vier der Männer ein Schwein in die Mitte. Ein anderer, großgebauter Kapuzenträger zückte einen langen Dolch, sprach ein paar Worte und schnitt dem wild quiekenden Tier schließlich die Kehle durch. Rasch wurden Zinnbecher gereicht und ein jeder der Anwesenden nahm sich seinen Anteil des warmen Blutes, um es andachtsvoll zu verzehren. Mir wurde übel und ich eilte mich, diesen gottloses Ort zu verlassen. Zurück zum Herrenhaus zog es mich wahrlich nicht, ich hatte genug von diesen heidnischen Barbaren, also lief ich weiter Richtung Norden.

Es dauerte eine Zeit. Schließlich stieß ich auf eine leerstehende Scheune, in der ich den Rest der Nacht verbrachte. Meine Gedanken schwirrten um den vergangen Tag, es war der 31. Oktober, ein Fest aus vorchristlichen Zeiten. Die Bataver nahmen den neuen Glauben schon zu Zeiten der Römer an, doch ließen sie nicht von ihren alten Riten ab. Und ich schien im Herzen ihres Reiches zu sein, in den Niederungen des Rheins. Alleine mit Gott und den paar Ratten, die ich aus dem Stroh vertrieben hatte. Ich betete für diese verlorenen Seelen.

Der Schrei eines Hahnes weckte mich am nächsten Morgen, also raffte ich meine müden Knochen auf und zupfte das Stroh von meiner Kleidung. Als ich die kleine Scheune verließ, blickte ich zum trüben Himmel. Von der Sonne des Vortages war nichts mehr zu sehen, dafür konnte ich in einer kurzen Entfernung eine Siedlung entdecken. Ich begab mich auf den Weg und schon bald traf ich die ersten Einheimischen auf den Straßen.

Die einfachen Leute sahen mich erstaunt an, ebenso betrachteten sie meine Kleidung. Ich musste mich in Geldapa befinden, einer alten römischen Siedlung nahe des Rheines, die ebenfalls zum Herrschaftsgebiet von Blancio gehörte. Es gab hier eine stattliche Ansammlung von Hütten, wenngleich ich von einer Kirche in Geldapa noch nie gehört hatte. Was genau ich hier suchte, war mir selber nicht bewusst, ich wusste nur, dass ich so schnell wie möglich aus dieser gottlosen Gegend verschwinden wollte. Der Gedanke einer Flucht erfüllte mich zwar mit Gram, dennoch schienen diese ganzen Vorkommnisse hier eher ein Fall für den Missionsrat zu sein, als für einen einzelnen Priester. Der Bischof solle doch eine Delegation entsenden, die die Gläubigkeit dieser Menschen überprüfen möge.

Bald darauf kam ich an einer Schmiede vorbei. Ich trat in den vom Schmiedefeuer erhitzten Raum und grüßte den schwitzenden Kerl, der unter schwerer Muskelkraft mit einem großen Hammer ein Eisen formte. „Werter Herr, entschuldigt meine Störung, aber ich brauche Eure Hilfe."

Der wohlbeleibte Mann sah mich überrascht an, dann legte er den Hammer zur Seite und wischte sich den

Schweiß von der Stirn. „Ein Priester in Geldapa? So, womit könnte ich Euch denn helfen? Muss Euer Ross neu beschlagen werden?“

Ich schüttelte meinen Kopf. „Um genau zu sein, ich brauche ein neues Ross.“

Er stutzte kurz, dann schien er mich erst verstanden zu haben. „Ihr braucht also ein Pferd. Nun, ich bin kein Pferdehändler.“

Ich nickte. „Das dachte ich mir wohl, doch scheint Ihr einige zu besitzen.“ Meine rechte Hand wies zum seitlich gelegenen Stall, aus dem drei Pferdeköpfe starrten.

Jetzt lachte der Schmied; „Ihr seid ein aufmerksamer Mensch, trotzdem möchte ich keines von denen verkaufen.“

Für langwierige Feilschereien hatte ich keine Zeit, also zog ich meinen Geldbeutel hervor. „Sagt mir einen Preis, ich möchte das schnellste und beste der drei haben. Es geht um eine wichtige Sache, werter Herr.“

Er nannte mir einen Preis, für den er wenigsten eine Woche ins Fegefeuer gehört hätte. Doch ich zahlte ohne zu murren und ließ mir den Gaul von ihm satteln.

Daraufhin machte ich mich unmittelbar auf den Weg nach Westen, während sich über mir tiefschwarze Wolken zusammenzogen. Ein Wind kam auf und ließ die bunten Herbstblätter am Horizont tanzen. Alsbald fielen die ersten Regentropfen und der raue Wind zerrte an meinem Gesicht. Doch nichts hielt mich davon ab, dem Pferd die Sporen zu geben, bis zum Sonnenuntergang wollte ich die zwölf Meilen bis Aquis villa geschafft haben.

Nach einer halben Stunde hatte sich das Wetter so sehr verschlechtert, dass ich mein Ross nur noch im leichten Trab laufen lassen konnte. Vor uns erblickte ich die einsame Trauerweide auf dem Hügel, welche ich schon auf meinem Weg nach Fiscolo gesehen hatte. Und über mir grollte Donnerschlag über das Himmelszelt. Der Regen peitschte mir nun fast waagerecht ins Gesicht, so entschied ich mich schweren Herzens, unter der Weide eine kurze Rast einzulegen, bis sich das Wetter wieder ein wenig beruhigt hatte. Ich band das Pferd an den Baumstamm und hockte mich rücklings zum Wind daneben. Die ersten Blitze zuckten inzwischen am Horizont und mir kam der Gedanke, dass diese Gefilde vielleicht wirklich verflucht waren.

Dann entdeckte ich plötzlich in der Ferne eine Horde von Reitern, die sich schnell auf diesen Hügel zu bewegte. Ich stand auf und starrte durch den dichten Regen in ihre Richtung. Nach wenigen Minuten erkannte ich den Herrn von Blancio und dessen Gefolge, die in ihren markant schwarzen Gewändern den Hügel empor ritten.

Schon bald darauf bauten sie sich vor der Trauerweide auf und der Herr über diesen Hügel und das ganze angrenzende Land sah mich spöttisch an. „Der Domvikar scheint kein Wetter zu scheuen. Wohin ist er denn unterwegs?“

Ich versuchte meine Angst zu verbergen und antwortete freundlich aber bestimmt: „Ich mache mich auf den Weg nach Aquis. Entschuldigt, dass ich meinen Schimmel bei Euch gelassen habe, aber ich brauchte ein schnelleres Ross.“

Sein Blick war argwöhnisch. „Warum die Eile? Seht zum Himmel, es ist finster wie bei Nacht. Reitet mit uns zurück nach Blancio und wärmt Eure Knochen bei einem guten Mahl.“

Ich schüttelte meinen Kopf. „Danke Herr, aber ich war lang genug Euer Gast. Der Bischof wartet auf meine Rückkehr.“

Der Hochgewachsene führte sein Pferd ein paar Schritte näher an mich ran und sprach dann nur noch mit halb so lauter Stimme: „Und was wollt Ihr dem Bischof berichten?“

„Die Wahrheit.“ Meine Hände zitterten bei den Worten, doch es war nicht alleine die nasse Kälte, die meinen Körper durchdrang. Es war der Albtraum, der zurückzukehren schien.

Der Reiter zückte sein Schwert: „Eure Wahrheit oder meine Wahrheit?“

Ich antwortete wie im Fieberwahn und harrte der Dinge die kommen würden. „Es gibt nur eine Wahrheit vor Gott und nur die zählt. Auch in Blancio.“

Mit einen gewaltigen Hieb schlitzte der Herr dieser Ländereien meinem Pferd die Kehle auf, so dass mein Gewand sich blutrot färbte. Das arme Tier sackte in sich zusammen und zuckte noch einige Sekunden lang, bis es erstarrte.

Der feinbärtige Mann mit den glühenden Augen umkreiste die Weide, während der Donner über uns grollte. Am Ende seiner Runde lies er sein Ross wieder vor mir halten und sprach eindringlich auf mich ein. „Ihr wisst nichts über dieses Land hier. Und Ihr wisst nichts über uns. Wir leben schon seit Tausenden von Jahren auf diesem Boden und niemand wird uns je vertreiben können. Nicht Euer Bischof und nicht Euer Gott. Kommt mit mir, Vikar Clemens und ich werde Euch in die Herzen dieser Menschen blicken lassen.“

Ich spürte nicht mehr den Regen, der von jeden Zentimeter meiner Haut tropfte, ich spürte nicht mehr die Kälte unter meinem Rock. Ich fühlte nur noch, wie der Glaube in mir standhaft blieb und das ließ mich nicht wanken. Meine Hände tasteten nach dem eisernen Kreuz an meiner Brust und zogen es hervor, um dieses Zeichen meines Glaubens dem Sohn der Hölle entgegenzustrecken. „Freiherr von Blancio, seit Ihr gewillt, unserem Herrgott die Treue zu schwören und Euch ganz seinen Worten zu unterwerfen? Oder schwört Ihr ab von der heiligen christlichen Kirche, mit all den folgenden Konsequenzen?“

Der Mann zu Ross begann schallend zu lachen. „Wo ist Euer Gott jetzt, wo Ihr ihn braucht? Mein Gott ist bei mir, zu jeder Stunde des Tages. Ihr macht einen Fehler, Priester, einen Fehler, den Ihr bereuen werdet. Genau wie Euer Bruder, Pater ..."

Der Satz war noch nicht ganz ausgesprochen, als unter einem heftigen Donnerschlag ein Blitz in die Weide einschlug. Ein schwerer Ast wurde getroffen und senkte sich unter einem ohrenbetäubenden Krachen auf den Herrn von Blancio herab. Die Wucht des Aufpralls erschlug Ross und Reiter gleichermaßen und die Pferde seiner Begleiter scheuten und bäumten sich auf.

Auch die Krin, die in den Baum Schutz vor dem Unwetter gesucht hatten, erschraken zu Tode und flatterten wild in den dunklen Himmel auf. Ich hingegen hielt mein Kruzifix immer noch fest in den Händen, bis ich den Griff löste, um ein Kreuzzeichen zu schlagen.

Als die Gefährten des toten Herren ihre Tiere beruhigt hatten, sammelten sie seine Leiche auf und ritten zurück Richtung Blancio. Mein Blick folgte ihnen lange und meine Gedanken noch viel länger.

Das ganze liegt nun schon Jahre zurück, doch immer noch sehe ich diese dunklen Gestalten vor mir, als sei es gestern gewesen. Immer noch spüre ich den Regen und den Wind dieses trüben ersten Novembers im Jahre 999.

Inzwischen ist in diesen niederrheinischen Ländereien der Friede eingekehrt. Und auch das christliche Leben in Fiscolo hat nach dem Neubau der Kirche Einzug gehalten. Von Krähenfüßen und Mistelzweigen sieht man heute nichts mehr an den Wänden der Häuser. Auch höre ich nichts mehr von heidnischen Ritualen, die abgehalten werden.

Da der Herr von Blancio keine Nachkommen hatte, fielen seine Ländereien in den Besitz des Grafen zu Schwanenburg, einem strenggläubigen Christen. Bei ihm konnte ich auch, dank des Mitwirkens des Bischofs von Aquis, den Bau einer kleinen Siedlung für die Verwaisten und Tagelöhner auf dem Hügel des Krinveldes erbitten.

Sarah und ihre Tochter Elisabeth, die inzwischen in ein Kloster eingetreten ist, erhielten dort ebenfalls durch kirchlicher Gelder ein angemessenes Haus. Und direkt unter der Trauerweide ließ ich eine kleine Gedenkkapelle errichten. Sie soll mich jederzeit bei einem Besuch in dieser Rheinebene daran erinnern, wie großherzig der Herrgott ist und wie gütig.

Vielleicht wird an diesem gesegneten Ort ja einmal ein Kloster entstehen – oder eine Stadt. An dem Ort, der einst nur den Krin gehörte. Und dem lieben Gott.

Die hässliche Wahrheit

Eines musste man dieser Wohnung bescheinigen: tolle Saunaqualität. Schlecht gedämmte Dachwohnung, dafür flies-sendes Wasser an den Wänden bei Regen - aber Paula wollte nicht undankbar sein, denn die Miete war gering. Sich einer in der eigenen Schale gebackenen Kartoffel immer ähnlicher fühlend, floh sie in den hauseigenen Garten. Drei der anderen Hausbewohner saßen bereits auf der Terrasse, die nach Renovierung schrie und mit Gerümpel möbliert war, aber, wie das ganze Haus, einen eigenen bröckeligen Charme hatte. Havanna am Niederrhein. Paula setzte sich auf eine Stufe und fächelte sich theatralisch Luft zu.

„Heiß, was?", fragte Hedwig, die Hausbesitzerin, mitfühlend. Voller guter Ratschläge, alles verstehend, hilfsbereit das war Hedwigs Sonnenseite. Ihre andere Seite war weltraumschwarz, das hatte Paula ihr Nachbar Gisbert erzählt.

Als sie das nicht glauben wollte, hatte Gisbert ihr heimlich Hedwigs Wohnung gezeigt. Fassungslos stolperte Paula damals durch eine Sammlung von Müll und Unordnung, die alles übertraf, was sie jemals gesehen hatte. Über allem lag dieser Geruch nach faulender Milch und Unaussprechlichem.

„Wenn Hedwigs Innenleben so aussieht wie ihre Wohnung . . . ", hatte Paula fast tonlos herausgebracht und den Satz nicht beendet.

Jetzt saßen Hedwig und Gisbert einträchtig zusammen und rauchten, was die Lungen hergaben. Bei ihnen saß Reggea-Helmut, der diesen Namen seinem Musikgeschmack zu verdanken hatte. Wenn die Bässe durchs

Haus wummerten, war klar - Helmut war da. Seine Zigaretten rochen etwas anders: Sensimilliaman.

„Sie ist halt 'ne blöde Schnepfe," sagte Reggea-Helmut.

„Finde ich nicht. Sie hat nur einen anderen Stil," behauptete Gisbert.

„Anderer Stil! Stöckelschuhe, Minirock und dieser klatschmohnrote Blazer - völlig daneben. Die sieht aus wie vom horizontalen Gewerbe", höhnte Hedwig.

Paula folgerte, dass sie über Chantal sprachen, die vor kurzer Zeit hier eingezogen war. Sie war einige Jahre jünger als Paula und ausgesprochen hübsch, was ausreichend erklärte, weshalb Gisbert den Lancelot spielte und sie verteidigte.

„Gisbert und sein Hang zum Dekorativen", dachte Paula, dann sagte sie: „Als PR-Frau für dieses Nobelhotel muss sie sich doch so anziehen."

„Ich würd nie 'ne Arbeit annehmen, wo ich mich so verkleiden müsste", sagte Reggea-Helmut. Die Gefahr, dass man ihm so eine Arbeit anbot, war nicht allzu groß, schon wegen seiner Tätowierungen und Piercings.

„Was hast du gegen unsere Miss Beauty?", wollte Paula wissen.

„Sie hat mich Sozialschmarotzer genannt."

Peinliche Stille trat ein. Ein Tabu war gebrochen worden. Nicht zurückgezahlte BAFÖG-Darlehen, Schwarzarbeit, unberechtigtes Kassieren von Sozialleistungen gehört zu Helmuts Lebensstil. Chantal hatte ins Schwarze getroffen.

Amanda trat in den Garten und fragte, ob jemand Lust hätte, ins Eiscafé mitzukommen. Gisbert und Paula sprangen auf. Als sie aus dem Haus kamen, sahen sie sich konfrontiert mit den Hinterlassenschaften der Fußballfans, die hier vorbei ins nahegelegene Bökelbergstadion gezogen waren: Leere Bierdosen, Erbrochenes und Urinlachen.

„So 'n Scheiss! Ob Schützenfest, Kirmes, Karneval oder

Fussball - vor unserem Haus sieht's hinterher immer widerlich aus", schimpfte Paula.

„Immer locker bleiben, das ist Brauchtumspflege", grinste Gisbert.

„He du, ich will nur Eis essen und keine Sozialstudien abhalten, davon habe ich an der FH schon genug", mischte sich Amanda ein.

Sie hatten das Straßencafé am Eickener Markt erreicht und fanden draußen einen freien Tisch. Das Eiscafé stach mit seinen hübschen Tischdecken, bunten Sonnenschirmen und blanken Scheiben aus der Verwahrlosung rundherum heraus.

„Der letzte Hort der Zivilisation", dachte Paula. Kurz nachdem sie bestellt hatten, wurden ihre Eisbecher gebracht. „In was für ein Haus bin ich da nur geraten?", Paula schüttelte den Kopf.

„He, so schlimm sind wir doch gar nicht", meinte Gisbert, „ausser Hedwig vielleicht, die ist ein Psycho wie aus 'nem Horrorfilm. Reggea-Helmut ist zwar ein Schnorrer, aber er kann auch richtig nett sein, und er versorgt uns kostenlos mit Musik."

„Marlene ist auch in Ordnung", Amanda warf ihre langen schwarzen Haare in den Nacken.

Gisbert verzog das Gesicht. „Die würde uns am liebsten alle rauswerfen und aus dem Haus ein Tierheim machen. Es geht das Gerücht, dass sie in ihrer Zweizimmerwohnung nicht nur ihren Kampfhund, sondern auch vier Katzen hält."

„Das würde man doch riechen," gab Amanda zu bedenken.

„Jedenfalls bin ich froh, dass sie die Parterrewohnung hat", sagte Paula, „sie ist die Einzige, die mal putzt."

„Deswegen hatte sie letzte Woche einen furchtbaren Streit mit Chantal, die durch den frisch geputzten Flur gestapft war", wußte Gisbert zu berichten.

„Chantal macht sich doch jeden im Haus zum Feind",

ereiferte sich Amanda. „Letztens sollte ich einen Rock von ihr bewundern und dann hat sie mir an den Kopf geworfen, dass ich mit meiner Figur so was nie tragen könnte. Und dann will sie ewig meinen PC benutzen, weil sie keinen hat."

„Sie scheint knapp bei Kasse zu sein, sonst wäre sie doch gar nicht bei uns eingezogen", entschied Gisbert, „eindeutig das falsche Ambiente."

Als die drei zurückkamen, war die Haustür, wie so oft, nur angelehnt. Einer der Hausbewohner war vermutlich in der Pizzeria nebenan, um sein Abendessen zu holen. Sie verabschiedeten sich und Paula kehrte in ihre stickige Dachwohnung zurück. Sie hatte die Nase voll von den komplizierten Beziehungen im Haus und wollte alleine sein. Sie wollte sich gerade die verschwitzten Klamotten ausziehen, als jemand energisch an ihre Tür klopfte.

Paula öffnete und Chantal stand ihr gegenüber, frisch wie eine Orangenblüte im Morgentau. „Kann ich mal kurz an deinen PC?"

„Klar doch", sagte Paula mehr aus Höflichkeit als aus Überzeugung.

Nachdem Chantal schon über eine halbe Stunde an Paulas Computer gesessen hatte, bot Paula ihr ein Bier an. „Nein, ich trinke kein Bier, das schwemmt so auf, aber könnte ich vielleicht einen Weisswein haben? Rate doch mal, wer eben vor meiner Tür stand, um mich zur Feier des Tages auf ein Gläschen einzuladen? Dieser Gisbert." Paula durchzuckte ein Gefühl der Eifersucht, obwohl sie es nie zugegeben hätte.

„Was bildet sich dieser blöde Gockel ein?", plapperte Chantal weiter, „ich war einmal mit ihm aus, das hat mir gereicht. Die ganze Zeit hat er von Fruchtbarkeitsriten auf Samoa gelabert und ich musste selbst bezahlen. Und dann sein affektiertes Getue – typisch Schwuchtel."

‚Chantal sondert Häme und Bosheit ab wie ein Gift', dachte Paula. Sie war wütend, wollte sich aber nichts anmerken lassen. „Würde es dir etwas ausmachen, jetzt zu gehen? Ich habe Kopfschmerzen."

„Schade, wo wir uns gerade so nett unterhalten. Aber ich habe die Broschüre für das Jubiläum des Korinth-Hotels ja jetzt fertig und mail sie nur schnell rüber. Die werden sich wundern. Ich habe da nämlich was herausgefunden . . ."

„Würdest du jetzt bitte gehen." Paula knallte die Tür hinter Chantal zu und schloss entgegen der Haustradition sogar ab, als würden verschlossene Türen unangenehme Wahrheiten aufhalten können. Für den Rest des Abends ertränkte sich Paula in Bier und Selbstmitleid.

Als sie erwachte, glaubte sie einen gellenden Schrei vernommen zu haben. Völlig benommen tappste sie aus ihrer Wohnung und stieß auf Marlene. Sie war kreidebleich, torkelte Paula entgegen und zeigte auf Chantals offenstehende Wohnungstür. „Da, da . . ."

Paula blickte in die Wohnung und dachte erstaunlicherweise nur, das ist also gemeint, wenn es heißt, sie lag in ihrem Blut. Als ihr der Geruch des Blutes in die Nase stieg, rannte sie auf den Flur und musste sich übergeben.

Amanda kam hinzu und tätschelte ihr den Rücken. „Ich habe schon die Polizei angerufen."

Dann kehrten sie zum Tatort zurück und Paula fragte Marlene, wieso sie in die zweite Etage gegangen war.

„Mein Kater Filofax war aus der Wohnung gelaufen, die Treppe hinauf zu Chantals Wohnung, ich hinterher und da hab ich sie gefunden."

Die Herren von der Polizei trafen ein. „Juten Tach, wat hammer denn da?"

„Auch das noch", stöhnte Paula innerlich, „ne Jlabbacher Jung."

Die polizeilichen Untersuchungen ergaben, dass Chantals Tod zwischen dreiundzwanzig und ein Uhr eingetreten war. Sie war mit einem stumpfen Gegenstand erschlagen worden und keiner der Hausbewohner hatte ein Alibi. Allerdings hätte praktisch jeder Zugang zum Haus gehabt, da die Haustür mal wieder nur angelehnt gewesen war.

Das war der Stand der Dinge, als sich die Hausgemeinschaft in Gisberts Wohnungt traf. Jeder beäugte jeden misstrauisch. Sogar Reggea-Helmut in seinem bekifften Zustand begriff, dass sie alle des Mordes verdächtig waren. Paula hatte ein schlechtes Gewissen, weil sie Chantal in ihren letzten Stunden so gehasst hatte – als hätten magischerweise ihre starken Gefühle Chantal getötet.

Und da war noch etwas, was ihr keine Ruhe ließ, ein diffuses Gefühl, etwas übersehen zu haben. Sie versuchte sich zu konzentrieren und an den letzten Abend mit Chantal zu erinnern.

Als ihr Blick zufällig Gisberts PC streifte, fiel ihr die Jubiläumsbroschüre ein, die Chantal gemailt hatte und die Ankündigung einer Enthüllung. Sie schaute ihre heftig diskutierenden Mitbewohner erleichtert an und dachte, keiner von uns ist ein Mörder.

Unauffällig schlich sie in ihre Wohnung und fuhr ihren PC hoch. Sie klickte sich durch Chantals Dateien und e-mails und wurde fündig. Chantal hatte keine Jubiläumsbroschüre gemailt, sondern einen Erpresserbrief. Bei ihren Recherchen zum Jubiläum des Korinth-Hotels hatte Chantal herausgefunden, dass das Hotel seine Existenz einem Betrug an der Mönchengladbacher Bevölkerung verdankt.

Vor hundert Jahren hatte ein reicher Industrieller der Stadt ein Grundstück vermacht, mit der Auflage, dort einen Park zum Wohle der Allgemeinheit zu errichten. Die Stadtverwaltung hatte aber das Grundstück verkauft. Der Käufer errichtete damals das Hotel. Einerseits war das in Gladbach ein altbekannter Skandal wie so viele, andererseits zog das Jubiläum viel Interesse auf sich und die Geschäftsleitung konnte keine negative Publicity gebrauchen.

Paula teilte der Polizei ihre Entdeckung mit und man verfolgte den Weg der E-Mail. Es war ein Leichtes für die Polizei, den Empfänger ausfindig zu machen und zu verhaften. Der Juniorchef des Hotels war auch direkt geständig. Chantals E-Mail hatte ihn so aufgebracht, dass er sofort zu ihr gefahren war, um sie zur Rede zu stellen. Ein Wort gab das andere und die Hitze tat das ihre dazu. Klassische Kurzschlusstat.

Ein paar Wochen später saßen Paula und Gisbert wieder einmal in der Eisdiele.

„Warum war Chantal so, wie sie war?", fragte Paula.

„Das kann ich dir nicht sagen. Ich war mal mit ihr aus und sie hat sich total die Kelle gegeben. Dann hat sie das heulende Elend bekommen und mir von ihrer verkorksten Familie erzählt. Sie hat wohl sehr unter den zerrütteten Verhältnissen gelitten und in ihrem Schmerz versucht, andere so leiden zu lassen, wie sie selber litt. Lauert nicht hinter jeder Fassade ein Betrug, ist nicht jede Wahrheit hässlich?", sinnierte Gisbert. Dann fuhr er fort: „Vermutlich war sie nur auf der Suche nach Liebe. Na ja, sie hat sogar versucht, mir an die Wäsche zu gehen."

„Und was hast du gemacht?"

„Das, was ich in solchen Fällen immer mache. Ich hab einen auf schwul gemacht."

Paula fiel ein Ananasstückchen vom Löffel.

Hammerschlag und der wilde Westen

Franz Malicke hatte sein Fahrrad mit den Angelsachen bereits am Vorabend gepackt und schob es nun an einem Sommermorgen des Jahres 1957 durch das Gartentor seines bescheidenen Häuschens in Uerdingen, das er nach der Flucht aus Schlesien - mit den bescheidenen Mitteln eines Schlossers - mit eigenen Händen erbaut hatte. Er war leise, um seine Frau nicht zu wecken, die einen leichten Schlaf hatte und seine Leidenschaft fürs Angeln nicht unbedingt teilte. Es war noch dunkel, aber die Morgendämmerung war schon zu erahnen. Der Tag versprach wieder extrem warm zu werden.

Malicke verließ sein Grundstück an der Topsstraße und radelte in Richtung Waldsee. Er überquerte die Friedensstraße und bog anschließend in einen Feldweg ein, der hinter dem Uerdinger Friedhof entlang führte. An diesem Montagmorgen waren die Straßen nur von eilenden Radfahrern bevölkert, die zur Frühschicht zu Bayer fuhren.

Am Waldsee angekommen, schob Malicke sein Rad durch ein Loch im Zaun auf einen Trampelpfad, der um das Gewässer herumführte. Auf dieser Seite fiel das Ufer einige Meter ziemlich steil ab, während sich auf der gegenüberliegenden Seite flacher Sandstrand befand.

Malicke hielt dieses Steilufer für geeigneter, um auf Hechte und Aale zu lauern. Er nahm seine Ausrüstung und ließ das Fahrrad ins noch nasse Gras fallen. An einer schmalen Stelle im Steilufer baute er sein Höckerchen auf und warf zwei Angeln aus. Unterhalb von ihm lagen mehrere abgestorbene Überreste von Erlen und Linden im Wasser. Er mußte aufpassen, mit den Angelhaken sich nicht in diesem Gestrüpp zu verfangen. Vor zwei Tagen war er hiergewesen, um mit altem Brot anzufüttern und die kapitalen Burschen an diese Stelle zu locken.

Malicke schaute hinüber in Richtung nördliches Ufer, wo das Klubhauses seines Angelvereins lag. Dort war kein Mensch zu sehen. Gelegentlich waren Aalangler hier, die die ganze Nacht am See saßen. Er starrte auf den Schwimmer der Angel, der im Wasser lag wie das Periskop eines kleinen U-Bootes. Er sah Papierfetzen, die langsam an seinem Schwimmer vorbei trieben. Sie sahen aus wie Geldscheine. Plötzlich fiel ihm eine bunt schillernde Fläche in der Nähe seines Schwimmers auf. Die Fläche wurde langsam aber stetig größer und immer mehr Papierfetzen tauchten auf. Malicke fischte einen dieser Fetzen aus dem Wasser heraus und begutachte ihn. Da rauschte plötzlich aus den Tiefen des Sees ein alter Koffer an die Wasseroberfläche, an dessen Griff sich eine verrostete Handschelle befand.

Paul Hammerschlag stieg aus dem Polizeiwagen aus, um sich an einem Zigarettenautomaten eine Schachtel Juno zu ziehen. Währenddessen telefonierte sein Assistent Klostermann, der hinter dem Steuer der Minna wartete.

„Wat jövvt et no wier", fragte Hammerschlag seinen Kollegen beim Einsteigen.

„Verdacht auf Kapitalverbrechen in Uerdingen am Waldsee. Wir sollen uns das mal ansehen."

„Wiesuo mödde wir dann ömmer dooe her scheäse?" rief Hammerschlag und öffnete die Zigarettenschachtel.

„Weil se kin angerte Peiasse häbbe", antwortete Klostermann, der in seiner grünen Uniform wie ein Dreisterne-General aussah.

„Kiek ens“, sagte Hammerschlag und durchwühlte seine Hosentasche, „min nöije Fijur.“ Er hielt eine Plastikfigur in der Hand. „Dat es dä Buffalo Bill. Dä haat ech noch net. Dä es van de Kaufhof.“

Hammerschlag hatte eine Vorliebe für Cowboy- und Indianerfiguren. Zu Hause hatte er das Massaker am Little Big Horn aufgebaut.

Klostermann fuhr in Richtung Uerdingen und meinte: „Ein Angler hat Leichenreste aus dem See gefischt und etliche Dollarnoten.“

„Dollarnuote? Und dat op minne alde Dag.“ Hammerschlag stand kurz vor der Pensionierung. „No maak mans dat blaue Leet aan, sons send m'r morje noch he!“

Am Waldsee parkte Klostermann den Wagen am Wegesrand. Trotz der Morgenhitze setzte er seine Polizeimütze auf, denn er bestand auf akkurates Äußeres. Hammerschlag dagegen warf sein graues Jackett auf den Beifahrersitz und krempelte die Ärmel seines Hemdes hoch. Zwei weitere Polizeiwagen und ein ziviler Ford standen bereits am Zaun.

„Mann, wat es dat schüen he“, rief Hammerschlag begeistert. „Und he soll ene Duode legge?“

Auf dem Pfad standen etliche Amtspersonen, aber auch Schaulustige.

„Die Kripo ist da“, rief Klostermann und zückte seine Marke. „Wer ist hier verantwortlich?“

„Beckers, mein Name“, sagte ein lang aufgeschossener Uniformierter. „Habe nichts verändert. Der Angler dort hat diese Knochen und den Koffer voller Geldscheine gefunden.“

„Hab' mich regelrecht erschrocken, Herr Kommissar“, platzte Malicke dazwischen, „als der Koffer aus dem Wasser schoss!“

Hammerschlag schlug eine Schneise, um sich die Objekte genauer anzusehen. Vorsichtig untersuchte er einen der Geldscheine und hielt ihn gegen das Sonnenlicht. „Tatsächlich, ene Dollar“, sagte er und legte den Schein wieder in den offenen Koffer zu den anderen. Dann kniete er sich auf den Boden, um sich die Knochen genauer anzusehen.

„Die Überreste einer menschlichen Hand“, sagte der Gerichtsmediziner.

„Dat senn ech och. Wä sedd Ihr dann?“ Hammerschlag erhob sich wieder.

„Krause, Gerichtsmediziner. Man hat mich angerufen.“

„On, Krause? Wat halt' Ihr doeevan?“

„Ich tippe auf zehn bis fünfzehn Jahre. Ich meine, so lange ist dieser Mensch dort tot.“

Hammerschlag starrte auf die Wasseroberfläche und winkte Klostermann zu sich. „Wat es dat für ene Fleck dooe?“ Hammerschlag zeigte auf das Wasser.

„Keine Ahnung. Sieht nach Öl oder Benzin aus“, meinte Klostermann.

„Es ene Verantwortliche van dat Gelände he be die Vürwitznase dooebe?“

Klostermann holte einen der herumstehenden Männer herbei. „Ich helfe dem Pächter hier bei der Arbeit.“ sagte der Mann ängstlich.

„Wo kömmt dat Benzin doee her? Et wörd jooe ömmer miehr.“

„Weiß ich nicht. Vielleicht ein alter Kanister.“

„Ich bruuk ene Taucher. Klostermann, ene Taucher!“

Bis der Taucher erschien und in voller Montur ins Wasser stieg, waren gut zwei Stunden vergangen. Nach längerer Zeit kam der Taucher wieder an die Oberfläche. „Man kann nicht viel sehen, aber da unten liegt ein Auto.“

„Klostermann! Ich bruuk enne Kran. Äwwer vandag noch.“

Es dauerte Stunden, bis ein Abschleppwagen die verrostete Karrosserie einer Limousine aus dem Wasser auf die Böschung zog. Die Scheiben des Wagens waren geschlossen und völlig mit Algen bewachsen. Hammerschlag rüttelte an der Tür, bekam sie aber nicht auf.

„Ich hab' die Scheibe auf", rief einer und ein Wasserschwall ergoss sich aus dem Fahrzeug.

„Ech häbb et mech jedeit. Dat es jooe en Duodekiss!" Hammerschlag blickte auf mehrere Skelette, die auf ihren verrotteten Sitzen saßen. Inmitten der Knochen lagen jede Mengen Dollarnoten. Der Überrest des Fahrers hatte sogar noch Fragmente eines Hutes auf dem Schädel. Der Gerichtsmediziner stellte erste Mutmaßungen an. Dann polterte plötzlich ein Gewitter los, das die verdorrten Böden wieder aufatmen liess und die Kriminalbeamten am Waldsee zu beschleunigter Arbeit anhielt. Der Gerichtsmediziner ließ die Skelette in die Gerichtsmedizin bringen und das Wrack der Limousine wurde ebenfalls abtransportiert.

„Suo, dat Hummelsweär es suo nooeh, lott jooehn", rief Hammerschlag und eilte in Richtung Polizeiwagen.

Klostermann saß bereits an seinem Schreibtisch in einem karg eingerichteten Büro mit Blick auf den Krefelder Bahnhof. Hammerschlag kam mit einem frischen Hemd in der Hand herein und warf es auf seinen Schreibtisch.

„Dat Hemm ist van ene Putz van de Bahnpolizei van jeäjenüewer. Et is al dat dredde vandag", sagte Hammerschlag und wollte sich setzen.

Klostermann gab auf einmal einen spitzen Schrei von sich. „Nicht auf den Stuhl, der ist doch kaputt!", rief er, doch er hörte nur noch das Bersten von marodem Holz.

„Dat verdöllde Deng schlag ich dänne Heinis van de Verwaltung öm de Uohre", rief Hammerschlag erbost und hielt die Stuhllehne drohend in die Luft.

„Den hättest du schon viel früher reklamieren müssen, jetzt ist es zu spät", rief Klostermann.

„Do Pappkopp, do – fall mech och noch en et Krütz!" Hammerschlag pfefferte die Lehne in die Ecke. In dem Augenblick klingelte das Telefon. Klostermann hielt die Hand auf den Hörer und sagte: „Das ist Krause von der Gerichtsmedizin." Er gab den Hörer an Hammerschlag weiter.

„Aha, dat wooeren also kin Soldaten van de letzde Krieg? ... Wat, ene Ami? Och dat noch ... Dat jövvt Palaver." Hammerschlag warf den Hörer auf die Gabel.

Drei Wochen später, Anfang September hatte sich die Hitze verflüchtigt, doch war es immer noch warm. Hammerschlag zählte mittlerweile die Tage bis zu seiner Pensionierung am Ende des Monats.

Er saß am frühen Nachmittag im *Café Schragmann* und sinnierte bei einem Stück Schwarzwälder Kirsch über die festgefahrenen Ermittlungen seines letzten Falles. Die drei Toten aus der Limousine waren aus nächster Nähe erschossen worden und anschließend im Auto platziert und versenkt worden. Der Tatzeitpunkt lag etwa zwölf Jahre zurück, also kurz nach Kriegsende. Einer der Toten konnte als Richard Taylor aus Oklahoma identifiziert werden. Die Herkunft des Geldes konnte nicht geklärt werden. Es waren amerikanische Dollarnoten und Tausen-Mark-Geldscheine der alliierten Militärbehörden, die bei Kriegsende in den Besatzungszonen kursierten. Eine Anfrage an die amerikanischen Behörden hinsichtlich des Richard Taylor ließ noch auf sich warten.

Ein Klopfen an die Scheibe des Cafés riß Hammerschlg aus seinen Träumen. Klostermann stand draußen und hielt seine Hand ans Ohr. Telefon! Hammerschlag spülte den Kuchenrest mit dem letzten Schluck Kaffee hinunter und bezahlte. „Wat jövvt et?" fragte er.

„Du sollst zum Alten kommen. Sofort."

Sie fuhren mit dem Paternoster hinauf und Hammerschlag suchte umgehend das Büro seines Vorgesetzten auf. Polizeirat Steppkes hatte noch ein Jahr vor sich und es hielten sich hartnäckig Gerüchte, er wolle noch einige Jahre anhängen.

„Hammerschlag, m'r häbben en Problem", sagte er und steckte sich eine Zigarre an.

„Probleme send dooefür dooe, öm jelöst te werde", antwortete Hammerschlag.

„Dinne Fall möt dä duode Ami hät en Amerika für Oprejung jesorgt", sagte Steppkes und sah genüsslich seine qualmende Zigarre an. „Die wolle ieene rüewer schicke, dä miehr Jrips hät als wie wir."

Hammerschlag schluckte und fing dann an zu lachen. „Ha ha, dooe bön ech äwwer längs weg. Bes dat dä he es, es et Chrieesdag."

„Dat jlövvs och mar do. Dä kömmt al jet fröiher, nämlich morje."

Hammerschlag schluckte wieder und spuckte dann einen Krümel seiner Zigarrette auf den Boden. „Jooe hatt ihr dann allemooele suore Kappes en de Schwaat?" rief er entrüstet. „Wat soll ech op minn letzde Dag möt ene Oppasser maake? Dä Fall es erledigt, dooe jövvt et nix miehr tu ermittele. Die Knöekesjerüste en dän Auto send wahl duer Kriegshandlunge ömjekuoeme. Dooe kann m'r van utjooehn. Wat well dä Ami dann noch he?"

„Sech en Beld maake. Do witts wahl, wie dat löppt, dooe kann m'r nix jeäje maake. Dä Franzmann damooels be dä Mord an die Luopschött op de Hölser Strooet es en Beispiel," sagte Steppkes.

„No maak doch net suo vüel Ambraasch", raunte Hammerschlag.

„M'r sollde veletz ens dä Rahm opmaake, et möfft he wie en Wieertschaff", sagte Steppkes, ging qualmend ans Fenster und öffnete dieses. „Dä Ami kömmt morje aan, on däm sinne Nam es John Hasenfratz." Steppkes gab Hammerschlag einen Zettel mit dem Namen.

„Klingt sehr amerikanisch", grinste Hammerschlag.

„Dä es van et FBI ond sprekt deutsch. Jeäv däm die Akte on zeig däm dä Waldsee - oder johnn möt däm ieene suupe.“ Steppkes stocherte die Zigarre im Aschenbecher aus. „Do mots dä Keärl van de Flugplatz avvhooele. Elf Uhr in Lohausen kömmt dä aan.“

„Na, Paul, jövvt et be dech wier ene Indianerkrieg tu Huus?“

„Jövv mech ene schwatte Kaffee, stärk - on kinne Muckefuck“, raunzte Hammerschlag den Inhaber vom *Café Jupp* in den Markthallen an, wo er meistens kurz nach Feierabend einzukehren pflegte.

„Wells do och en Bouillon dooebe?“

„Nä, ech bön op de Durchreise. Sägg hüer ens, wat eäte eijentlich Amis?“

„Wat? Jieehs do nach Amerika?“ Kukowka, der Inhaber, bediente zwischendurch weitere Kunden.

„Nä, dat Amerika kömmt nooe mech. Also, wat eäten die dooe?“

„Möt Steaks mäcks do nix falsch. Dooe bruks do äwwer en Riesenpann für.“

Hammerschlag spülte den Kaffee herunter, zahlte und ging über die Friedrichstraße zum Nordwall, wo er eine kleine Zweizimmerwohnung mit Kohleofen sein Eigen nannte. Das größere der beiden Zimmer mit Blick auf den Nordwall beherbergte den Wohnbereich sowie ein ausklappbares Schrankbett. Auf dem großen Tisch in der Zimmermitte waren mehrere Dutzend Wildwestfiguren aufgebaut, die sich in kriegerischer Absicht gegenseitig belauerten. Hammerschlag ging in den Keller, wo in einem kühlen Verschlag eine Kiste *Tivoli Alt* auf ihn wartete. Er nahm einige Flaschen heraus, ging nach oben und begann, die Schlacht am Little Big Horn nachzustellen.

Der Samstagmorgen war von angenehmer Temperatur, die das Gewitter der vorherigen Nacht mit sich gebracht hatte. Die Straßen waren noch feucht vom nächtlichen Platzregen und dampften in der Morgensonne. Hammerschlag war früh auf den Beinen, brühte sich einen Kaffee auf, um den darniederliegenden Kreislauf zu aktivieren. Er schmierte sich eine „Fumm" dazu und postierte indianische Bogenschützen neu auf seinem Kriegsschauplatz. Um neun Uhr erklang die heisere Hupe eines VW-Streifenwagens vor seiner Tür. Klostermann wartete auf ihn, um gemeinsam zum Flugplatz nach Lohausen zu fahren.

„Häbbe m'r jet Nöijes en dä Ami-Fall?", fragte Hammerschlag, während er sich auf dem Beifahrersitz breit machte. Klostermann bog in den Ostwall ein und fuhr Richtung Rheinstraße.

„Vielleicht hat der Amerikaner was Neues mitzuteilen", meinte er. „Zum Beispiel eine Antwort auf unsere Anfrage an die Botschaft."

Der VW hielt an der Ampel an der St.-Anton-Straße. Hammerschlag sah dem regen Treiben vor dem Hotel *Krefelder Hof* zu. „Joot, looete m'r os üewerrasche."

Nachdem die Propeller der Super Constellation knatternd zum Stillstand gekommen waren, verließen die Passagiere die Maschine und verschwanden im Ankunftsgebäude. Klostermann stand in seiner vollen Uniform vor dem ‚Ausgang Fluggäste', während Hammerschlag in einem Kiosk ein Schnäpschen zur Förderung der Verdauung einnahm. Aus dem Augenwinkel registrierte er, wie ein kleiner, mit dunklem Zweireiher und Stetson bekleideter Mann auf der Bildfläche erschien. Er rannte auf Klostermann zu, der ihm lächelnd die Hand schüttelte. Gemeinsam kamen sie zu Hammerschlag rüber.

„Darf ich vorstellen, Hauptkommissar Hammerschlag", sagte Klostermann zu dem Amerikaner.

„Ouh, what a big name."

„Ech denk, dä spreckt deutsch?"

„Mister Hasenfratz aus Dallas, Texas."

„Willkommen en de Heimat."

„What a nice little car", rief der Amerikaner voller Entzücken, als er auf den Rücksitz des VW rutschte und Klostermann Mühe hatte, das Gepäck unter der vorderen Kofferraumklappe zu verstauen. „In USA I have a big Chevrolet."

„Dä soll Tacheles spreäke", murrte Hammerschlag und sah Klostermann an, der vom Flughafenparkplatz herunterfuhr.

„Natürlich ich sprechen deutsch", fuhr Hasenfratz fort, „würde es den Herren etwas ausmachen, mit mir einen Lunch einzunehmen? Der Flug war anstrengend und das Essen an Bord nicht sehr reichhaltig."

„Dat is een Wooert. M'r fahre nooe et Tivoli-Huus."

John Hasenfratz hatte nicht vor, sich übermäßig lang in Krefeld aufzuhalten. Er wollte sich die Ermittlungsakten ansehen, für ihn wichtige Bestandteile herausschreiben und den amerikanischen Behörden zukommen lassen. Hasenfratz kam aus Washington und hatte einige Neuigkeiten im Gepäck. „Einer der Männer war tatsächlich ein Soldat der US-Army. Er wurde 1945 unehrenhaft entlassen wegen Diebstahls und Bereicherung", sagte Hasenfratz, nachdem sie an einem freien Tisch mit Blick auf die St.-Anton-Straße Platz genommen hatten. Draußen ratterte eine Straßenbahn vorbei. „Wir hatten schon längere Zeit Hinweise auf weitere Diebstähle von wertvollen Bildern aus Museen, konnten Taylor aber nichts nachweisen."

Der Kellner erschien und stellte zwei Tivoli-Alt und eine Bluna für Klostermann auf den Tisch.

„Also jing et wahl doch öm kromme Jeschäfte. Ech häbb et mech al jedeit", sagte Hammerschlag und trank das Bier in einem Zuge aus.

„Können wir nach dem Essen den Tatort besichtigen?", fragte der Amerikaner.

„Dooe jövvt et net vüel tu kieke, dooe es bluos Waater", Hammerschlag bestellte sich ein neues Bier.

„Er sagt, da gibt es nur Wasser zu sehen", übersetzte Klostermann.

„Ich muss mir ein Bild machen. Übrigens, das Bier ist good. In Vereinigte Staaten das Bier schmeckt nicht gut."

„Dann schlieepe m'r ens ieene", knurrte Hammerschlag. Er bestellte eine deftige Rindfleischsuppe mit Einlage und Bällekes drin, danach Schweinefleisch mit Kartoffeln. „Eärpel schmecke ieersch, wenn se duor de Sau jejange send", erklärte Hammerschlag. Der Amerikaner bestellte sich das Gleiche. Klostermann hatte nicht viel Hunger, er nahm nur eine Gulaschsuppe.

„Et wörd och Tiet", raunzte Hammerschlag, als das Essen gebracht wurde, „mech hängt dä Maag op de Schuhn. Eät ens jet Vernönftijeres als wie dat Opwäschwaater", meinte Hammerschlag zu Klostermann und sprach dann den Amerikaner an. „Dat es ene Rebbeprenz, däm kannste et Vaterunser duor de Rebbe blooese."

Klostermann übersetzte das Wesentliche und nippte an seiner Gulaschsuppe.

„It's very delicious", schmatzte Hasenfratz und bekam ein neues Bier. Nach dem Essen fuhren sie direkt zum Waldsee nach Uerdingen. Der See war zu diesem Zeitpunkt von mehreren Anglern frequentiert, einer saß genau an der Stelle, wo das Auto aus dem Wasser gezogen worden war.

„Polizei Krefeld", sagte Hammerschlag und hielt seine Marke in die Höhe.

„Lassen Sie sich durch uns nicht stören", ergänzte Klostermann. Hasenfratz ging die Böschung hinunter bis kurz vor die Wasserlinie und sah sich prüfend um.

„Ich habe nur untermaßige Fische im Kescher", ereiferte sich der Angler und wies mit der Hand auf seinen Fang.

„Wir sind nicht wegen der Fische hier“, beschwichtigte Klostermann. Hasenfratz kam wieder die Böschung hoch geklettert und sah prüfend zum gegenüberliegenden Seeufer hinüber. „Haben Sie die Leute befragt, die dort drüben wohnen?“, fragte er. Auf der anderen Seite grenzten einige Grundstücke fast bis ans Ufer.

„Klostermann, dat häss do doch jemäckt“, sagte Hammerschlag.

„Ja, aber bei zwei von den Anwohnern war keiner zu erreichen.“

„Das müssen wir dringend nachholen“, meinte Hasenfratz.

„Aber nicht mehr heute. Das ist sonntags besser, da sind die meisten Leute zu Hause.“

„Dat es en Wooert. Dann könne m'r jooe zum jemütlichen Teil üewerjooehn“, freute sich Hammerschlag, „avv en de Wieertschaff.“

Nach dem sie vorher das Gepäck von Hasenfratz im *Krefelder Hof* verstaut hatten, gingen die drei wieder ins *Tivoli-Haus*. Hasenfratz erzählte aus seiner texanischen Heimat, wobei es Hammerschlag schnell gelang, das Gespräch auf seine Wildwest-Figuren-Sammlung zu bringen. „Witts do eijentlich, dat dä Buffalo Bill och ens en Krieewel wooer?“, fragte Hammerschlag und tippte dem Amerikaner auf die Schulter.

„Du hast wieder einige Tivoli zu viel intus“, kommentierte Klostermann.

„Ija jemaak - dat stemmt, dat häbb ech tu Hus schwatt op witt. Pass op“, begann Hammerschlag, „ech häb tu Huus en alde Zeitung van et Jooehr 1891. Dooe es en Annongs drenn, dat dä Buffalo Bill möt sin Wild-West-Schau he jastiert hät.“

Klostermann übersetzte für den Amerikaner in verständliches Deutsch. Hasenfratz nickte erstaunt.

„Doee wooer och die Annie Oakley dooebe, die kuoß ärg joot scheete. Mann, wooer dat en schüene Tiet“, schwärmte Hammerschlag. „Ober, breng os ens die Fuselsfläsch möt dä Dujardin“, rief er zur Theke hinüber. „Oder noch beäter eene Kapaaftig für dä Ami he.“

Hasenfratz nickte zustimmend, während sich Klostermann auf einen längeren Abend einstellte.

„Who is your wife?“, fragte Hasenfratz und kippte hustend einen Schnaps in sich hinein.

„Wat sässe? Do Küetel sollst vernönftig möt mech vertälle. Klostermann, übersetzen“, rief Hammerschlag.

„Mister Hasenfratz fragte nach dem Verbleib Ihrer Frau.“

„Ouhjömmich“, stöhnte Hammerschlag. „Dat wor kin Joddesmotter. Die es möt sone Pruumestrieker weggeluope. Däm häb ech äwwer de Kooehlschöpp op dä Kopp jeknallt. On dä klieene Boxedrieter hat sie mötjenooehme.“

„Sie haben einen Sohn? Das wusste ich auch noch nicht“, sagte Klostermann überrascht.

„Ach nä, lott dat mar, dat es en anger Thema. Ech schlag vür, m'r fahre no jet eäte bei dat Finche op de Hülser Berg.“

Am frühen Abend begaben sich zwei nicht mehr dienstfähige Kriminalisten zusammen mit ihrem nüchternen Fahrer auf die belebte Rheinstrasse zu ihrem Dienst-Volkswagen. Hammerschlag ließ sich auf den Rücksitz fallen, wobei der VW arg in den Federn quietschte. Sie fuhren zum Hülser Berg, wo Josefine Froboese, genannt die böse Fine, im Ausschank beschäftigt war. Warum sie so hieß, wußte niemand. Das Restaurant war zu diesem Zeitpunkt gut besucht, allerdings saßen die meisten Ausflügler draußen auf Holzklappstühlen und aßen Eis. Klostermann betrat das Gebäude durch den Hintereingang und schleuste seine nicht mehr taufrischen Kollegen an einen Tisch im inneren Teil des Hauses. Fine brachte sofort Speisenkarte und Getränke. Hammerschlag und der Amerikaner bestellten Rinderbraten mit Rotwein, während Klostermann mit einem Schnitzel vorlieb nahm.

„Klostermänneke, bald bös do mech quitt", bedauerte Hammerschlag und legte den Arm um seinen Untergebenen. „Dann kress do sone jedubbelde Sieewersack als Boss." Klostermann äußerte umständlich sein Bedauern, als dass Essen kam.

„Wä joot eäte well, mot morjes eäte wie ene Schüerendrescher, et meddags wie ene Pastur on et ooewes wie ene Jäjer", riet Hammerschlag.

Nach dem Essen war es dunkel und mit einigen Flaschen Bier bepackt wankten sie zum Aussichtsturm. Klostermann blieb unten stehen, während Hammerschlag und Hasenfratz die Stufen empor stiegen, wobei sie nach jeder fünften Stufe stehen bleiben und verschnaufen mussten.

„Vür en paar Johr muoße m'r nooe ene Einbruch fahre", rief Hammerschlag, auf der Spitze des Turms an die Brüstung gelehnt. „Dooe häbbe m'r dä Kläu op frischer Tat drapiert. Wie m'r dooe jewäss send, send die Spetzbouve stifte jejange. Dooer wooer ene Honk dooebee." Hammerschlag setzte die Flasche zum letzten Zug an. „M'r rope: Halt! Stehenbleiben, Polizei! On witts do, wat passiert es? – Dä Köter es stooehn jeblieeve!" Hammerschlag lachte laut los und schlug dem Amerikaner auf den Rücken.

Spät in der Nacht fuhr Klostermann seine beiden Kollegen zum Hotel *Krefelder Hof*, wo man in der Hotelbar noch einige Kurze einnahm, bevor Hammerschlag höflich aus dem Hotelbereich entfernt wurde.

„Mister Klostermann, haben Sie ein Binocular zur Verfügung?", fragte Hasenfratz, als er von dem deutschen Kollegen am Sonntagnachmittag vom Hotel abgeholt wurde.

„Ein was?“ fragte Klostermann irritiert, als sie zum Wagen gingen.

„Ein ... wie sagt man auf Deutsch ... Fernglas?“

„Ja, ist im Auto.“

Hammerschlag wartete wider Erwarten am Straßenrand, normalerweise hatte er nach durchzechten Nächten arge Probleme mit dem Wachwerden.

„Na, Mister Hastenfratz, dann wolle m'r dä Krimi ens klooermaake“, ächzte Hammerschlag und ließ sich auf den Beifahrersitz fallen. Die drei fuhren noch einmal zu der Stelle am Waldsee, wo der Mercedes aus dem Wasser gezogen worden war. Obwohl Sonntag war, saß diesmal kein Angler am Ufer.

Der Amerikaner nahm den Feldstecher und suchte das andere Ufer ab, bis er plötzlich innehielt. Er reichte Klostermann, der neben ihm stand, das Fernglas. „Schauen Sie einmal durch und sagen Sie mir, was Sie sehen.“

Klostermann sah durch den Feldstecher. „Ich sehe einen Mann, der uns mit einem Fernglas beobachtet“, antwortete Klostermann und reichte das Fernglas an Hammerschlag weiter.

„Der Mann ist mir gestern schon aufgefallen, da hat er uns auch schon beobachtet“, stellte der Amerikaner fest.

„Klostermann, häss do dä üewerprüft?“, fragte Hammerschlag.

„Ich sagte schon, dass ich einige Anwohner nicht angetroffen habe.“

„Dann wolle m'r dat ens jüss maake.“

Sie fuhren auf einem Feldweg um den See herum auf die Düsseldorfer Straße, um dann in eine Seitenstraße zum See einzubiegen.

„Das Haus dort drüben müsste es sein“, sagte der Amerikaner und Klostermann parkte vor einem kleinen Anwesen. Als sie vor der Haustür standen, gab es plötzlich einen Knall.

„Das war ein Schuss!", rief Klostermann.

„Dat denk ech wahl." Hammerschlag schellte Sturm.

„Ich gehe hinten herum", sagte Klostermann und packte an sein Holster, um seine Waffe herauszuholen. Da auf das Klingeln nicht reagiert wurde, einigten sich Hasenfratz und Hammerschlag, die Tür einzutreten. Das dünne Holz zersplitterte und verteilte sich im Hausflur.

Der Amerikaner rief: „Polizei" und drückte sich an der Wand entlang, während Hammerschlag in das nächstgelegene Zimmer stürmte.

„Do leggt ieene op de Eärd", schrie er. „Dä es mauseduot!" Er bückte sich neben die Gestalt und fühlte den Puls. Hasenfratz stieß mit dem Fuß eine Pistole aus dem Gefahrenbereich.

„Dä hät sech selvs ömjebreit. Klostermann . . . !"

Klostermann stürmte herein mit der Waffe in der ausgestreckten Hand. Während die drei noch um den Toten herumstanden, hörten sie draußen ein metallenes Krachen. Hammerschlag sah, wie der Polizeiwagen von einem aus der Ausfahrt schnellenden Auto zur Seite gedrückte wurde. Sie sahen sich verblüfft an. Hammerschlag wies seinen Kollegen an, am Tatort zu warten und stürmte mit Hasenfratz zum Polizeiauto. Hammerschlag quetschte sich auf den Beifahrersitz, Hasenfratz musste fahren.

„Dä Idiot hät os de Stuotstang avvjefahre. Hengerher möt Blaulicht!"

Hammerschlag forderte über das Autotelefon Verstärkung an, während sich der Amerikaner mit der ungewohnten Schaltung abmühte. Die Verfolgung des flüchtenden DKW ging quer durch Uerdingen auf die Uerdinger Straße Richtung Bockum. Mittlerweile beteiligten sich zwei weitere Streifenwagen an der Verfolgung.

„Mit dem Auto schaffen wir den nie", rief der Amerikaner, als sie an der Bockumer Kirche vorbeifuhren.

„Dat wörd jeängert. Anhalten!", rief Hammerschlag

und riss die Tür auf, noch bevor Hasenfratz mit quietschenden Bremsen rechts ran fuhr. Hammerschlag rannte auf ein parkendes Auto zu. „Polizei. Dat es en amtliche Maßnahme“, brüllte er den erschrockenen Autofahrer in einem großen Barockengel an. Die Polizisten kletterten beide auf den Rücksitz des Wagens.

„Fahren Sie dem DKW hinterher, aber schnell“, rief Hammerschlag in reinstem Hochdeutsch. Der Fahrer gab ohne Widerworte sofort Gas. Sie rasten über die Uerdinger Straße und hatten den DKW bald eingeholt.

„Überholen und ausbremsen!“, befahl Hammerschlag.

„Nichts da“, erwiderte der Fahrer resolut, „ich werde doch keine Beule riskieren.“

„Dann blieev dooehenger.“

An der Rheinstraße rammte der DKW einen Handkarren, der mit Gemüse beladen war. Einige Kohlköpfe knallten vor die Windschutzscheibe des BMW. Der Fahrer fluchte und Hammerschlag tat es ihm gleich.

Die Flucht wurde auf der St-Anton-Straße jäh beendet, der DKW prallte auf einen Elefanten. Im Rahmen einer Werbeaktion des Zirkus Williams war eine Gruppe mit Dickhäutern auf dem Weg zum Rathaus. Die empörte Elefantendame trompetete laut und setzte sich dann auf die Frontseite des DKW, die unförmig zusammengefaltet wurde. Der Fahrer wurde eingeklemmt und konnte sich nicht mehr aus dem Autowrack befreien. Hammerschlag und Hasenfratz sprangen aus dem BMW und rannten zur Unfallstelle.

„Do bös verhaftet“, rief Hammerschlag dem Unfallfahrer zu, während er an der Tür riss, die sich nicht öffnen ließ. „Kuom erut ut die verdötschte Bleäkkiss“, rief Hammerschlag, „ech werd dech helpe, ene Elefant en de Quante tu fahre.“

Die Elefantengruppe geriet in Panik und eins der Tiere hob laut trompetend die Straßenbahn, die nach St. Tönis unterwegs war, aus den Gleisen. Mit Gewalt gelang es Hammerschlag und Hasenfratz schließlich, die Tür des qualmenden DKW zu öffnen und den Fahrer heraus zu ziehen.

Hammerschlag saß bei Polizeirat Steppkes im Büro und qualmte eine Original Havanna-Zigarre, die Steppkes zur Feier des Tages spendiert hatte. „Dat schönsde wooer jooe, dat m'r dä Peiaß ieersch nix als wie die Amokfahrt bewiese kuoße. Dä lawerte wie en Traatschmull, dat hä sinne Bro-er en Notwehr erschooeten hät. Wör dä net avvgehaue, m'r heie Selvsmord aanjenooehme."

„Also doch en Kriegsjeschichte."

„Genäukes. De Amis häbbe dänne die Schwattmaart-Jeschäfte versaut. Als die möt dä Kockers - dat es dä Mörder - en Jeschäft möt jekläude Belder enfeäme wollde, wooerd dä kurzerhank ömjebreit on dat Jeld enjesackt. En Dieel dooevan wooerd utjejeäwe, dä Rest met dä Duode en dat Water versenkt, weäjes et jooe net miehr jültig wooer. Dä Kockers hät sinne Bro-er erschooete, weil dä senge wollde. Die hange alle bedds möt dren. Dooe send wahl noch miehr beteiligt jewäss, en richtije Jesocksbande. Suo es dat, janz effe."

„Eijentlich is et jooe dat Verdenns van dä Ami," resümierte Steppkes und blies dunkle Ringe in die Luft.

„Dä kömmt he erüewer on klärt ens eäwes dä Fall op", nickte Hammerschlag anerkennend. „Dat maake die ömmer suo. Häbb ech vürijes Jooehr en dat Schluffekino jesieehn. Dat wooer ene Krimi."

„Do häst doch jarkin Küekekino tu Huus, do Aanjeäwer. Komm, lott os ene näcke Hännes eäte jooehn." Steppkes stand auf und gab Hammerschlag einen Umschlag. „Bevüer ech dat verjeäte donn, dat es din Urkunde. Dä offzielle Kram maake m'r laater. Wat mäcks do dann no möt din nöije Freizeit?"

Hammerschlag stand ebenfalls auf und nahm so etwas wie Haltung an. „Ech fahr erüewer nooe Amerika, häbb ech beschlooete. Ech well doch ieenmooel en et Leäwe möt ene Jaul üewer de Prärie rie-e!“

Verloren

Eric stand vor der Tür und atmete tief durch. Jetzt würde für ihn ein neuer Lebensabschnitt beginnen. Ein Leben in Kempen, seiner neuen Heimat am linken Niederrhein. Kempen, dieser Name stand für eine friedvolle kleine Stadt, in der er seiner Meinung nach nicht das Geringste zu suchen hatte. Sicher wussten bereits alle, wieso er hier war, warum er aus Münster weggezogen war. Mit einem mulmigen Gefühl öffnete er die Klassentür und betrat sein neues Leben am Luise-von-Duisberg-Gymnasium. Und das Unglück nahm seinen Lauf.

„Da ist schon besetzt!" Ein blond gelocktes, siebzehnjähriges Mädchen wies Eric schroff zurück. „Warte, bis alle da sind, dann siehst du, wo Platz ist!"

Das blonde Mädchen und seine Banknachbarin kicherten. Eric sah sie wütend an. Was bildete sie sich nur ein, nur weil sie blond war und ziemlich gut aussah, musste sie ihn so anmachen?

Eric hätte ihr am liebsten ins Gesicht gespuckt, als ihn ein Junge in der vordersten Reihe zu sich winkte. „Hier ist auf jeden Fall noch Platz, komm doch her." Eric setzte sich zu dem großen schlaksigen Jungen, der kurze, braune Haaren und Segelohren hatte. Nach und nach betraten die anderen Schüler die Klasse und beäugten Eric neugierig.

„Ich heiße Michael", sagte der Junge. „Das da sind Anna Mertens und ihre Busenfreundin Susanne Schönmackers, die halten sich für was Besseres, nur weil ihre Eltern ziemlich gut betucht sind."

Eric stellte sich vor und schaute ein weiteres Mal zu den Mädchen herüber. Sein Blick blieb an Susanne haften. Sie gefiel ihm. Er wollte später sein Glück bei ihr versuchen. Schließlich sah auch er nicht übel aus, mit seinen kurzen, blonden Haaren – und was die Klamotten anging, so konnte er mit jeder Boygroup mithalten.

Herr Goertsches trat ein und begrüßte die Klasse. Sein Blick wanderte zu Eric und bevor er ihn persönlich ansprechen konnte, ergriff ein muskulöser Junge in der letzten Reihe das Wort.

„Passen sie gut auf Herr Goertsches. Eric, der Neue, hat es nicht so mit verbalem Pingpong. Der lässt lieber die Fäuste sprechen."

Die Klasse brach in schallendes Gelächter aus. Mike, der muskulöse Junge, grinste Eric hämisch an. Sie wussten es also. Erics Befürchtungen waren eingetreten, sein Ruf war ihm vorausgeeilt, Eric, der Schläger. Der Umzug in die kleine Stadt am Niederrhein hatte nicht viel gebracht. Bevor die erste Schulstunde zu Ende war, war er schon abgestempelt.

Eric schreckte schweißgebadet aus einem Albtraum auf. Er hatte Angst, sein Kopf hämmerte. Was war geschehen? Eric schloss die Augen und atmete tief durch. Er versuchte seine schlimmen Gedanken zu verscheuchen. Er hasste sein Leben. Er hasste die Schule. Er hasste alle, außer Michael, der war nett. Seine Mutter natürlich auch. Wie sehr er seinen Vater vermisste! Der hätte ihm helfen können.

Die Zeiger der Uhr liefen bedrohlich schnell. Bald musste er aufstehen, ein neuer Tag in seinem persönlichen Horrorfilm. Der Wecker klingelte. Er hörte seine Mutter in der Küche klappern. Sie war schon auf. Seit dem Unfalltod seines Vaters schien sie kaum noch zu schlafen. Eric schlug die Bettdecke auf und übte ein Lächeln. Er hatte sich geändert. Eric würde es allen zeigen. Dann kritzelte er schnell einige Zeilen in sein Tagebuch, um die schreckliche Nacht hinter sich zu lassen.

Da stand sie auf dem Schulhof. Atemberaubend schön mit ihren glatten dunkelblonden Haaren. Er mochte Susanne sehr. Sie lächelte ihm aufmunternd zu und er gesellte sich zu ihr. Seit dem Vorfall am ersten Schultag hatte sich die Lage entspannt. Mit ihren Sprüche konnte er leben, nur nicht mit einer Abfuhr. Sie sprachen eine Weile über Belanglosigkeiten, dann wagte er plötzlich die entscheidende Frage zu stellen.

„Ich glaub', ich spinne!", rief Susanne laut und ihre Worte ließen seinen Traum zerplatzen. „Glaubst du allen Ernstes, dass ich mit dir ausgehen würde?" Susanne lachte ihn aus. Ihre ermutigenden Blicke, ihr zuckersüßes Lächeln, wenn sie sich auf den Gängen der Schule begegneten, alles nur gespielt?

Susanne rief nach Anna, die neugierig auf sie zurannte. „Eric hat gefragt, ob ich heute mit ihm ins Kino gehe". Susanne ließ sich lachend in Annas Arme fallen. Sie zeigten mit den Fingern auf Eric und hielten sich ihre ge-piercten Bäuche. „Träum weiter, Freak!"

Eric drehte sich gedemütigt um und rannte aus der Schule. Er kam an diesem Tag nicht zum Unterricht. Das hämische Lachen der beiden Mädchen schallte durch seinen Kopf. Er fluchte und trat gegen eine leere Mülltonne, die daraufhin umkippte. Wütend schloss er die Wohnungstür auf und warf sich aufs Bett. Seiner Mutter erzählte er, dass ihm übel war.

Rachegedanken beherrschten ihn, doch er hatte sich im Griff. Er hatte sich geändert, er konnte jetzt damit umgehen, irgendwie. Er wusste, dass er niemanden mehr ins Krankenhaus befördern wollte.

An diesem Freitagabend waren Susannes Eltern zu Freunden gefahren und sie war allein zu Haus. Zumindest dachte Susanne dies. Sie irrte sich. Da war noch jemand. Jemand, der sich vorsichtig Handschuhe über die Hände streifte und ein langes Messer fest umklammerte. Er schlich durchs Haus, während Susanne in ihrem Zimmer vor dem laufenden Fernseher eingeschlafen war. Sie hörte nicht, wie er leise die Tür öffnete und den Fernseher lauter stellte und sie merkte nicht, wie er behutsam ihre Bettdecke fortzog und ihren vollkommenen Körper betrachtete. Er atmete schwer und strich Susanne eine Haarsträhne aus dem Gesicht.

Da öffnete sie plötzlich die Augen. Er lächelte sie an. Susanne schrie und sprang mit einem Satz aus dem Bett.

Doch er versperrte ihr den Weg zur Tür und lachte sie aus. „Glaubst du allen Ernstes, dass du hier herauskommst?“ Sein Lächeln erstarb, er stürzte sich auf sie. Sein schwerer Körper brachte Susanne zu Fall. Sie schrie, doch er hielt ihr die Kehle zu. Er hatte eine unglaubliche Kraft. Dann schrie Susanne nicht mehr, er hob das Messer und versetzte ihr den Todesstoß. Anschließend durchsuchte der Mörder das Haus und erbeutete mehrere hundert Euro. Er stieg aus dem zerbrochenen Fenster, durch das er eingestiegen war und schlenderte die Lilienstraße entlang.

In derselben Nacht musste ein zweites Mädchen sein Leben lassen. Anna Mertens starb auf dem Weg von ihrem Freund nach Hause. Der Mörder begleitete Anna auf ihrem letzten Weg.

Eric schlief in dieser Nacht sehr unruhig. Susanne tauchte in seinen Träumen auf. Ihr Lächeln wärmte sein Herz, bis es sich in ein höhnisches Lachen verwandelte.

Erik schreckte hoch. Ein Aufschrei hatte ihn geweckt. Er stürzte aus seinem Zimmer. Seine Mutter stand in der Küche und hörte Radio. Sie hatte die Hände vor das Gesicht geschlagen und schüttelte den Kopf.

„Mama, was ist passiert?“

Dann hörte Eric die Stimme des Sprechers von „Welle Niederrhein“ sagen: „Anna Mertens und Susanne

Schönmackers, beide siebzehn Jahre alt, wurden in den frühen Morgenstunden tot aufgefunden. Die Polizei vermutet Raubmord, aber auch die Tat eines Geisteskranken wurde nicht ausgeschlossen. Von dem oder den Tätern fehlt noch jede Spur. Die Ermittlungen der Polizei dauern an."

Noch bevor Eric oder seine Mutter ein Wort sprechen konnten, klingelte es an der Tür. Eric sah seine Mutter ängstlich an, sie zitterte.

„Nicht schon wieder", betete sie leise und öffnete.

„Guten Morgen. Mein Name ist Hauptkommissar Hermann Hüllen, und das ist Kommissar Wolfgang Boveleit." Er zeigte seinen Dienstausweis. „Ist ihr Sohn zu Hause, Frau Maier?"

„Also Eric, wir müssen dir ein paar Fragen stellen wegen der Morde an deinen Mitschülerinnen."

Eric nippte nervös an einem Glas Cola, während seine Mutter den Beamten Kaffee einschenkte. Hauptkommissar Hüllen schien ganz okay zu sein. „Wo warst du diese Nacht zwischen dreiundzwanzig und drei Uhr?"

Eric atmete tief durch. „Hören Sie, ich war die ganze Nacht zu Hause. Ich muss so gegen zehn Uhr eingeschlafen sein."

Hauptkommissar Hüllen nahm einen Schluck Kaffee und machte sich Notizen. Der Bullige musterte Eric eindringlich.

„Zehn Uhr? Wieso weißt du das so genau?" Hauptkommissar Hüllen blickte ihn mit hochgezogenen Brauen an.

Eric schluckte. Verdächtigten sie ihn, nur weil er die Mädchen kannte? „Es muss kurz nach zehn gewesen sein, weil ich mir „From Dusk till Dawn" auf Pro 7 angesehen habe. Der Film müsste gegen viertel nach zehn aus gewesen sein." Eric nahm einen weiteren Schluck Cola, er brauchte Zeit zum Nachdenken. Hauptkommissar Hüllen machte sich wieder Notizen.

„Hören sie", sagte Eric. „Wenn sie das überprüfen möchten, hier, bitte." Er reichte den Polizisten die Fernsehzeitung.

„Schon gut", sagte Hüllen. „Können Sie die Aussage Ihres Sohnes bezeugen, Frau Maier?"

Erics Mutter schluckte. „Mein Sohn ist gegen sieben in sein Zimmer verschwunden. Ungefähr um halb elf kam ein Anruf von seinem Klassenkameraden Michael Plaaten, doch Eric schlief schon. Ich war bis circa ein Uhr wach." Dann fügte sie hinzu: „Sie werden es sowieso herausbekommen, da sage ich es Ihnen lieber gleich. Eric hatte eine Phase, da neigte er zu Gewaltausbrüchen. Er wurde zweimal wegen schwerer Körperverletzung angeklagt und musste sich einer Therapie unterziehen. Er hat Aggressionskontrollkurse gemacht und hat sich jetzt im Griff. Nur weil mein Sohn mal einen Fehler gemacht hat, für den er seine Strafe bekommen hat, können Sie ihn doch nicht einfach verdächtigen? Immerhin ist das schon über zwei Jahre her. Soll er Zeit seines Lebens auf der Abschussliste stehen? Mein Sohn ist kein Mörder."

Kommissar Boveleit sah sie durchdringend an. „Natürlich haben wir Erics Akte gelesen. Und wir wissen auch, dass ihr Sohn ein drittes Mal angezeigt worden ist, weil er einen Jungen beinahe getötet hätte."

Eric wandte sich ab.

„Laut Zeugenaussagen", fuhr Kommissar Boveleit fort, „hatte Ihr Sohn bereits am ersten Schultag Auseinandersetzungen mit einigen Mitschülern. Außerdem wurde er von einem der Opfer in aller Öffentlichkeit gedemütigt und verhöhnt. Wir wissen, dass die Toleranzgrenze bei Ihrem Sohn nicht sehr hoch ist, nicht wahr, Eric?" Kommissar Boveleit war offensichtlich von Erics Schuld überzeugt.

„Scheiße", Eric schüttelte den Kopf. „Ich habe für meine Fehler bezahlt und trotzdem begegnen mir alle mit

Vorurteilen. Ich war's nicht. Lassen Sie mich in Ruhe!"

Hermann Hüllen sah ihn streng an. „Stimmt es, dass du nach einer Auseinandersetzung mit Susanne Schönmackers die Schule vorzeitig verlassen hast?"

„Ich war es nicht", schrie Eric, „bin ich doch nicht der Sündenbock für alles! Ich wollte hier neu anfangen, deshalb sind meine Mutter und ich extra in dieses Kaff gezogen. Die beiden Mädchen waren arrogante Zicken, hatten bestimmt auch mit anderen Streit." Eric trank die restliche Cola in einem Zug aus.

„Okay Eric, genug für heute. Falls wir noch Fragen haben, wenden wir uns wieder an dich. Guten Tag und danke für den Kaffee." Die beiden Polizisten verließen die Wohnung.

Der folgende Montag war der schlimmste Tag in Erics Leben. Jedes Augenpaar seiner Mitschüler sah ihn an, als wollten sie sagen: „Du musst es gewesen sein!" Nur Michael hielt zu ihm. Vor der letzten Stunde gingen Eric und Michael gemeinsam vom Geschichtsraum zurück in ihr Klassenzimmer. Erics Blick wanderte erst zu Annas und Susannes leeren Stühlen, dann zu seinem Tisch. Dort stand mit dickem Filzstift auf sein Pult geschrieben: MÖRDER! Michael klopfte ihm behutsam auf die Schulter: „Die beruhigen sich wieder." Der Klassenraum füllte sich mit Schülern, einige Mädchen weinten leise, ansonsten war es bedrohlich still.

Da stand Mike auf und rief: „Hey, Killer. Schau sie dir genau an, die leeren Plätze. Ich hoffe, dafür schmorst du bald in der Hölle!" Erics Augen blitzten. Wieso waren sich alle so sicher, dass er es gewesen war? Warum konnte Mike ihn nicht in Ruhe lassen? Vielleicht war ja Mike selbst der Killer. Oder es war ein anderer aus der Klasse? Vielleicht ging der Mörder ja wirklich mit ihnen zur selben Schule? Würde der Täter wieder zuschlagen? Erics Gedanken überschlugen sich.

In den nächsten Monaten wurde Eric von den meisten Mitschülern ignoriert. Das war ihm auch am liebsten so, damit konnte er leben. Selbst Mike hielt sich zurück mit seinen Bemerkungen. Nur einmal, als er sich mit Michael anlegte und ihn als Mittäter und Schwuchtel bezeichnete, ging Eric dazwischen und sagte ihm in aller Öffentlichkeit die Meinung. Daraufhin ließ Mike sie in Ruhe. Die Ermittlungen der Polizei hatten keine neuen Erkenntnisse gebracht. Der Mörder von Anna und Susanne lief immer noch frei herum.

Dann begegnete Eric dem schönsten Mädchen, das er je gesehen hatte. Sie wechselte aus der Parallelklasse in seine Klasse und hatte halblange, braune Haare, braune Augen und ein umwerfendes Lächeln.

„Hi, ich bin Laura Krichel. Ist hier noch Platz?"

Laura lächelte ihn freundlich an. Eric nickte nur und Laura setzte sich neben Eric und Michael.

„Setz dich lieber nicht neben den Killer", schnaubte Mike, doch Laura überhörte das.

Eric, Laura und Michael freundeten sich schnell an und verbrachten ihre Freizeit oft gemeinsam. Eric hatte sich in Laura verliebt. Sie schien wirklich überaus nett zu sein. Sie würde ihn sicher niemals so behandeln wie es Susanne getan hatte. Eric rechnete Michael hoch an, dass er sich manchmal dezent zurückzog, wenn Laura und er sich trafen. Die kommenden Wochen war Eric restlos glücklich, obwohl er wusste, dass er überwacht wurde. Er ahnte, dass man ihn weiterhin verdächtigte. Laura und Michael sprachen nie mit ihm über die ermordeten Mädchen.

Am Freitag vor Pfingsten wurde Mike ermordet aufgefunden. Der Mörder hatte ihm mit einem langen Messer die Kehle durchgeschnitten, genau wie bei Anna.

Am Vorabend war Mike mit Freunden in seiner

Stammkneipe, dem *„Life Time“* gewesen. Er hätte ordentlich getrunken, hatten Zeugen ausgesagt, und mit seiner neuen Freundin Nadja geprahlt, die eine wahre Sexbombe sei. Gegen 23 Uhr hätte er recht schwankend das Lokal verlassen und sei über einen Stuhl gestolpert. Auf der Brücke, die über die Nansenstraße führt, ganz in der Nähe der Schule, war er noch gesehen worden, anschließend musste er seinem Mörder begegnet sein.

Es war Freitag Vormittag, der letzte Schultag vor Pfingsten. Herr Goertsches referierte gerade über den Unterschied von Kurzgeschichte und Novelle, als der Direktor den Klassenraum betrat und Eric zu sich ins Büro zitierte. Eric stand wortlos auf und ging vorbei an den fragenden Gesichtern. Nur Laura und Michael sahen ihm besorgt nach.

Eric hatte Angst, seiner Mutter könnte etwas zugestoßen sein. Als er in das Büro des Direktors eintrat, begrüßten ihn die beiden Kommissare.

„Guten Morgen, Herr Maier“, eröffnete Hüllen das Gespräch.

„Was wollen sie?“, Eric war erstaunt.

„Gestern Nacht wurde Mike Füngers Leiche auf der Brücke an der Nansenstraße gefunden. Was glauben Sie, wer kurz nach der Tatzeit wenige hundert Meter entfernt gesehen worden ist?“

Eric schluckte. Diesmal konnte er kein Alibi vorweisen. „Ich war um zwölf Uhr mit einer Freundin verabredet, die in der Nähe wohnt.“ Schweiß bildete sich auf Erics Stirn, sein Puls raste, er saß in der Falle.

„Um Mitternacht verabreden Sie sich mit einer Freundin?“ Hüllen und Boveleit sahen ihn finster an. „Sollen wir das glauben?“

Eric ließ sich nicht beirren. „Ich musste ihr ein Buch vorbei bringen, das sie für heute brauchte, sie können

Laura fragen!“ Er atmete tief durch, ganz ruhig bleiben.

„Wie man hört, hatten Sie mehrfach Streit mit Mike Füngers! Haben Sie ihn gehasst?“ , wollte Boveleit wissen.

„Nein, er hasste mich - vielleicht.“

„Auch wenn Sie um Mitternacht verabredet waren, hätten Sie vorher genug Zeit gehabt, Mike Füngers zu töten.“ Kommissar Hüllen ließ nicht locker. „Es wäre besser, Sie informieren ihre Mutter und einen Anwalt. Sie werden uns aufs Revier begleiten. Es sieht nicht gut für Sie aus, Herr Maier.“

Eric wollte es nicht glauben. Hatte er nun verloren?

„Wir würden gerne einen Blick in ihren Spind werfen, wo steht er?“ sagte Kommissar Boveleit und Eric ging zusammen mit den Polizisten und dem Direktor zu den Spinden seiner Klasse.

„Das ist der Spind von Eric Maier“ sagte der Direktor, „Nummer 65! Kombination 3752. Ich habe nachgesehen.“ Der Direktor öffnete den Spind.

„Entschuldigung“ unterbrach Eric, „ich habe jetzt Spind Nummer 66. Ich habe vor längerer Zeit mit Michael Plaaten getauscht, weil ihn die 65 an die Zahl des Teufels erinnert.“

Der Direktor hatte Michaels Spind bereits geöffnet. Den Männern und Eric bot sich einen erstaunlicher Anblick. An der Innenwand klebten Fotos von Anna, Susanne, Mike und einigen anderen Schülern. Die Bilder von Anna, Susanne und Mike waren mit schwarzem Filzstift durchgestrichen. Unter einigen Büchern, in denen Michaels Namensschild klebte, befand sich das Tatmesser und die blutbeschmierten, weißen Handschuhe. Einige Briefe fanden sich in den Büchern. Briefe, in denen Michael seinen Hass auf verschiedene Schüler der Klasse beschrieb. Er fühlte sich gedemütigt, ausgenutzt und gehasst, also hasste er auch.

Die Polizisten sahen sich überrascht an.

Im Laufe der Untersuchungen stellte sich heraus, dass die Fingerabdrücke auf dem Messer mit denen von Michael identisch waren. Michael wurde festgenommen. Er beteuerte seine Unschuld, doch die Indizien sprachen gegen ihn.

Eric war frei, ein Zufall hatte ihn gerettet. Doch er war nicht glücklich. Der beste Freund, den er je gehabt hatte, war wegen dreifachen Mordes verhaftet worden. Vielleicht hätte er weiter gemordet, und Eric wäre eines Tages dafür verhaftet worden. Aber jetzt war Eric frei und Michael hatte verloren.

Der Schütze

Montag nacht / Dienstag früh

Beate öffnete die Augen. Ihr Radiowecker lächelte sie mit giftgrünen Ziffern an: zwei Uhr fünfzehn. Beate seufzte leise, sie nahm Rücksicht auf Selçuk. Er hatte morgen einen schweren Tag, sie wollte ihn nicht aufwecken.

Aber sie konnte nicht wieder einschlafen. Sie stand leise auf und nahm ihren Morgenmantel vom Stuhl. Dann schloss sie leise die Tür hinter sich und stieg die Treppe herunter in die Küche.

Mit einer Tasse Kaffee kehrte nach oben zurück in ihr Arbeitszimmer. Dann zündete sie sich eine Zigarette an. Ihr war, als sei sie der einzig wache Mensch auf der Welt.

„Wenn ich schon nicht schlafen kann, kann ich wenigstens etwas aus dem Morgen machen", dachte sie. Sie schaltete die kleine Lampe auf dem Schreibtisch an, den schon ihr Vater benutzt hatte. Den Computer wollte sie nicht benutzen, weil sie fürchtete das Klappern der Tastatur könnte Selçuk wecken. Stattdessen öffnete sie die obere Schublade und entnahm ihr einen Stapel Papier und ihren Füller.

Sie nahm einen Schluck Kaffee, dann begann sie zu schreiben: *Vor fünf Tagen, am 17. April, nahm die Geschichte ihren Anfang. Eine Geschichte, die mich jetzt um meinen Schlaf bringt. Es war kurz vor fünf, und ich wollte gerade gehen, als ein Mann die Agentur betrat. Natürlich war ich zuerst nicht begeistert, konnte ich mir doch Besseres vorstellen, als über Ostern Nachforschungen anzustellen ...*

„Frau Groddeck?“ Seine Stimme machte ihn jünger, als er aussah. Sie schätzte ihn auf etwa achtundzwanzig, Typ Karrierehengst. Er war einsfünfundsiebzig groß, schlank – vielleicht siebzig Kilo – und sein Anzug war teuer, aber von der Stange.

„Eigentlich wollte ich gerade nach Hause gehen“, Beate gab ihm eine Chance. Wenn sein Fall uninteressant wäre, könnte sie ihn immer noch rausschmeißen. Es war immer gut, den Eindruck zu erwecken, nicht um jeden Preis hinter einem Auftrag herzusein.

„Ich . . . verzeihen Sie. Soll ich wieder gehen?“

Verdammt, er spielte das Spiel gut. Jetzt war es wieder an ihr, eine Entscheidung zu treffen. Die Erinnerung an den Stapel Rechnungen auf ihrem Schreibtisch gab den Ausschlag.

„Das habe ich nicht gesagt“, sie wies ihm einen Platz vor dem Schreibtisch zu. „Ich kann Ihnen keinen Kaffee mehr anbieten, Herr . . . ?“

Als sie um den Tisch herumging, betrachtete sie sich in der Glastür ihres Büros. Sie war zufrieden mit ihrem lässigen Outfit – Jeans zum Sakko und die neuen roten Slipper.

„Mein Name ist Schneider, Thomas Schneider.“

„Nun, was gibt es? Warum brauchen Sie eine Privatdetektivin?“

Beate Groddeck hatte seit über zehn Jahren ihre Detektei am Friedrichsplatz gegenüber der IHK, aber bislang hatte sich noch niemand, der so nach Geld roch wie Herr Schneider, zu ihr verirrt.

Dieser ließ sich durch die direkte Frage nicht verunsichern. „Erinnern Sie sich an den Brand in der Fichte-Schule?“

Natürlich tat sie das. Das war eine recht mysteriöse Geschichte gewesen. Es hatte bei Renovierungsarbeiten einen Schwelbrand gegeben, der schnell gelöscht werden konnte. Allerdings brach zwei Tage später erneut Feuer aus, und dieses Mal ging der Dachstuhl der Schule in Flammen auf, samt jahrzehntealter Zeugnisse und Dokumente. Herr Schneider behauptete nun, dass der Brand kein Unglücksfall gewesen sei, dass mehr dahinter stecken könnte.

„Wie meinen Sie das?“, Beate versuchte, mehr professionell denn ungläubig zu klingen.

„Tatsächlich gibt es Hinweise, dass es sich bei dem Feuer um Brandstiftung handelt. Man hat Spuren von Benzin gefunden, und es ist auszuschließen, dass auf dem Dachboden neben alten Klausuren auch Treibstoff gelagert wurde.“

Beate fragte nicht, wer „man“ war, und wie ihr Gegenüber an diese Informationen gekommen war. Wie sie ihn einschätzte, würde er ihr nur das sagen, was in seinen Augen an Information für sie reichen würde. Sie stellte fest, dass sie die Geschichte interessierte. „Warum sollte jemand den Dachstuhl anzünden? Wollte jemand seine Prüfungsergebnisse verschwinden lassen?“

„Deshalb bin ich hier. Genau das sollen Sie herausfinden. Ein Detail könnte noch wichtig sein“, er griff in seine Brusttasche, holte die Kopie eines Fotos hervor und schob es Beate hin. „Nach dem ersten Brand fand die Feuerwehr auf dem Dachbodens diese Kiste. Reiner Zufall, dass sie fotografiert wurde. Bei der Befragung des Hausmeisters stellte sich heraus, dass ihm die Kiste verdächtig vorkam; er hatte sie noch nie dort gesehen. Bevor man der Sache nachgehen konnte, brannte der Dachstuhl ab. Reste von der Kiste wurden nicht gefunden.“

Beate sah sich die Kopie genau an. Es war weniger eine Kiste als ein länglicher Koffer aus Holz, mit Schnappverschlüssen an der schmalen Seite. „Nach den Maßen zu schließen könnte man darin ein Billardqueue transportieren, oder vielleicht eine Flöte, oder ...“

„Oder ein Gewehr“, ergänzte Schneider.

Nachdem Thomas Schneider gegangen war, schloss Beate das Büro ab und brachte ihre Tasche zum Auto. Dann ging sie über die Straße zum Friedrichsplatz und ließ sich auf einer Bank mit Blick auf den Springbrunnen nieder. Wie so oft half ihr das friedliche Plätschern, ihre Gedanken zu ordnen. Ihre innere Stimme sagte ihr, dass es mit dem Verschwinden der Kiste mehr auf sich haben musste. Natürlich könnte der Brand auch nur ein dummer Schülerstreich gewesen sein, doch das schien Beate nicht recht plausibel.

Spannend fand sie die Frage, warum Schneider erst jetzt zu ihr gekommen war, der Brand lag fast zwei Monate zurück. Und warum zu ihr? Ihre Klientel setzte sich vorwiegend aus beunruhigten Ehegatten zusammen, die ihre Partner beschatten lassen wollten, und Beweise für deren Schuld oder lieber deren Unschuld haben wollten.

Auf ihre Fragen hatte Schneider geantwortet, ihr Name sei ihm ins Auge gesprungen, als er die Gelben Seiten absuchte. Beate hatte das Gefühl, dass er log. Aber warum? Auch das herauszufinden, war ein Grund mehr gewesen, den Fall anzunehmen - natürlich mit Feiertagszuschlag, denn eigentlich hatte sie über Ostern mit Selçuk wegfahren wollen. Ihm war auch schon oft genug etwas dazwischen gekommen, wenn sie geplant hatten, gemeinsam etwas zu unternehmen. Jetzt war es an ihm, Verständnis zu zeigen.

„Dafür habe ich kein Verständnis!“, sagte Selçuk zum dritten Mal.

„Ich hab‘s kapiert! Aber ich kann nicht ständig klagen, dass ich zu wenig Aufträge habe, und dann Klienten abweisen, nur weil Feiertage sind.“ Beate hatte keine Lust auf Streitereien. „Von Irgendwas müssen wir schließlich unsere Rechnungen bezahlen.“

Selçuk schnappte nach Luft. „Klar, du musst unsere

Rechnungen bezahlen. Jetzt kommt gleich wieder die Leier, dass ich zu wenig verdiene. Vielen Dank!“

Wutschnaubend verliess er den Raum und knallte die Tür hinter sich zu. Beate liess einige Zeit verstreichen, dann folgte sie ihm, zu allen Kompromissen bereit.

Schließlich einigten wir sie sich darauf, dass sie Karfreitag und Ostersonntag zu Hause blieb, und Samstag und Montag mit Nachforschungen verbrachte.

. . . am Samstag untersuchte ich die Brandreste. Zwar warnte mich der Hausmeister, das Gebälk sei an manchen Stellen nicht besonders sicher, aber für einen Fünfziger ließ er mich trotzdem hoch. Ich fotografierte die gesamten Dachkammern und suchte nach Spuren und Überresten der Kiste, aber da gab es nichts zu finden. Wäre die Kiste hier oben verbrannt, hätte ich die Verschlüsse finden müssen.

Als nächstes besorgte ich mir die Untersuchungsakten. Da die Ermittlungen eingestellt worden waren, machte Gerd weniger Schwierigkeiten als üblich. Wieder Fehlanzeige. Das Einzige, was mir auffiel, war das Fehlen einer Notiz über Herrn Schneiders Verdacht. Vor allem anderen wollte ich erst einmal herausfinden, was es mit meinem mysteriösen Klienten auf sich hatte. Also verbrachte ich den Rest des Samstags im Internet und durchforstete unter anderem die Archive der Westdeutschen Zeitung. Und da wurde ich fündig. Thomas Schneider hieß in Wirklichkeit Markus Borken und war Pressereferent von Dieter Pützhofen, dem Oberbürgermeister. Die Sache wurde immer undurchsichtiger. Es bedurfte meiner ganzen Willenskraft, mich am Sonntag nicht mit dem Fall zu beschäftigen.

Am Montag, stand ich besonders früh auf und ging direkt in meine Dunkelkammer. Als ich die entwickelten Bilder genauer betrachtete, fiel mir etwas auf, das mich das Rätsel um Thomas-Markus Schneider-Borken erst einmal vergessen ließ, und mich noch einmal an den Ort des Brandes zurück führte. Hätte ich das einen Tag früher entdeckt, wäre vielleicht alles anders gekommen ...

Ostermontag

„Was wollen Sie denn schon wieder? Sie wissen aber, dass heute Feiertag ist?“ Müde, schmale Augen sahen sie an.

„Tut mir wirklich leid, Herr Münks, aber ich muss noch einmal in die Schule“, Beate hielt ihm einen Fünfzig-Euro-Schein hin. Der Hausmeisters griff mürrisch nach dem Schein. „Ich ziehe mir eben was über.“

Gemeinsam huschten sie über die Straße zum Gebäude der Fichteschule. Der Westwall war so still, wie er das an Sonn- und Feiertagen immer ist, und das alte Bauwerk konnte seine erhabene und zeitlose Aura voll entfalten. Nur eine Gruppe von Eishockey-Fans hastete in Richtung Innenstadt. Beate erinnerte sich, dass heute das entscheidende Spiel um die Deutsche Meisterschaft stattfand. Sie hatte im Radio gehört, dass Köln zur zweiten Pause führte, also beeilten sich die Fans wohl umsonst.

Als sie durch das Treppenhaus nach oben stiegen, sah Beate vor ihrem inneren Auge Schülergruppen vorbeiziehen, mit langen Haaren, Schlaghosen und bunten Hemden. Oben angekommen, schnappte sie mehrmals nach Luft und versprach sich zum wiederholten Male, mehr Sport zu treiben. Nach einer Verschnaufpause nickte sie dem Hausmeister zu. „Warten Sie hier auf mich?“

„Ich warte aber höchstens eine halbe Stunde.“

„Das reicht.“

Dann beugte sie sich unter dem gelben Absperrband durch und ging seitlich an den Resten der ausgebrannten Tür vorbei in die Dachkammer. Vorsichtig richtete sie sich auf. Die Kammer war gerade hoch genug, dass sie darin stehen konnte, ohne mit dem Kopf an die Decke zu stoßen. Alles sah so aus wie vor zwei Tagen. Überall lagen verkohlte Holzreste herum, Rußpartikel schwebten in der Luft, der Boden knarrte bei jedem Schritt.

Vorsichtig bahnte sich Beate einen Weg, wobei sie ihren Fuß immer erst testend aufsetzte, bevor sie den nächsten Schritt machte. Endlich hatte sie den Raum durchquert und stand vor der gegenüberliegenden Wand. Sie holte das Foto hervor und verglich es. Kein Zweifel. Die Wand bestand aus Mauersteinen und hatte dem Brand standgehalten, bis auf ein etwa faustgroßes Loch. Auf dem Foto war hinter diesem Loch eine Reflektion zu erkennen. Sie wollte herausfinden, wodurch diese Reflektion verursacht wurde. Behutsam ging sie in die Knie. Das Holz knirschte, und für einen Moment hielt sie inne, traute sich kaum, zu atmen. Beate beugte sich vor und lugte durch das Loch. Zuerst musste sie blinzeln, dann sah sie einen Spiegel. Sie konnte den verzierten Rand ausmachen, und die rußverschmierte Glasoberfläche, auf der nur wenige Flecken frei von Schmutz waren. Eine dieser Stellen fing die Sonnenstrahlen aus dem Oberlicht. Beate versuchte zu erkennen, was sich sonst noch in der Kammer hinter dem Loch befand. Sie glaubte, die Ecke eines Klappbettes erkennen zu können. Das war alles.

Beate klopfte die Wand ab. Irgendwie musste sie in diese Kammer kommen. Sie tastete vergeblich die Wand ab, vielleicht musste man, wie im Film, einen bestimmten Stein drücken. Sie fand nichts. Die Staubpartikel und der Geruch von Ruß brannten in ihrer Kehle. Sie brauchte dringend frische Luft.

Vorsichtig ging sie hinüber zum Fenster. Der Fensterrahmen war verkohlt und die Scheibe lag zersplittert am Boden. Sie streckte vorsichtig den Kopf aus dem Fenster. Beate genoss die Brise, die ihr ins Gesicht wehte. Es war wirklich ziemlich hoch hier. Ihr wurde schwindlig und sie stützte sich instinktiv mit einer Hand am Fensterrahmen ab. Sie hielt inne und wartete, bis das Gefühl verschwunden war. Ihr Blick richtete sich über die Dächer der Stadt hinweg, als Jubelschreie an ihr Ohr drangen. Unwillkürlich lächelte sie, vielleicht hatte der KEV ja doch noch eine Chance.

Und plötzlich wusste sie, wie man in die Kammer kam. Gleichzeitig war ihr klar, dass sie den Raum niemals betreten könnte. Man musste durch das Fenster klettern! Durch das Fenster hinaus aufs Dach, und dann, drei Meter weiter, durch das Oberlicht in die Kammer. Sie sah über das Dach und entdeckte das offene Oberlicht.

Beate fluchte, wie sollte sie, die unter Höhenangst litt, in diese Kammer gelangen? Das Geheimnis lag in der Kammer, das spürte sie. Vorsichtig stellte sie sich auf die Zehenspitzen, ihre Haut begann zu kribbeln. Sie stieß sich von einem Dachbalken ab, ihr brach der Schweiß aus. Sie lehnte sich weiter aus dem Fenster, ihr Magen schlug Purzelbaum, ihr Blick verschwamm, ihr Herz pochte hörbar. Stöhnend taumelte sie in den Raum zurück, sie würde es nicht schaffen. Verzweifelt verließ sie den Raum. Der Hausmeister war nicht zu sehen.

„Von wegen, ich warte eine halbe Stunde“, murmelte sie und ging die breite Treppe hinunter. Als sie im zweiten Stock um die Ecke bog, stand sie plötzlich einem fremden Mann gegenüber, der an ihr vorbeistürmen wollte. Er hatte einen dunklen Vollbart und tiefliegende Augen. Die Haare waren zu einem Knoten zusammengebunden. Er trug einen grünen Parka, eine Jogginghose und Turnschuhe. Seine ganze Erscheinung war ungepflegt. All das registrierte sie, während der Mann sich umdrehte und fluchtartig die Stufen hinunter rannte.

„Stehenbleiben!“, rief Beate und nahm die Verfolgung auf. Sie blieb ihm dicht auf den Fersen, bis sie zum letzten Treppenabsatz kam. Am Fuß der Treppe lag regungslos der Hausmeister. Der Fremde sprang über den Körper weg, rutschte aber in einer Blutlache aus. Blitzschnell rappelte er sich auf und flüchtete durch die Doppeltür aus dem Gebäude. Beate kniete kurz neben dem Hausmeister nieder und fühlte seinen Puls. Er war tot. Mehrere Messerstiche hatten ihn in die Brust getroffen. Das Messer steckte in einer Wunde.

Beate stieg über die Blutlache hinweg, rannte auf den Hof und von dem Schulgelände weg. Sie sah gerade noch, wie der Mörder auf den Westwall rannte und verfolgte ihn so schnell sie konnte. Der Mann lief die Marktstraße entlang, in Richtung Kaufhof. Als Beate auf die Marktstraße bog, rann ihr der Schweiß aus allen Poren. Trotzdem hatte sie leicht aufgeholt. Keuchend lief sie weiter und versuchte, noch einmal zu beschleunigen. Als der Flüchtige links in die Hochstraße bog, brannte ihre Lunge wie Feuer und ihre Füße waren bleiern.
Sie sah gerade noch, wie er in die Angerhausenstraße rannte, als sie mit einem schwarzgelben Trikot zusammenprallte und zu Boden ging. Für einen Moment tanzten Sterne vor ihren Augen, dann nahm sie ein Mädchen in einem KEV-Trikot wahr, das sich zu ihr runter beugte. „Alles in Ordnung?“

Beate keuchte und nickte erschöpft. Sie sah sich nach dem Flüchtigen um, aber der war verschwunden. Dafür war sie von KEV-Fans umringt.

„Wir sind Meister!“, lachte das Mädchen. „Wir sind Deutscher Meister!“

Völlig verschwitzt kam Beate wieder an der Schule an. Sie warf ihr Sakko in den Kofferraum des BMW und nahm die Brechstange heraus, die sie immer dabei hatte. Dann marschierte sie zurück in die Schule, an der Leiche des Hausmeisters vorbei, die Treppen hinauf zurück zur Dachkammer. Sie würde zuerst das Versteck durchsuchen, dann wollte sie die Polizei rufen. Es war mühsam, die Mauersteine herauszubrechen, aber Beate arbeitete verbissen. Nach kurzer Zeit war ihre Kleidung voller Staub und Ruß, doch das kümmerte sie nicht. Sie arbeitete sich verbissen weiter, bis der Spalt groß genug war, dass sie hindurch kriechen konnte.

Die Kammer war nicht mehr als neun Quadratmeter groß. An einer Wand lehnte der große Spiegel, den Beate schon gesehen hatte, daneben stand ein alter Holzschrank. An der Fensterseite befand sich nur ein kleiner Hocker, der wohl als Aufstieg benutzt wurde. An der Trennwand zwischen den beiden Räumen befand sich ein alter Schreibtisch, auf dem einige Blätter und ein Handtuch lagen und auf dem eine Schüssel mit Wasser stand. An der anderen Wand stand ein altes Klappbett mit Matratze und einer Wolldecke.

Beate öffnete den Schrank neben dem Spiegel. Er war leer bis auf die Kiste, die sie von dem Foto kannte. Es war tatsächlich mehr ein Koffer, und in der Mitte der schmalen Seite befand sich ein Griff. Beate nahm den Koffer und legte ihn aufs Bett. Gespannt öffnete sie die Schnappverschlüsse und klappte den Deckel zurück. In dem Koffer befanden sich ein schlankes Gewehr, ein Zielfernrohr und sechs lange Patronen. Sie sah die Papiere auf dem Schreibtisch durch, die in einer ihr fremden Sprache geschrieben waren. Sie entdeckte ein Foto, das einen Mann in Militäruniform zeigte, eine junge Frau mit Schürze und Kopftuch, und zwei kleine Mädchen.

Der Uniformierte konnte der Mann sein, den sie vergeblich verfolgt hatte. Auf dem Foto war er rasiert und sag gepflegt aus, deshalb konnte sie es nicht mit Sicherheit sagen.

Plötzlich hörte sie ein Poltern. Beate schrak hoch. Das Geräusch kam aus dem Vorraum. Ob das der Mörder war? Ihr Brecheisen hatte Beate auf der anderen Seite der Mauer gelassen. Sie suchte nach einem Versteck, als sie sah, dass der Mann sich rückwärts durch den Spalt in der Mauer zwängte. Sie schlüpfte in den Schrank und hielt den Atem an. Aus ihrem Versteck hörte sie, wie der Mann sich den Staub von den Kleidern klopfte. Hätte sie doch nur die Polizei gerufen. Dann schimpfte er in einer unverständlichen Sprache. Es klang Slawisch. Er packte hektisch die Papiere ein und schloss den Koffer. Währenddessen murmelte er permanent etwas vor sich hin. Beate verstand nur Wortfetzen, ein Kauderwelsch aus deutsch und slawisch: „... er sagen ... vor ihr sicher ... sie nix kann ... finden ..."

Dann hörte sie wie sich seine Schritte langsam entfernten. Beate zählte bis hundert, dann kroch sie aus dem Schrank. Sie wartete bis sich ihre Nerven wieder einigermaßen beruhigt hatten. Dann kroch auch sie durch die Öffnung zurück. Erst, als sie in das Treppenhaus kam, rief sie mit ihrem Handy die Polizei.

... ich rief Thomas Schneider alias Markus Borken an, der sehr an meiner Geschichte interessiert war. In der kleinen Kammer gab es eine Menge Fingerabdrücke, aber keine Hinweise auf den Mörder.

Thomas Schneider alias Herr Borken machte mit mir einen Termin für morgen aus. Inzwischen bin ich mir sicher, dass mein Auftraggeber mit der Sache zu tun hat, allerdings habe ich noch keine Beweise. Ich vermute, dass er mich nur beauftragt hat, weil er von meiner Höhenangst weiß. Als der Mörder in der Kammer vor sich hin murmelte, sprach er von mir. Je mehr ich darüber nachdenke, desto mehr Sinn macht alles.

Warum hat Schneider alias Borken mich beauftragt, wenn er gar nicht will, dass ich hinter das Geheimnis komme? Für mich steht fest, dass der Mann, der offenbar in der Kammer gewohnt hat, ein Attentäter ist. Irgend jemanden wird er erschießen. Und zwar bald. Durch den Mord an dem Hausmeister kann er nicht mehr in das Versteck zurück. Der erste Brand muss un-

beabsichtigt passiert sein. Aber durch die Untersuchung des Brandherdes war die Gefahr einer Entdeckung des Verstecks zu groß geworden. Also wurde ein zweiter Brand gelegt, um alle Spuren zu verwischen. Der Attentäter konnte also wieder in Ruhe seine Vorbereitungen treffen.

Schneider-Borken hat mich kurz vor den Feiertagen beauftragt. Vielleicht als Absicherung, dass er später behaupten kann, er hätte etwas geahnt, aber leider zu spät. Und ich würde nicht genügend Zeit haben, um den Anschlag zu verhindern. Selbst wenn ich etwas herausfinden würde, sollte es mir durch meine Höhenangst unmöglich sein, den Attentäter aufzuspüren.

Mein Auftraggeber will sich morgen mit mir treffen. Will er herausbekommen, wieviel ich schon weiß? Oder ist es morgen schon zu spät?

Beate steht auf, um sich in der Küche einen neuen Kaffee zu holen. Während sie langsam Milch in die Tasse gießt, fällt ihr Blick auf die Tageszeitung und plötzlich weiß sie Bescheid.

Sie geht zurück ins Arbeitszimmer und schreibt weiter: *Es wird heute passieren. Um zehn Uhr kommt ein Vertreter von Universal Studios, um das City-Büro des IEC im Behnisch-Bau zu eröffnen. Es gibt hier eine Gruppe von aktiven Gegnern des geplanten Vergnügungsparks. Und ich bin sicher, dass sie den Attentäter beauftragt haben, einen Anschlag auf den Vertreter von Universal zu verüben! Ich kann nicht zur Polizei gehen, da ich nicht weiß, ob und wer noch in der Sache drinsteckt. Und ob sie mir glauben würden. Wahrscheinlich nicht. Ich habe keine Beweise. Ich habe nur eine Chance: Ich muss den Anschlag verhindern ...*

Beate Groddeck sah aus dem Fenster, es war hell geworden. Sie trank den letzten Schluck Kaffee aus, dann faltete sie die Blätter ordentlich zusammen und steckte sie in einen Umschlag. Sie schrieb „Selçuk“ darauf und legte den Umschlag auf den Schreibtisch. Leise ging sie ins Badezimmer, duschte und zog Jeans und T-Shirt an. Dann verließ sie das Haus und ging zu ihrem Wagen.

Oben streckte Selçuk schlafend den Arm aus, doch seine Hand traf nur die leere Matratze. „Ati?“, murmelte er leise. Dann schlief er weiter.

Dienstag

Der Behnisch-Bau war ein umstrittenes Gebäude mitten im Zentrum. Modernste Technik verbarg sich hinter einem abstrakten Äußeren mit Komplettverglasung. Außen an dem Gebäude befanden sich zu beiden Seiten mehrere Treppenaufgänge. Der Bau war immer noch nicht völlig fertiggestellt, doch die ersten Büros und Ladenlokale waren schon vermietet.

An diesem Vormittag war der Benisch-Bau jedoch aus Sicherheitsgründen weiträumig abgesperrt. Da es nun endlich doch so aussah, als ob das Geschäft mit dem International Entertainment Center zustande kam, wollte man nichts dem Zufall überlassen und auf keinen Fall den Vertragsabschluss gefährden. Nach monatelangem Hin und Her war die Übernahme von Universal endlich geregelt. Nichts durfte mehr schiefgehen.

Als die ersten Pressefotografen kamen, war Beate schon auf ihrem Posten. Sie hockte auf einer Plattform, zu der ein leiterähnlicher Aufgang führte und hielt nach dem Attentäter Ausschau. Auch er würde irgendwo erhöhte Position beziehen.

Sie selbst hatte eine Position eingenommen, bei der ihr noch nicht schwindlig wurde. Sie behielt die Dächer und Fenster der umliegenden Häuser im Auge. Bislang war noch nichts von ihm zu sehen. Die Zeit verging. Keine Spur vom Attentäter. Beate unterdrückte ein Gähnen, als sich langsam ein Autokorso dem Gebäude näherte. Vier Wagen, vorne und hinten jeweils ein Streifenwagen, in der Mitte ein Mercedes und ein BMW. Beate wurde unruhig. Bisher hatte sie den Attentäter nicht ausmachen können. Noch einmal suchte sie mit ihrem Fernglas die Dächer ab. Nichts. Keines der Fenster der Büros im Behnisch-Bau waren geöffnet und er würde nicht durch eine Scheibe schießen können.

Die Autos hatten jetzt angehalten, und von Blitzlichtgewitter begleitet, stieg der Oberbürgermeister aus dem Mercedes aus, dicht gefolgt von Markus Borken. Beide gingen auf den BMW zu, aus dem eine Frau in einem blauen Kostüm und zwei Begleiter ausstiegen. Die Fotografen drängelten sich dicht um die Autos, einige Security-Leute versuchten, sie auf Distanz zu halten. Sogar ein Kamerateam des WDR war da. Der Oberbürgermeister würde die Besucher aus Amerika erst einmal um das imposante Gebäude herumführen.

Beate tastete sich näher an den Rand der Plattform, bis sie fast gerade herunter blicken konnte. Sie blickte auf die Terrasse der *Bar Celona*, wo der Attentäter kauerte. Sie bewegte sich langsam auf die Treppe zu, um von ihm nicht entdeckt zuwerden.

Die Delegation war inzwischen auf Höhe des *Café Journal* angelangt. Gleich würden sie auf die andere Seite kommen, genau ins Schussfeld des Attentäters.

Beate blieben nur zwei Möglichkeiten: rauf oder runter. Runter hieße, Presse und Polizei in die Arme zu laufen. Bis sie alles erklärt hatte, war es vielleicht schon zu spät. Also musste sie weiter rauf. Die Steintreppe war hier zu Ende und eine Art Metalleiter führte auf das Dach. Beate ergriff die erste Sprosse und kletterte mit zusammen gebissenen Zähnen und halb geschlossenen Augen hinauf.

Auf dem Dach blies ein starker Wind. Sie bewegte sich in gebückter Haltung vorwärts. Fünf Meter vor der

Dachkante krabbelte sie auf allen Vieren weiter. Dann erreichte sie die Kante und Schwindelgefühle packte sie. Schweiß stand ihr auf der Stirn, und ihre Finger krampften sich um die Kante des Daches. Sie hatte das Gefühl, jeden Augenblick herunter geweht zu werden. Kurz kämpfte sie gegen den Gedanken, umzukehren. Sie kannte die Frau dort unten schließlich gar nicht.

Direkt unter ihr richtete der Schütze sich langsam auf und nahm Position ein. Da sah sie die Delegation um die Ecke kommen. Beate schloss die Augen.

„Warum ich?"

Sie musste den Schuss verhindern. Sie musste das Richtige tun. Sie musste springen.

Beate Groddeck stand auf. Sie sprang.

Mitgegangen - mitgefangen

Die Fußgängerzone war mit bunten Ballons geschmückt, über der Straße wehten meterweise seidige Stoffbahnen und überall wurden einladende Verkaufsstände von Schaulustigen und Kaufwilligen belagert. Vor mir drängelten sich die Menschen um die Bühne von C&A Young fashion.

Ich versuchte, mit dem Rollstuhl näher heran zu kommen, aber es war nichts zu machen. Im Sitzen war ich natürlich viel kleiner als alle, die vor mir standen. So sehr ich den Hals auch reckte, ich konnte nichts sehen. Gefrustet wendete ich meinen Rollstuhl. Eigentlich sollte ich jetzt da oben über den Laufsteg schreiten und blasiert auf die staunende Menge herablächeln. Schon vor Monaten hatte ich ein Schreiben bekommen, dass ich angenommen war als Model bei der größten Straßenmodenschau der Welt, die jedes Jahr in meiner Heimatstadt Krefeld ausgerichtet wurde. Aber es war alles anders gekommen.

Keine zwei Monate war es her, da hatte ich Felicitas wiedergesehen. Wir waren in eine Klasse gegangen und hatten gemeinsam vor einem Jahr am Ricarda-Huch-Gymnasium das Abi gemacht. Während unserer gesamten Schulzeit hatte sie mich kaum beachtet und maximal fünf Worte mit mir gewechselt. Ich gehörte mehr zu der Sorte graue Maus, obwohl ich nicht hässlich war, aber eben auch nicht richtig hübsch.

Felicitas oder Felix, wie sie gerne genannt wurde, gehörte einwandfrei in die Kategorie flotter Feger und wurde von mir immer heimlich bewundert. Gerne wäre ich so gewesen wie sie, so schön und so selbstsicher.

Und dann traf ich sie im Fotostudio von Leo Lindges, wo wir mit anderen Jugendlichen für die Titelseite des „Krefelder“ fotografiert werden sollten. Ich hatte kaum das alte Im-Brahm-Haus betreten, da sah ich sie.

„He Ingrid, was machst du denn hier?“ strahlte Felicitas und warf ihre lockige rote Mähne in den Nacken.

„Hallo“, antwortete ich irritiert und wunderte mich über den freundlichen Empfang. Schüchtern sah ich mich in der ehemaligen Fabrikhalle um, es sah gigantisch aus. An einem überdimensionalen Metallgerüst hingen verschiedenfarbige Stoffe und Folien, die von eifrigen Helfern hin und hergeschoben wurden. Davor posierte kichernd eine Hand voll Teenies, geblendet von den riesigen Scheinwerfern. Zwei junge Männer in weißen Overalls wieselten mit wichtigen Mienen durch das Studio. Keiner beachtete uns.

Felizitas strich über meinen streichholzkurzen, schwarz gefärbten Haarschnitt: „Flott, du hast dich gemacht!“ Energisch zog sie mich zu einer Lampe, die wie ein großer Schirm aussah. „Komm mit, wir müssen hier drüben hin.“ Felix schien alles im Griff zu haben.

Dann erschien ein Typ wie ein Kleiderschrank - schwarze Klamotten, weißer Igelkopf und Stoppelbart, um die fünfzig, schätzte ich.

„Leo, das ist meine Freundin Ingrid, können wir jetzt anfangen?“ Felizitas schien sich hier auszukennen.

„Na fein. Hallo Ingrid“, murmelte der Kleiderschrank, streckte mir seine Pranke entgegen und zwinkerte mir zu. „Und wie war noch mal dein Name?“ Er sah Felix neugierig an, während er sich eine Kamera schnappte.

„Ich bin Felicity“, hauchte sie zuckersüß. Das war mir neu.

„Okay, Mädels, dann woll‘n wir mal.“

Die verschiedenen Helfer machten sich an den Scheinwerfern zu schaffen und die beiden Overalls stellten uns vor den Stoffbahnen in Position. Felix, die jetzt Felicity hieß, versuchte sich ständig in den Vordergrund zu drängen. Da gehörte sie meiner Meinung nach auch hin, denn sie war eindeutig die Hübscheste.

Nach einer knappen Stunde war alles im Kasten, wie Leo uns zufrieden mitteilte. „Das war's, Kinder!"

„Ciao, Leo!" flötete Felicitas und stakste aus dem Studio. Draußen knallte die Sonne so grell, dass ich blinzeln mußte. Unschlüssig blieb ich vor dem Eingang stehen.

„Kann ich dich irgendwo hin mitnehmen, oder bist du selbst mit dem Auto hier", fragte meine alte Klassenkameradin.

„Ich hab' kein Auto, ich bin mit dem Bus gekommen. Das wäre sehr nett von dir, wenn du mich nach Hause fahren würdest", antwortete ich erfreut.

„Musst du direkt nach Hause, oder sollen wir noch irgendwo einen Kaffee trinken?" Felizitas ging auf einen roten Golf zu, schloss ihn auf und warf ihre Tasche lässig auf den Rücksitz.

„Nein, ich muss nicht sofort nach Hause."

„Na fein, dann machen wir noch eine Spritztour, steig ein!" Meine neue Freundin fuhr ausgesprochen rasant. Ich fühlte mich nicht ganz wohl in meiner Haut, aber ich traute mich auch nicht, sie zu bitten, langsamer zu fahren.

„Was machst du so, seit du mit der Schule fertig bist?" fragte ich zaghaft. Ich wollte versuchten, mich durch eine Unterhaltung von der rasenden Fahrt abzulenken.

„Ach nichts besonderes. Und du?"

„Ich wollte eigentlich Maskenbildnerin werden oder Visagistin, doch dafür muss ich zuerst eine Friseurlehre machen. Aber zur Zeit hab ich einen ganz guten Job, also werd' ich erst mal Geld verdienen."

„Was machste denn?" bohrte Felicitas.

„Ich kellnere im Biergarten vom Stadtwaldhaus", gab ich zögernd zu, weil das nun nicht gerade der Traumjob schlechthin war. Ich hätte gerne ein bisschen angegeben und fügte schnell hinzu: „Ich hab ein eigenes Appartement an der Dionysiuskirche."

Das war doch schon mal was. Die Dionysiuskirche ist die größte katholische Kirche in Krefeld und der heilige Dionysius, der Schutzpatron der Stadt, prangt auch auf dem Stadtwappen. Als Kind hatte es mich sehr gestört, dass er seinen Kopf unter dem Arm trägt, aber inzwischen finde ich, das passt zu unserer Stadt.

„Wo fahren wir überhaupt hin?" erkundigte ich mich.

„Ich habe gerade beschlossen, dass wir meine Tante in Linn besuchen."

Ich mußte unwillkürlich lachen: „Als Kind bin ich mindestens jedes zweite Wochenende 0dort gewesen. Ich kenne bestimmt jeden Stein der Burg Linn. Mein Vater hielt immer seinen Vortrag über die Wasserburg im zwölften Jahrhundert, aber ich habe nie richtig zugehört. Bei schlechtem Wetter wurden wir durch das Museum gescheucht und durften die Grabbeilagen des fränkischen Fürsten bestaunen."

„Jedesmal wenn wir früher Besuch von auswärts hatten, und das war nicht selten, sind wir zur Burg Linn gefahren." Felicitas zog eine Grimasse und klimperte mit den Wimpern. „Ich habe mir dann vorgestellt, ich sei die Prinzessin und residierte im Jagdschlösschen."

Ihre Tante wohnte auf der Rheinbabenstraße und war entweder schwerhörig oder schlicht nicht zu Hause. Nach dem fünften Klingeln stieg Felix einfach über das Gartentor. „Stell dich nicht so an", rief Felicitas, als ich zögerte.

Der kleine Garten sah sehr gepflegt aus. Rund um die Wiese waren Beete angelegt, es blühten Rosensträucher, Hortensien und verschieden Blumen, die ich nicht kannte. Vor der Terrasse befand sich ein See, kaum größer als ein Wassereimer, an dessen Ufer ein angelnder Gartenzwerg thronte. Ich enthielt mich jeden Kommentars und blickte stattdessen über die mit Efeu bewachsene Mauer zum Nachbargrundstück. Dort überwucherte Knöterich die kahlen Obstbäume und wilder Wein rankte sich um eine altersschwache Tanne. Das Einzige, was blühte, war der giftige Riesenbärenklau.

„Der Garten nebenan ist ja total verwildert", stellte ich fest, „als wäre er verwunschen."

„Schon seit Jahren sieht es da so aus", bestätigte Felicitas. „Das ist meiner Tante natürlich ein Dorn im Auge. Sie behauptet, ihre Nachbarin sei mindestens hundertachtzig Jahre alt und man müsse warten, bis sich die Erben endlich um den Garten kümmern."

„Was machen wir denn jetzt?" fragte ich ungeduldig. „Deine Tante ist offensichtlich nicht zu Hause."

„Stimmt auffallend. Wir können ja mal sehen, ob nebenan die Hundertachtzigjährige zu Hause ist", rief Felicitas übermütig und schwang sich über die Mauer. „Komm endlich, hier steht die Terrassentür offen", rief sie von drüben.

Unwillig folgte ich ihr - mir war das nicht ganz geheuer. Felicitas stand mitten im Wohnzimmer, das dunkel und sehr altmodisch eingerichtet war. Über dem altrosa Plüschsofa hing ein röhrender Hirsch im Goldrahmen. Das Zimmer machte einen unordentlichen Eindruck. Die Schranktür stand offen und zwei Schubladen des Sidebordes auch, so als hätte ihre Besitzerin nach etwas gesucht.

„Ich finde das nicht richtig", gab ich zu bedenken. „Wir werden die alte Dame zu Tode erschrecken."

Felicitas verzog das Gesicht. „Ich glaube, da kommen wir zu spät", sagte sie trocken und deutete auf den Teppich vor dem Couchtisch. Ich biss mir auf die Lippe, um nicht zu schreien. Auf dem Boden lag friedlich schlummernd die alte Frau. Warum sollte sie sich zum Schlafen auf den Fußboden legen? Ich ahnte, dass sie tot sein musste.

„Wir . . . wir müssen uns um sie kümmern“, stotterte ich.

„Warum? Du kennst sie doch gar nicht. Und um mich hat sie sich auch nie gekümmert. Außerdem ist sie tot.“ Felicitas sah mich mitleidig an: „Kalte Füße?“

„Ja, bitte lass uns hier verschwinden“, bat ich kleinlaut.

„Ich hätte erwartet, dass du es mit erster Hilfe versuchst oder wenigstens den Notarzt anrufst.“

„Und was sollen wir dann sagen, was wir hier suchen?“ fragte ich verwirrt.

„Genau“, trumpfte Felicitas auf: „Was suchen wir hier? Wir sollten uns zumindest ein Souvenir aussuchen.“ Sie blickte sich im Zimmer um.

„Bist du verrückt?“ kreischte ich, „lass uns abhauen!“

„Nur keine Panik. Ich gehe nicht, bevor du dir ein Andenken ausgesucht hast.“

„Ich habe aber Panik!“ schrie ich hysterisch, „ich will hier weg.“

„Okay, okay, ganz cool bleiben, du willst doch keine Spielverderberin sein.“ Felicitas verdrehte die Augen, trat seelenruhig auf das Sofa zu und nahm den röhrenden Hirsch von der Wand. Das Bild war mindestens fünzig mal siebzig Zentimeter groß – an der Wand erschien eine helle rechteckige Fläche. Jeder würde sofort sehen, dass hier ein Bild fehlte. Ich fühlte mich völlig hilflos, am liebsten hätte ich geheult.

So schnell ich konnte, kletterte ich über die Mauer und wieder über das Gartentor zur Straße, wo Felicitas ihren Wagen geparkt hatte. Ängstlich sah ich mich um, doch auf der Straße war niemand zu sehen. Gemächlich erschien meine ehemalige Klassenkameradin am Tor. „Du könntest ruhig mal mit anpacken“, bemerkte sie spitz und hielt mir das Bild hin, während sie den Autoschlüssel aus ihrer beuteligen Tasche fischte. Mein Herz schlug bis zum Hals.

„Nun leg es auf den Rücksitz und steig endlich ein“, kommandierte Felicitas und ich gehorchte. Schweigend fuhr sie Richtung Innenstadt.

„Warum hast du das getan?“ fragte ich, als wir an der Dionysiuskirche ankamen.

„Ein bisschen Nervenkitzel hat noch niemandem geschadet. Schließlich lebt man nur einmal, da muss man alles mal mitgemacht haben. Eines Tages bist du tot und hast gar nicht richtig gelebt. Und ich möchte stark bezweifeln, dass die alte Dame ihr Bild vermissen wird.“ Felicitas sah mich arrogant an: „Ich konnte ja nicht wissen, dass du so ein Hasenfuß bist. Welche Nummer wohnst du?“ Sie lächelte milde: „Du würdest mich nicht auf einen Kaffee mit raufnehmen?“

„Was meinst du, woran die alte Frau gestorben ist?“ fragte ich gedankenverloren.

„Sie war steinalt“, erwiderte Felizitas ungeduldig, „irgendwann erwischt es jeden. Was ist jetzt mit Kaffee?“ Ihre Augen blitzten teuflisch. „Ich würde dir auch das Bild überlassen.“

„Nein!“ schrie ich und sprang aus dem Wagen. Ohne mich noch einmal umzudrehen, verschwand ich in unserem Haus.

Am nächsten Morgen las ich in der Zeitung, dass eine Rentnerin in Linn an einem Herzanfall gestorben sei, als sie einen Einbrecher in ihrer Wohnung überraschte. Hinweise an die Kriminalpolizei wurden erbeten. Ich nahm mir vor, mich nicht mehr mit Felicitas zu treffen.

Eine Woche später sah ich sie mit Freunden im Biergarten des Stadwaldhauses, wo ich kellnerte. Felix trug ein hautenges schwarzes Kleid und Stöckelschuhe, mit denen sie im Kies dauernd umknickte, um sich malerisch in die Arme ihrer Begleiter fallenzulassen. Entweder war sie schon angesäuselt oder das war nur Schau. Der eine Typ hatte gestyltes, schwarzglänzendes Haar und war ebenfalls ganz in Schwarz gekleidet. Der Zweite trug einen grauen Anzug und sah eher aus wie ein Bänker. Sie hatten ein blasses Mädel im Schlepptau, das aber kurze Zeit später verschwand.

Es war schon fast Feierabend, und ich versuchte mich gerade unsichtbar zu machen, als ich Felicitas' durchdringende Stimme hörte: „Jungs, ich muss euch unbedingt meine Schulfreundin Ingrid vorstellen. Huhu! Ingrid, hier sind wir!"

Ich tat überrascht und schlenderte möglichst lässig zu ihrem Tisch: „Hi, kann ich euch etwas bringen?"

„Ingrid, meine Süße, das ist Dieter", sie deutete auf den Bänker „und das ist Steven." Sie gluckste und zeigte auf den Schwarzgelackten: „Nein, das ist Dieter."

Offensichtlich war sie ziemlich angeheitert. Der blasse Typ im grauen Anzug grinste mich an: „Ich heiße Peter." Sein alkoholisierter Atem schlug mir entgegen.

„Bist du sicher?" fragte ich überheblich und wiederholte meine Frage nach Getränken.

„Champagner für alle!" kicherte Ingrid.

„Mir kannst du einen Malt Whiskey bringen, Mausi", sagte der Gestylte cool. Er legte seinen Arm um Felicitas und ließ seine Hand in ihrem Dekolleté verschwinden. Dabei sah er mir tief in die Augen.

„Ihr braucht, glaub' ich, keine Getränke mehr", entschied ich giftig und wandte mich ab. Mit diesen Figuren wollte ich nichts zu tun haben, außerdem war mein Dienst sowieso fast beendet.

Kurz nach Mitternacht verließ ich das Stadtwaldhaus und machte mich auf den Weg zur Bushaltestelle, da sah ich, wie Felicitas unsicher auf ein schwarzes Cabrio zuwackelte. Sie quetschte sich auf den Fahrersitz und fuchtelte mit ihrer Tasche herum. Als ich neben dem Wagen stand, suchte sie gerade vergeblich, den Schlüssel.

„Du solltest nicht mehr fahren, Felicitas", sagte ich nüchtern.

„Ingrid, dich schickt der Himmel“, flötete sie und strahlte mich an. „Wenn man die Männer mal braucht, sind sie plötzlich verschwunden. Kannst du den Schlüssel in meiner Tasche finden?“

„Nein“, sagte ich „nicht, wenn du fahren willst.“

„Willst du fahren?“ fragte sie mit schwerer Zunge und kletterte umständlich und wenig damenhaft auf den Beifahrersitz.

Sie hielt mir ihre rucksackähnliche Tasche vor die Nase und ich wühlte darin herum. Zuerst griff ich ein Schminktäschchen, als nächstes zog ich eine Packung Papiertaschentücher hervor, dann stieß ich an etwas Hartes und hatte eine Pistole in der Hand.

Erschrocken starrte ich die Waffe an, woraufhin Felicitas sich ausschütten wollte vor Lachen. „Mein kleiner Freund für Notfälle“, trillerte sie. „Keine Angst, der beißt nicht.“

Verwirrt ließ ich das Ding wieder in die Tasche gleiten und fand endlich den Autoschlüssel an einem Plüschvampir, der als Schlüsselanhänger diente.

„Wem gehört der Wagen überhaupt?“ Ich war misstrauisch geworden.

„Ach, der Wagen, der gehört Boris.“

„Boris? Wer ist Boris?“ bohrte ich.

„Boris ist der derzeit amtierende Lebensabschnittsbegleiter meiner Mutter.“ Felicitas betonte jedes einzelne dieser Worte und legte nach jedem zweiten Wort eine Pause ein.

„Aha. Und warum fährst du mit dem Wagen von Boris?“

„Weil Boris mit meiner Mutter auf Ibiza ist.“

„Klingt logisch“, murmelte ich und stieg ein. Ich hatte zwar einen Führerschein, aber wenig Fahrpraxis. In so einem schicken schwarzen Sportwagen war ich noch nie gefahren, und schließlich konnte ich Felicitas unmöglich selbst fahren lassen. Ich drehte den Schlüssel im

Zündschloss um und fand sogar auf Anhieb den Rückwärtsgang. Etwas unsicher fuhr ich los.

„Wo wohnst du überhaupt?“ erkundigte ich mich.

„Immer noch auf der Mozartstraße, la la la laaa, Musikerviertel“, trällerte Felicitas fröhlich. Hätte ich mir ja denken können, dass sie aus der besseren Wohngegend war. Das Musikerviertel heißt nicht so, weil dort in jedem Haushalt ein Instrument gespielt wird, sondern weil die Straßen nach berühmten Musikern benannt sind.

„Du fährst wie eine Schnecke“, mäkelte Felicitas. „Drück doch mal ein bißchen auf die Tube, der kann mindestens hundertachtzig.“

„Aber nicht in der Stadt, außerdem ist hier Tempo-Dreißig-Zone.“

„Himmel, bist du ein Schisser!“ Felicitas rutschte auf ihrem Sitz hin und her. „Hier ist nichts los, da kannst du ruhig etwas schneller fahren.“

Ich weiß nicht mehr genau, wie es passiert ist, aber ich glaube, sie hat einfach mit ihrem linken Fuß auf meinen rechten getreten. Jedenfalls beschleunigte der Wagen plötzlich - und der Radfahrer fuhr ohne Licht. Ich hatte ihn zu spät gesehen und konnte nicht mehr ausweichen. Ich hörte einen dumpfen Aufprall. Felicitas kreischte, aber unser Wagen fuhr weiter.

„Nimm den Fuß weg!“ schrie ich.

„Geht nicht!“ schrie Felicitas.

Ich trat mit dem linken Fuß auf die Bremse, das Auto blieb stehen und die Sicherheitsgurte drückten uns zurück in die Sitze.

„Wir müssen zurück!“ sagte ich heiser. „Das ist Fahrerflucht.“

„Unsinn“, sagte Felicitas. „Es ist nichts passiert. Du musst hier links abbiegen und dann stellst du den Wagen in die Garage.“

Ich fuhr in die Mozartstraße, Felicitas schloss das Garagentor auf und ich setzte den Wagen in die Garage.

„Komm mit rein", sagte Felicitas. Sie schien plötzlich wieder nüchtern zu sein. „Du kannst bei mir übernachten. Meine Mutter ist nicht zu Hause."

Als ich am nächsten Morgen aufwachte, wusste ich nicht, wo ich war. Die Wände des Zimmers waren weiß gestrichen, die Vorhänge waren weiß, der Metall-Lampenschirm war weiß, an der gegenüberliegenden Wand hing ein farbenfrohes Bild, auf dem ich nichts erkennen konnte. Zuerst glaubte ich, ich wäre im Krankenhaus, aber dann erinnerte ich mich, dass ich im Gästezimmer bei Felicitas war. Es ging mir nicht gut. Nicht körperlich, ich hatte einfach ein ungutes Gefühl und konnte meine Gedanken nicht richtig sortieren. Ich war gerade aufgestanden und suchte meine Sachen zusammen, als Felicitas, ohne anzuklopfen, das Zimmer betrat. Sie war barfuß und hatte nur ein großes weißes T-Shirt an mit der Aufschrift ‚Bitte nicht stören'. Darunter war eine schlafende Katze abgebildet.

„Hast du auch solche Kopfschmerzen?" Felicitas hielt mir ein Glas Wasser und eine handvoll kleiner weißer Perlen hin. „Hier hast du was zum Einwerfen."

„Nein, danke", antwortete ich knapp. Also schluckte sie die Perlen selbst runter und kippte das Wasser hinterher.

Ich sah auf meine Armbanduhr. „Mensch, es ist schon zwölf Uhr, ich muss nach Hause."

„Warum, was musst du zu Hause?" erkundigte sich Felicitas verschlafen.

„Weiss nicht", ich zuckte die Achseln, „frühstücken, aufräumen?"

Felicitas krabbelte ins noch warme Gästebett und zog die Decke über sich. „Frühstücken kannst du hier auch."

Ich überlegte. „Kann ich hier auch duschen?" fragte ich. Vielleicht würde ich dann einen klaren Kopf bekommen, im Moment war ich einfach nur verwirrt.

„Klar kannst du duschen, hier links ist das Bad." Felicitas gähnte und schlief wieder ein.

Das Bad war ein Traum in Weiss, Glas und Chrom. Ich schnupperte an den verschiedenen Tiegeln und Fläschchen, die auf einer silberfarbenen Ablage unter einem fast zwei Meter langen Spiegel dekoriert waren. Hier fand sich alles, was in der Kosmetikwelt Rang und Namen hat. Schließlich ließ ich mir ein Bad ein und entschied mich für das Badegel von Chanel. Dann spielte ich an den Knöpfen des weißen Badewannenradios herum, bis ich die Klänge von Welle Niederrhein vernahm. Es war herrlich in dieser Kingsize-Wanne. Ich kam mir vor wie im Luxushotel. In meiner Wohnung gab es nur eine enge Duschkabine mit Plastikvorhang.

Unvermittelt drang die seriöse Stimme des lokalen Nachrichtensprechers durch meine Schaumblasen. Als hätte man mich ertappt, sprang ich aus der Wanne und drückte so lange auf den Sendersuchlauf des Radios, bis klassische Töne durch den Raum perlten. Zur Entspannung cremte ich mich mit der Bodylotion von Ghost ein und zog mich wieder an. Schließlich besichtigte ich die anderen Zimmer des Hauses, die, überwiegend in weiß gehalten, mit vermutlich teuren Designermöbeln ausgestattet waren. Im Parterre fand ich die Küche, weiß gefliest, allerdings war die Ausstattung des Kühlschranks eher mager.

Ich stapelte Geschirr und alles, was mir essbar erschien, auf ein Tablett, kochte zwei Eier und eine Kanne Kaffee. Erwartungsvoll betrat ich mit meinem Picknick das Gästezimmer. „Los Schlafmütze, aufstehen, der Zimmerservice ist da", alberte ich, aber Felicitas rührte sich nicht.

Den Großteil meines Frühstücks hatte ich schon verputzt, als es an der Tür klingelte. Neugierig lief ich nach unten, obwohl ich mir unsicher war, ob ich öffnen sollte. Vielleicht war es nur der Briefträger, aber wie sollte ich meine Anwesenheit begründen. Ich spähte durch ein Fenster und erstarrte. Vor der Haustür stand ein Polizist. Vor meinem inneren Auge lief ein Film ab: Ich sah den Radfahrer von gestern Nacht, und die tote Dame in ihrer Wohnung. Es klingelte erneut. Auf Zehenspitzen schlich ich zurück ins Gästezimmer. Felicitas war aufgewacht, sie saß auf dem Bettrand.

„Die Polizei steht vor der Tür“, flüsterte ich zaghaft.

„Wieso, was wollen die?“ fragte Felicitas empört. „Hast du denen etwa aufgemacht?“

Ich schluckte und konnte ihre Kaltschnäuzigkeit nicht fassen. Es klingelte ein weiteres Mal. „Nein, ich habe nicht aufgemacht“, sagte ich kleinlaut.

Felicitas zuckte die Schultern, „Kannst du ja auch gar nicht, wir sind nämlich nicht zu Hause.“ Lächelnd hüpfte sie vom Bettrand. „Ich zieh mich jetzt an. Du kannst den Mist hier mal wegräumen.“

Im Rausgehen deutete sie auf das Frühstück. Weil ich nicht wusste, was ich sonst tun sollte, stellte ich die Lebensmittel wieder auf das Tablett und brachte alles vorsichtig in die Küche. Es hatte aufgehört zu klingeln, die Polizei war anscheinend wieder weg. Nach einer Weile stand Felicitas fertig angezogen im Türrahmen und strahlte mich an, als wäre ein ganz normaler Tag wie jeder andere.

„Hast du einen Kaffee für mich?“ Ich schob ihr die Kanne hin. „Danke, sehr freundlich“, sie zog eine Grimasse und holte sich einen Becher.

„Sollen wir einen Ausflug machen?“ wollte sie wissen. Ich starrte sie an wie ein Gespenst. „Was ist? Es ist vielleicht besser, wir sind nicht hier, falls unsere Freunde wiederkommen. Oder wolltest du die vielleicht zum Kaffee einladen?“ Unwillig schüttelte sie Kopf.

„Nein“, seufzte ich. „Könntest du mich nach Hause fahren?“

„Nein“, Felicitas sah mich lächelnd an, „mitgegangen, mitgefangen!“

Dann knallte sie ihren Becher auf den Tisch und holte ihre Beuteltasche. „So, kommst du jetzt mit?“ Hätte ich doch nein gesagt!

Wir stiegen in den roten Golf, der ein Stück weiter weg geparkt war. Ich zuckte zusammen, als ich den röhrenden Hirsch auf dem Rücksitz erkannte. Felicitas lachte mich aus. Gerade als sie den Motor starten wollte, klopfte es an die Scheibe der Fahrertür. Felicitas kurbelte mit versteinertem Gesichtsausdruck das Fenster herunter.

„Darf ich mal Ihre Fahrzeugpapiere sehen?“

Ich rutschte tiefer in meinen Sitz und wagte nicht, dem Polizisten ins Gesicht zu sehen. Felicitas öffnete ganz ruhig ihre Tasche, zog die Pistole heraus und schoss auf den Beamten, der keinen Meter von ihr entfernt war.

„Wer dumme Fragen stellt ...“ murmelte sie ironisch, startete und raste los.

„Du bist wahnsinnig“, kreischte ich. „Du hast ihn getroffen.“

„Das will ich wohl meinen. Auf die Entfernung hättest sogar du getroffen.“

„Bitte, halt an, ich will aussteigen!“ heulte ich.

Felicitas sah mich hochmütig an und sagte eiskalt: „Hier ist Halteverbot, da kann ich nicht anhalten.“

Als wir über die St.-Anton-Straße brausten, glaubte ich, dass sie mich doch nach Hause fahren würde, aber dann waren wir auch schon aus der Innenstadt heraus und gelangten über die Kempener Allee auf die B 9. Ich hatte Angst und wollte wissen, wohin wir fuhren.

„Mensch Ingrid, bleib’ doch mal locker!“ Felicitas lachte gekünzelt: „Wie wäre es mit einem Einkaufsbummel in Venlo?“

„Bitte, lass mich raus“, winselte ich.

„Hör endlich auf zu jammern“, schrie Felicitas. „Ich

hab dir doch gesagt, mitgegangen, mitgefangen, mitgehangen."

„Aber das hat doch keinen Sinn. Wir sollten uns der Polizei stellen. Vielleicht ist der Polizist ja nur verletzt. Ich will gar nicht daran denken, dass ihm etwas Schlimmeres passiert sein könnte. Es war auf jeden Fall falsch, dass wir abgehauen sind." Noch nie in meinem Leben hatte ich solche Angst gehabt.

Felicitas warf mir einen verächtlichen Seitenblick zu. „Bist du aber schlau! Du willst, dass ich mich stelle. Du wirst denen doch was vorheulen, dass du nicht geschossen hast."

„Nein Felicitas, das stimmt nicht!" Natürlich stimmte das, aber ich versuchte mich an einen Strohhalm zu klammern und hätte ihr alles versprochen, nur damit sie anhielt.

„Dann möchte ich mal hören, was du der Polizei zu sagen hast. Die sind nämlich schon hinter uns." Sie gab Gas, obwohl man auf diesem Stück nur siebzig fahren durfte.

„Felicitas, bitte, fahr nicht so schnell!" jammerte ich.

„Erst möchte ich wissen, was du der Polizei erzählen willst." Felicitas schien sich an meiner Angst regelrecht zu weiden und trat das Gaspedal weiter durch.

„Bitte, halt an!" flehte ich.

Die Tachonadel zeigte einhundertsechzig Stundenkilometer an, als Felicitas die Hände vom Lenker nahm, sie vor der Brust verschränkte und sagte: „Wer nicht hören will, muss fühlen!"

Als ich aufwachte, lag ich in einem Raum mit weißen Wänden. Es war nicht das Gästezimmer im Haus von Felicitas, es war ein Krankenhauszimmer. Verschwommen nahm ich ein Gesicht war, aber dann schlief ich wieder ein. Mehrere Tage, nachdem ich aus meiner Bewusstlosigkeit aufgewacht war, brachte man mir schonend bei, dass ich die nächsten Monate im Rollstuhl zubringen müsste. Ich hätte auch mehrere Schnittverletzung und Prellungen, einige Rippen wären gebrochen, aber alles in allem hätte ich noch Glück gehabt.

Niemand fragte mich, was passiert sei. Niemand schien sich für den Radfahrer oder die alte Frau und ihr Bild zu interessieren. Ich traute mich auch nicht, darüber zu sprechen.

Einmal fragte ich nach Felicitas, aber niemand schien meine Frage zu hören. Dann besuchte mich ihreMutter.

Sie saß an meinem Bett und sagte kein Wort. Erst als sie ging, fragte sie, ob ich gewusst hätte, dass ihre Tochter HIV positiv gewesen wäre. Ich hatte es nicht gewusst.

Der Tag, an dem Lukas zurückhaute

Jens Höffkes war tot. Daran gab es keinen Zweifel. Eher schon daran, ob es sich um Jens Höffkes handelte. Zumindest sein Gesicht, beziehungsweise das, was davon übrig war, hatte überhaupt keine Ähnlichkeit mehr mit dem, welches er noch morgens beim Rasieren im Spiegel gesehen haben musste.

Jetzt war es zu Brei geschlagen. Die Nase zertrümmert, die zerquetschten Augen von Hautfetzen verdeckt. Ein Zahn lag ausgeschlagen auf dem Boden. Der Kopf ruhte in einer großen Blutlache, die sich fast kreisförmig auf dem Boden ausgebreitet hatte.

Der Hammer, der ohne Zweifel tagsüber dazu bestimmt war, den Lukas zu hauen, der hinter der Leiche aufragte, und der in dieser Nacht Werkzeug des grausigen Verbrechens gewesen war, lag neben dem Toten. Wie nicht anders zu erwarten, klebte Blut an ihm.

Walter Ernst war ein erfahrener Polizeibeamter, den nichts so leicht aus der Ruhe bringen konnte. Dass er an diesem Pfingstmorgen lange vor Sonnenaufgang durch das Telefon aus dem Bett geschellt wurde, war auch nicht weiter ungewöhnlich. Verbrechen wurden eben nicht nur während der üblichen Bürostunden verübt, sondern rund um die Uhr, sozuagen im Dreischichtbetrieb.

Wenn man so lange dabei war wie Walter Ernst, dann hatte man sich schon längst damit abgefunden. Ganz im Gegensatz zu seiner Frau, die nun schon seit zwei Jahren nicht mehr seine Frau war. Nach vierundzwanzig Ehejahren hatte sie ihn verlassen. Als ihr Sohn das Haus verlassen hatte, um in Marburg zu studieren, war die letzte Gemeinsamkeit weg. Ohne großen Streit, still und leise hatten sie sich getrennt.

Einen Vorteil hatte die frühe Uhrzeit, denn so fand er ohne Probleme einen Parkplatz ganz in der Nähe des Ostwalls, auf dem die Pfingstkirmes ihre Zelte aufgeschlagen hatte. Er war schon überall im Einsatz gewesen. In allen Vororte, ob Lüllingen oder Pont, an den Rayerssee, zu mehreren der unzähligen Bauernhöfe in der Umgebung, ins Parkbad Gelderland.

Verbrechen halten sich nicht nur nicht an Ladenöffnungszeiten, sie sind auch allgegenwärtig. Sie sind ein Teil des Universums wie die Luft, die wir atmen. Und so war auch die Tatsache, dass diesmal ein Mord auf einem Kirmesgelände passiert war, keine Überraschung für Walter Ernst.

Er steuerte seinen Wagen auf den Parkplatz neben dem Kirmesgelände. Trotz der frühen Morgenstunde hatten sich schon eine Menge Schaulustige eingefunden, die von einem Polizeibeamten in Uniform nur mühsam davon abgehalten werden konnten, den Platz zu stürmen, um möglichst nahe bei dem Toten stehen zu können. Als ob das Fernsehen noch nicht genug Blut zeigen würde. Die Presse war natürlich auch schon da und zum Glück auch der Gerichtsmediziner, dann würde die Leiche sicherlich bald abtransportiert werden können.

Walter Ernst bahnte sich einen Weg durch die Menge, nickte nur kurz dem Polizisten zu und wandte sich sofort an den Kollegen von der Gerichtsmedizin.

„Morgen."

„Morgen, Walter. Das sieht ja nach einem einfachen Fall für dich aus. Die Todesursache ist nicht zu übersehen, die Tatwaffe liegt auch schön bereit, wahrscheinlich ist sie voller Fingerabdrücke. Würde mich nicht wundern, wenn du alter Fuchs den Mörder schon heute Abend in den Knast schicken würdest."

„Immer langsam. Wenn alles ganz einfach aussieht,

dann ist meist irgendwo ein Haken dabei. Kannst du schon was zur Todeszeit sagen?"

„Dreiundzwanzig Uhr siebenundzwanzig plus minus dreieinhalb Minuten, würde ich sagen."

Walter Ernst schenkte seinem Kollegen ein dünnes Lächeln. Dieses Spiel war schon zum Ritual geworden. Bei einem Fall, an den sich Ernst nur vage erinnern konnte, war die genaue Tatzeit einmal von entscheidender Bedeutung gewesen. Er hatte den Gerichtsmediziner fürchterlich genervt, als er immer wieder eine Präzisierung der Angabe der Todeszeit von ihm verlangte. Seit dem bekam er die Todeszeiten immer mit genauer Minutenangabe.

„Und wie kannst du so sicher sein?"

„Ganz einfach. Ich sehe mir die Konsistenz des Blutes an, das aus dem Schädel gespritzt ist, messe die Körpertemperatur, erfühle den Grad der Totenstarre und ziehe daraus meine Schlüsse. Und dann vergleiche ich das Ergebnis mit der Uhrzeit, die die Uhr des Toten zeigt. Die ist nämlich beim Aufprall zu Bruch gegangen und stehen geblieben. Wenn ich die Leiche jetzt mitnehmen dürfte, Herr Kommissar, dann bekommst du den Autopsie-Bericht gleich morgen früh zusammen mit den frischen Brötchen."

„Wenn genug Fotos gemacht worden sind, dann immer weg mit dem Kerl."

Der Gerichtsmediziner packte seine Werkzeuge ein und gab dem Fahrer des Rettungswagens ein Zeichen. Ein kurzer Gruß und schon war er weg.

„Wer hat die Leiche gefunden?"

Die Frage war an einen der Polizisten in Uniform gerichtet, die die ersten Ermittlungen aufgenommen hatten.

„Eine junge Frau, die jeden Morgen hier in der Gegend joggt. Ich habe ihre Personalien aufgenommen und sie nach Hause geschickt. Sie war ziemlich durchgefroren und hatte auch nicht viel zu sagen. Sie ist so gegen vier Uhr dreißig hier vorbeigekommen . . ."

„Vier Uhr dreißig? Wer läuft denn um diese Zeit schon freiwillig in der Gegend herum?"

„Sie sagte, sie wäre Krankenschwester und hätte diese Woche Frühschicht. Und in zwei Monaten ist der Duisburg-Marathon, daran will sie teilnehmen, aber das geht natürlich nicht ohne Training. Ich hatte mal einen Nachbarn, der . . ."

„Wenn sie mir ihre Lebensgeschichte zu Ende erzählt haben, könnten wir dann über das Verbrechen hier reden?", fragte Walter Ernst ein bisschen gereizter, als er es eigentlich wollte.

„Natürlich, Herr Kommissar!"

Er hasste diese Hackenzusammenschlager, die nur so vor Diensteifer sprühten, wenn ein höherer Dienstrang anwesend war und dann schlecht über ihn redeten, wenn er ihnen den Rücken zuwandte. Aber andererseits genoss er auch die Momente, in denen er den Chef raushängen lassen konnte. Er war auch nur ein Mensch.

„Die Frau kam gegen vier Uhr dreißig hier vorbeigelaufen und entdeckte die Leiche, die ja auch nicht zu übersehen war. Sie schrie und weckte damit einige Schausteller, die hier in den Wohnwagen schlafen. Und einer von denen hat dann die Polizei gerufen."

„Und die Tatwaffe, lag die hier so rum?", Walter Ernst besah sich den Hau-den-Lukas, der wie ein Fremdkörper neben den modernen Fahrgeschäften wirkte. Ein Stückchen Nostalgie.

„Nee, das ist ganz interessant. Der Hammer wird immer in einen Schrank auf der Rückseite von dem Lukas geschlossen. Da ist allerdings kein Schloss drauf, es ist also kein Problem, ihn zu öffnen. Allerdings muss man dafür wissen, dass der Hammer da aufbewahrt wird. Und das schränkt die Zahl der Verdächtigen erheblich ein", ereiferte sich der Beamte.

„Sie meinen, dass es einer von den Schaustellern gewesen sein könnte?"

„Klar, wer wüsste denn sonst, wo der Hammer hängt", strahlte der Polizist und fügte grinsend hinzu, „wenn man mal von der Möglichkeit absieht, dass es der Lukas selber war. Vielleicht ist ihm einfach mal der Kragen geplatzt und er hat zurückgehauen."

Zwei Stunden später saß Walter Ernst endlich mit einer dampfenden Tasse Kaffee an seinem Schreibtisch in seinem Büro, das jedem Klischee von einem schmierigen Polizeigebäude alle Ehre machte. Er hatte es sich zur Gewohnheit gemacht, zunächst alle Fakten zusammenzutragen und zu ordnen, sich einen groben Überblick zu verschaffen und den Täter ein wenig zappeln zu lassen. Nichts macht einen Mörder nervöser als ein Polizist, der keine Fragen stellt. Denn dann müssen alle so gut vorbereiteten Lügen noch etwas im Saft schmoren, wo sie zuweilen anbrennen oder gar vollständig verkochen.

Walter Ernst breitete die bisherigen Erkenntnisse aus den ersten Vernehmungen der Streifenpolizisten vor sich aus, wie er es immer tat, wenn er Ordnung in einen Fall und seine Gedanken bringen wollte.

Das Opfer hieß Jens Höffkes, Alter etwa Anfang vierzig, aber das wusste keiner so genau, einen Ausweis hatte man nicht gefunden. Er war Schausteller gewesen, der Besitzer des „Hau-den-Lukas". Seit Jahren reiste er damit herum, nachdem er sich in verschiedenen anderen Berufen mehr schlecht als recht versucht hatte.

Jens Höffkes war nach Aussagen verschiedener Kollegen, ein umgänglicher Mensch gewesen. Ein ruhiger Vertreter. Besonders enge Freunde hätte er nicht gehabt, aber auch keine Feinde. Die Spurensicherung rief an und berichtete, dass die Auswertung der Fingerabdrücke noch nicht beendet war, aber so viel konnte man schon sagen, dass fast alle Schausteller den Hammer vor kurzem in der Hand gehabt hatten. Das war keine Überraschung, denn laut Aussagen der Kollegen, sprang für Höffkes oft jemand ein, wenn er mal Pause machte, so wie es selbstverständlich war, dass Jens Höffkes bei seinen Kollegen aushalf, wenn dort Not am Mann war.

Etwas Auffälliges gesehen oder gehört hatte niemand, das wäre auch zu einfach gewesen. Aber ein Schausteller hätte es mit Sicherheit nicht getan, darin waren sich alle einig. Wahrscheinlich ein Drogenabhängiger, der Geld für seinen nächsten Schuss stehlen wollte oder Skinheads, die ja jeden zusammenschlagen, auch wenn er nicht schwarz und Asylbewerber ist. Die üblichen Schuldzuweisungen eben, wie bei jedem Mord. Nur das fahrende Volk sollte es diesmal nicht gewesen sein.

Immerhin war aber die Todesursache eindeutig und die Tatwaffe warf auch keine unlösbaren Fragen auf.

Das Telefon klingelte, ein Anruf kam aus dem Leichenschauhaus.

„Und, musst du die Tatzeit von 23.27 Uhr um zwei Minuten korrigieren?“ stichelte Ernst.

„Nein, nein, das nicht, aber . . .“

„Oh, nein, ich hasse Sätze, die mit ‚aber‘ beginnen.“

„Ich auch, aber . . .“

„Da war ja schon wieder eins!“

„Nun, die Tatzeit ist schon in Ordnung, und die Verletzungen, die dem Toten mit dem Hammer zugefügt wurden, kann kein Mensch überleben, wenn . . .“

„Wenn was?“

„ . . . wenn er noch gelebt hätte.“

„Was? Willst du damit sagen, dass der Tote schon ein solcher war, bevor er mit dem Hammer so übel zugerichtet wurde?“

„Nun, das nicht.“

„Was soll das wieder heißen? Nun spann’ mich nicht so auf die Folter“, der Kommissar wurde ungeduldig.

„Dann lass mich endlich mal ausreden."

„Tu ich doch."

„Tust du nicht. Also, die Schläge mit dem Hammer haben den Kopf zu Mus gestampft, aber das Geschoss darin ist nicht beschädigt worden."

Walter Ernst verstand sofort. Auch er hatte bei der Bundeswehr einen Leutnant gehabt, der großen Wert darauf legte, dass die Dinger, die vorne aus einer Schusswaffe geflogen kommen ‚Geschoss' und nicht ‚Kugel' genannt werden.

„Also ist er, bevor er erschlagen wurde, erschossen worden!"

„Das würde ich so nicht sagen ..."

„Ja, aber du hast doch gerade ..."

„Ich habe nur gesagt, dass der Kopf zerschmettert wurde und dass ein Geschoss in ihm steckte. Ich habe nicht gesagt, was zuerst von beidem passiert ist."

„Er kann also erst erschossen und dann erschlagen oder erst erschlagen und dann erschossen worden sein."

„Wenn er nicht schon vorher einen Herzinfarkt hatte."

„Bitte?"

„Tschuldigung, das sollte ein Witz sein."

„Warum sollte man jemanden, der erschlagen wurde, zusätzlich noch erschießen beziehungsweise umgekehrt? Das macht doch keinen Sinn."

„Das habe ich auch nicht behauptet. Ich teile dir nur das Ergebnis meiner Untersuchungen mit. Wie es dazu gekommen ist und warum, das musst du herausfinden. Dafür wirst du bezahlt."

Walter Ernst schwieg für einen kurzen Moment und druckste dann: „Du bist aber sicher, dass es nicht noch mehr Todesursachen gibt?"

„Ich kann ja noch weiter suchen, wenn dir zwei nicht ausreichen."

„Reichen tun die mir schon, aber sicher ist sicher."

„Hat sich der Mörder wohl auch gedacht.“

„Wenn es nur einer war“, erwiderte Walter Ernst.

„Na gut, ich werde dann mal weiter im Blut waten und Einschusslöcher oder Würgemale suchen.“

„Waidmanns-Heil!“ Walter Ernst legte den Hörer auf die Gabel. Warum erschlägt oder erschießt jemand einen Toten? Weil er von der anderen Todesursache ablenken will!

Minutenlang wägte er seine Gedanken ab, bis er schließlich zur der wichtigen Frage kam: Wird der Geldener Marktplatz irgendwann einmal schön gestaltet werden?

Walter Ernst putzte sich ordentlich die Füße ab, bevor er in den Wohnwagen der Hellseherin Isabella trat.

„Ich heiße eigentlich Erika Reese, aber das ist ja kein Name für eine Hellseherin, daher nenne ich mich Isabella.“

„Und das hat den gewünschten Erfolg?“

„Naja, es ernährt seine Frau, wenn sie das meinen.“

Walter Ernst sah in die warmen Augen der Frau, die vor ihm saß und überhaupt nicht wie eine Wahrsagerin aussah. Aber natürlich war es sowieso Unsinn, anzunehmen, dass sie immer in ihrer Arbeitskleidung herumlaufen würde. Genauso wie Manager in ihrer Freizeit ihre Krawatte und den Anzug ausziehen, so lagen auch außerhalb der Öffnungszeiten des Wahrsagerinnenzeltes die großen Ohrringe, das dunkelrote Kopftuch und der weite Rock in der Ecke und wurden gegen bequeme Freizeitkleidung getauscht.

„Nun, ich kann mir schon denken, warum Sie gekommen sind. Es ist wegen Jens“, begann Erika Reese und setzte hastig hinzu, „einfach schrecklich diese Sache. Ausgerechnet Jens, der doch nie jemandem etwas getan hat. Einfach schockierend. Das kam so völlig unerwartet.“

Walter Ernst konnte nicht anders, er musste es einfach fragen: „Auch für Sie?"

„Natürlich. Wieso hätte ich das ahnen sollen?", antwortete sie nervös, als hätte man sie ertappt und griff nach ihrer Zigarettenschachtel.

„Nun, ich denke Sie sind eine Hellseherin", er lächelte entschuldigend.

„Ach so, nein", sie wirkte erleichtert und zündete sich eine Zigarette an. „Ich fürchte, ich muss Ihnen beichten, dass ich überhaupt keine Ahnung habe, was die Zukunft bringen wird. All dieses Wahrsagen und Hellsehen ist nur, wie soll ich sage – Hokuspokus. Nichts als Show. Wenn sie so wollen: Schwindel."

Walter Ernst lächelte und dachte, dass er sich gerne von dieser angenehmen Stimme einmal seine Zukunft vorhersagen lassen würde, ganz gleich, ob es Schwindel war oder nicht.

„Dann brauche ich wohl auch nicht zu hoffen, dass Sie mir mit einem Blick in ihre Kristallkugel bei der Lösung des Falles helfen können?"

„Da haben Sie leider Recht. Aber stellen sie sich mal vor, ich könnte das, dann wären sie arbeitslos."

„Aber die Welt wäre nicht mehr so voller Verbrecher, das wäre doch auch nicht schlecht. Ich glaube, dann wäre ich gerne arbeitslos."

„Aber Sie sind es nicht und daher werden Sie mir jetzt vermutlich ein paar Fragen stellen wollen. Also, was wollen Sie wissen?"

„Wie lange kannten Sie Jens Höffkes?"

„Oh, das kann ich so genau nicht sagen. Vielleicht zehn Jahre, vielleicht weniger oder mehr. Aber ich würde nicht sagen, dass ich ihn gut kannte. Sicher, wenn man sich über eine so lange Zeit immer mal wieder trifft, dann weiß man das eine oder andere voneinander. Aber meist haben wir nur oberflächlich miteinander gesprochen. Wenn Sie mich jetzt fragen würden, welcher Partei er nahe stand oder welcher Religion er angehörte, dann müsste ich passen."

„Sind sie auf jeder Kirmes zusammen gewesen?"

„Nein, vielleicht vier Mal im Jahr, manchmal öfter. Das Schöne am Leben eines Schaustellers ist, dass man sehr unabhängig ist. Und diese Unabhängigkeit verteidigt man so gut es geht. Und daher geht man bei aller Kameradschaft auch schon mal gerne seine eigenen Wege. Aber es gibt ja immer wieder feste Termine in den Städten und wenn es einem in einer Stadt besonders gut gefällt, dann kommt man jedes Jahr und dann trifft man meist dieselben Leute wieder. Geldern ist zum Beispiel so eine Stadt, wo wir uns fast alle, die wir hier sind, regelmäßig zur Pfingstkirmes treffen."

„Haben Sie irgendeine Ahnung . . . nein, ich formuliere es anders, wüssten Sie irgendeinen Grund, warum jemand Jens Höffkes nach dem Leben trachten wollte?"

„Nein, wie gesagt, so genau kannte ich ihn nicht", sie hatte sich schon wieder eine Zigarette angesteckt und Walter Ernst fragte sich, ob sie das aus Nervosität oder aus Sucht tat.

„Und die anderen hier, kennen sie die auch nicht so gut?"

„Naja, den einen mehr, den anderen weniger. Aber wenn Sie meinen, ob ich jemandem einen Mord zutrauen würde, dann kann ich nur sagen: ja."

Walter Ernst hatte sich angewöhnt, im Laufe eines Verhörs keine Regungen zu zeigen, egal, was man ihm sagte. Aber diesmal merkte er, wie seine Augenbrauen in die Höhe zuckten und hätte sich am liebsten selber dafür geohrfeigt.

„Überrascht?"

„Ja, ein wenig. In dreißig Berufsjahren habe ich diese Frage bestimmt schon tausend Mal gestellt, aber selten hat sie jemand mit ‚ja' beantwortet."

„Ich würde sie immer mit ‚ja' beantworten, denn ich glaube, dass alle Menschen fähig sind, einen Mord zu begehen."

„Dann haben Sie also mit ihrer Bemerkung niemand bestimmten gemeint?"

„Nein. Tut mir Leid. Das ist natürlich keine große Hilfe für Sie. Aber ich muss Ihre Frage doch wahrheitsgemäß beantworten." Sie lächelte selbstbewusst und schien endgültig ihre Nervosität abgelegt zu haben.

„Das ist nett von Ihnen. Dann werden Sie mir sicher auch wahrheitsgemäß sagen, wo Sie in dieser Nacht gewesen sind."

„Natürlich. Ich war im Bett. Ich war ziemlich müde gestern Abend und habe mich schon früh hingelegt. Ich habe auch eine Schlaftablette genommen und deshalb natürlich nichts gehört. Noch nicht einmal den Schrei der Joggerin. Erst als einer der Nachbarn an meine Tür klopfte, bin ich wach geworden. Wie Sie sehen, kann ich ihnen nicht im Geringsten helfen."

„Nun, vielleicht doch. Sie könnten mir zum Beispiel etwas über Ihre Kollegen hier auf dem Platz erzählen. Wer sie sind, was sie von ihnen wissen und so weiter."

Erika Reese sah überrascht auf. Vermutlich hatte sie gedacht, das Verhör schon überstanden zu haben. Fast schon mechanisch erfolgte der Griff zur Zigarettenschachtel. „Naja, wenn Sie meinen, dass Sie das weiterbringt. Aber, was ich ihnen sagen kann, ist natürlich rein subjektiv. Nur meine persönliche Meinung."

„Natürlich. Genau die interessiert mich ja."

José Caturla Vicente war der nächste Schausteller, den Walter Ernst aufsuchte. Mit diesem Namen brauchte man sich eigentlich kein Pseudonym zuzulegen, aber auf seinem Wagen stand ‚Paul Schmitz'. Manchmal ist einfach besser als exotisch. Und vielleicht verkauft sich Spielzeug besser, wenn man Paul Schmitz heißt.

Ein ironisches Lächeln umspielte den Mund des Spaniers, denn als ein solcher entpuppte sich Paul Schmitz, als der Kommissar ihn nach seinem Verhältnis zu Jens Höffkes befragte.

„Gut. Wie soll mein Verhältnis zu ihm sonst gewesen sein? Er ist doch jetzt tot, da kann ich doch nichts Schlechtes mehr über ihn sagen, oder?"

„Wenn es der Wahrheit entspricht . . ."

„Nun gut. Wie Sie wollen. Er war ein seltsamer Kauz, der immer verrückte Ideen hatte. Statt uns in Ruhe zu lassen, ist er immer rumgerannt und hat versucht, uns Aktientipps zu geben."

„Aktientipps?"

„Ja, er tat so, als wenn er der große Börsenguru wäre. Hatte immer ein paar Tipps parat, wie man schnell das große Geld machen könnte. Dann und wann hat es tatsächlich auch mal funktioniert. Die Schausteller hier sind keine reichen Leute. Ich wollte diese Tipps nichts wissen, aber er ließ niemanden damit in Ruhe. Einige von uns haben richtig Geld riskiert und das Meiste verloren. Mich hat einer seiner todsicheren Tipps auch ein paar tausend Euro gekostet."

José Caturla Vicentes Augen waren zu messerscharfen Schlitzen geworden, während er über das Mordopfer sprach. Als einen Mann, der gerne blutrünstige Horrorschocker las, hatte Erika Reese ihn beschrieben. Und jetzt, wo er sich in Rage geredet hatte, wusste Walter Ernst, was die Hellseherin gemeint hatte, als sie ihn als einen Mann beschrieb, dem man auf dunkler Straße nicht gerne allein begegnen würde. Der Spanier, der wohl schon in Deutschland geboren worden war, sprach akzentfrei.

Plötzlich huschte ein Lachen über sein Gesicht, das ihn zu einem freundlich und sympathisch wirkenden Mensch machte. „Jetzt haben Sie sicher gedacht, dass Sie ihren Mörder schon gefasst haben, was? Aber da muss ich Sie enttäuschen. Klar hat mich der Typ genervt, aber wenn ich und Sie jeden Menschen umbringen würden, der uns nervt, dann wären wir hier bald ziemlich alleine in der Stadt, stimmt's?"

Jetzt war der Kommissar an der Reihe zu lachen. „Da könnten Sie Recht haben", erwiderte er und fragte sich, wann José Caturla Vicente so trefflich geschauspielert hatte, als er widerwärtig hasserfüllt oder als er unverbindlich freundlich war.

„Ich würde Ihnen ja gerne helfen, aber leider kann ich das nicht. Ich habe nichts gesehen, weil ich geschlafen habe. Und kann Ihnen auch nicht sagen, wer es gewesen sein könnte, weil ich keinen blassen Schimmer habe."

Walter Ernst verzog keine Miene, obwohl er sicher war, dass er bei diesem Mann niemals wirklich sicher sein könnte. Trotzdem befragte er auch ihn über seine Kollegen.

Silke Stappen saß über einem Kreuzworträtsel, als Walter Ernst in ihren Wohnwagen trat. „Guten Tag, Herr Kommissar. Sie sind doch bestimmt ein Mann, der alles weiß, dann können Sie mir vielleicht helfen. Sieben senkrecht: Urlaubsparadies mit neun Buchstaben, der Zweite ist ein ‚a'?"

„Vielen Dank für das Kompliment, aber, wenn ich alles wüsste, dann wäre ich nicht hier. Zum Beispiel weiß ich nicht, wer Jens Höffkes umgebracht hat."

„Ach, um den ist es nicht schade."

„Das spielt aber keine Rolle in unserem Rechtsstaat. Mord ist nun mal verboten."

„Ich habe ja auch nicht gesagt, dass Sie aufhören sollten, seinen Mörder zu suchen. Ich habe nur gesagt, dass ich keine Träne um ihn weinen werde."

„Sie kannten ihn schon lange?"

„Sehr lange."

„Und Sie sind nicht gut mit ihm ausgekommen?“

„Nein.“

So war das also, hier wurde kein Wort zu viel gesprochen. „Wo waren Sie gestern Abend?“

„Im *E-dry*. Ich habe ein bisschen früher Schluss gemacht und bin in die Disco gegangen. Ich tanze gerne.“

„Und wann sind Sie zurück gekommen?“

„Keine Ahnung. Wenn ich einmal anfange zu tanzen, interessiert mich Zeit nicht mehr.“

„Aber einen Toten, der auf der Straße lag, haben Sie nicht bemerkt?“

„Nein. Vielleicht hat er schon da gelegen, vielleicht nicht. Ich bin von der anderen Seite gekommen, hinten durch den Zaun. Gehört habe ich auch nichts. Es kam mir auch kein Mann mit blutüberströmten Händen entgegen oder eine Frau, die nur ‚ich habe es getan, ich habe es getan‘ brüllte.“

„Wie gut kannten Sie Jens Höffkes?“

„Wen kennt man schon gut? Sind Sie verheiratet?“

„Ich war.“

„Und, kannten Sie ihre Frau gut? Ich meine so richtig gut? So, dass Sie genau wussten, was sie in jeder Sekunde dachte?“

Walter Ernst erinnerte sich an den Tag, als sie mit dem Koffer in der Hand sein Haus verließ. Ohne sich umzudrehen. Er hätte alles dafür gegeben, wenn er gewusst hätte, was sie in diesem Moment dachte. „Nein“, sagte er tonlos.

Silke Stappen sah auf ihr Kreuzworträtsel. „Der vierte Buchstabe ist ein ‚e‘.“

„Haben Sie irgendeine Ahnung, wer einen Grund gehabt haben könnte, Jens Höffkes umzubringen?“

„Ich habe mich schon seit Jahren gefragt, warum es nicht schon längst einer getan hat. Er war ein Ekel.“ Jetzt sah sie dem Kommissar zum ersten Mal offen ins Gesicht. „Ich sage ihnen etwas: Ich werde ihnen helfen, so gut ich kann und werde alles tun, damit Sie den Mörder finden. Und wenn Sie ihn gefunden haben, dann werde ich ihm einen Orden an die Brust heften."

„Malediven", sagte Walter Ernst, „das Urlaubsparadies. Probieren Sie es mal mit Malediven."

Er stand gerade an dem Wohnwagen von Bärbel Sanders, als sein Handy klingelte.

„Ja", bellte er, wie fast jeder, der auf einem Handy angerufen wird. Wenn Passanten zuhören können, nennt niemand gerne seinen Namen.

„Ich bin's, ich wollte dir nur sagen, dass es bei zwei Todesursachen geblieben ist. Wenn nicht noch irgendeine mir nicht bekannte außerirdische Macht die Finger im Spiel hatte, kannst du davon ausgehen, dass das Opfer erst erschossen und direkt danach sein Kopf ‚behandelt' wurde. Ich vermute mal, um die ursprüngliche Todesursache zu vertuschen. Aber das ist ja dein Problem."

„Also keine Spuren von Gift oder Würgemalen oder dergleichen?"

„Nein, ich habe den Mageninhalt untersucht. Scheint ein Vegetarier gewesen zu sein, ich habe jedenfalls jede Menge Grünzeug gefunden, aber kein Gift."

„Gut. Und schon mal danke für die Information. Wann bekomme ich den offiziellen Bericht?"

„Morgen früh, Bwana, liegt er auf deinem Tisch."

Vier Katzen strichen an seinen Beinen vorbei, während er im Wohnwagen von Bärbel Sanders Platz nahm. „Wie lange kannten Sie das Opfer?", fragte er und überlegte, wie oft er diese Frage heute schon gestellt hatte. Heute, in diesem Jahr, in seinem Leben.

„Seit ich angefangen habe, mit dem Kettenkarussell durch die Lande zu ziehen. Vor ziemlich genau zehn Jahren. Ich wollte einfach nicht mehr von irgendwelchen Bossen abhängig sein. Ich hatte zu viele Arbeitslose kennen gelernt, als dass ich mich gegen einen Boss aufgelehnt hätte. Dann bin ich lieber gleich selbstständig geworden."

„Und dann lernten sie Jens Höffkes kennen?"

„Ja, es war gleich am ersten Tag. Ich hatte ja noch keine Erfahrung mit dem Leben im Wohnwagen und mir fehlte, glaube ich, Öl. Ich habe einfach am nächsten Wagen geklopft."

„Und das war der von Jens Höffkes."

„Ja. Ich weiß es noch, als wenn es erst gestern gewesen wäre. Er saß an seinem Esstisch und schrieb Postkarten. Postkarten, aus denen er in der Mitte einen Kreis herausgeschnitten hatte."

„Haben sie eine Ahnung, wer den Mord begangen haben könnte?"

„Ich habe keine Ahnung, wer ihn aus welchem Grund umgebracht haben könnte. Vielleicht war es ein eifersüchtiger Ehemann."

„Hätte es dazu einen Grund gegeben?"

„Ich würde es nicht ausschließen."

„Gehört oder gesehen haben Sie nichts?"

„Nein, ich habe geschlafen."

Walter Ernst befragte auch Bärbel Sanders noch nach den anderen Schaustellern und entschied dann, dass er für heute genug gehört hatte.

Er fuhr nach Holland hinüber, suchte einen Parkplatz an der Maas und stieg aus. Er war schon oft hierher gekommen, um nachzudenken. Für heute hatte er genügend Verhöre geführt, morgen würde er bei den übrigen Schaustellern vorbeischauen. Er liebte den Blick auf den Fluss, das stetig dahin fließende Wasser. Er wollte seine Gedanken ordnen.

Da waren die Schausteller, die natürlicherweise die ersten Verdächtigen waren, nicht nur, weil der Täter offenbar wusste, wo der Hammer stand. Sie alle hatten eine mehr oder weniger starke Beziehung zum Opfer und Mord ist in den meisten Fällen eine Beziehungstat. Er ließ sich die Aussagen, die er heute gehört hatte, noch einmal durch den Kopf gehen. Er hatte einige hochinteressante Persönlichkeiten kennen gelernt. Jeder von ihnen hatte eine Macke, aber welcher Mensch auf dieser Welt hat keine?

Ausschlaggebend war die Tatsache, dass das Geschoss im Kopf des Opfers gefunden worden war. Wäre die Tat nur mit dem Hammer begangen worden, wäre die Überführung des Täters viel schwieriger. Wenn man aber die Pistole finden würde, wäre das ein entscheidender Hinweis auf den Täter.

Walter Ernst war zum Anleger der Fähre von Arcen nach Broekhuizen spaziert und bestieg die Fähre, die kurze Zeit später losfuhr. Er lehnte sich über das Geländer und blickte auf das unter ihm dahin fließende Gewässer. ‚Wenn man die Pistole finden würde', dachte er.

Er griff in seine Manteltasche und zog sie hervor. Er sah noch einmal kurz nach links und rechts und ließ sie dann in den Fluss fallen. Er atmete tief durch.

Die Idee mit dem Hammer war eigentlich gut gewesen. Nachdem er Jens Höffkes monatelang verfolgt und ausspioniert hatte, wusste er, wo der Hammer aufbewahrt wurde. Er musste nur noch abwarten, bis Höffkes wieder zur Pfingstkirmes nach Geldern kam. Er war sicher gewesen, dass man ihm dann den Fall übertragen würde und er so alles vertuschen konnte.

Wenn sein Freund nicht so verdammt gründlich wäre, dann wäre die wirkliche Todesursache niemals entdeckt worden. Aber ohne die Waffe würde die Untersuchung bald im Sande verlaufen. Er musste natürlich noch viele Fragen stellen, noch vielen Spuren nachgehen. Aber dann würde er die Akte schließen können. Er konnte sich nicht vorstellen, dass jemand eine Verbindung von ihm zu Jens Höffkes würde herstellen können. Seine Frau jedenfalls nicht, denn die lag bereits seit zwei Jahren drei Meter tief unter der Erde in einem Wald bei Walbeck.

Und die Postkarte mit dem Loch, auf der Jens Höffkes seiner Frau seine Liebe erklärt hatte, war zerknüllt und verbrannt. ‚Ich bin ohne dich wie die Karte mit Loch – es fehlt das Herzstück', hatte darauf gestanden.

Wegen Jens Höffkes hatte sie ihn verlassen. Nach vierundzwanzig Jahren war sie mit einem Schausteller durchgebrannt. Aber jetzt hatte er Rache genommen. Der Verlust seiner Frau hatte sein Leben ruiniert und er hatte Jens Höffkes' Leben beendet. Nun waren sie quitt.

Er dachte an die Bemerkung des Polizisten, der vermutet hatte, der Lukas hätte zurück gehauen. Und dann musste er lachen. Lachen über die Zufälle, die das Leben bereithält. Lachen über seinen Vater, der darauf bestanden hatte, seinen vier Söhnen die Namen der Evangelisten als zweiten Vornamen zu geben.

Und lachen über den Tag, an dem Lukas zurück gehauen hatte. Walter Lukas Ernst.

Elke Ademi, *1966 in Netphen, verheiratet, zwei Kinder, wohnt seit 2002 in Kempen/St.Hubert und ist als Einzelhandelskauffrau in einem Baumarkt tätig. Ihr erstes Buch: „Mein fliegender Teppich" wurde im Januar 2002 im Fischer Verlag veröffentlicht. Außer dem Schreiben von Geschichten sind die Malerei und das Reiten ihre Hobbys.

Jochen Anderl-Breuer, 47 Jahre alt, Sonderschullehrer, aufgewachsen in Düsseldorf, lebt in Krefeld-Hüls. Er ist verheiratet und hat 2 Kinder, spielt gerne Fußball (leidlich), Klavier (anfängerhaft) und tanzt neuerdings Samba (begeistert).

Erika Bleckmann, *1956 in Krefeld. Damit „dat Kenk wat wird", sorgten Oma und die Eltern dafür, dass sie eine Lehre bei der Stadtverwaltung antrat. Jetzt, nach 33 Jahren Dienst in der öffentlichen Verwaltung, ist man sich über die Auswirkungen und Einflüsse dieser Tätigkeit nicht mehr einig. Erika Bleckmann lebt heute mit ihrem Mann in der Bauernschaft Harzbeck bei Wachtendonk-Wankum. Auf dem Meyhof gibt das Ehepaar obdachlosen Tieren Unterkunft. Meistens bevölkern an die 25 Hunde, ebenso viele Katzen, Hühner, Gänse und auch andere Tiere das Haus und das umliegende Grundstück. Erika Bleckmann erzählt ihren Tieren oft spannende Geschichten, Märchen und auch Krimis.

Ina Coelen wurde 1958 in Vorst am Niederrhein geboren. Mit 18 Jahren war sie Mitglied der IGDA (Interessensgemeinschaft Deutschsprachiger Autoren). Sie studierte Visuelle Kommunikation und arbeitete für verschiedene Werbeagenturen und einen Verlag, bevor sie 1984 mit ihrem Mann ein Werbeatelier gründete. Zusammen mit Ingrid Schmitz organisiert sie die Krefelder Krimi-Tage. Sie ist Mitglied der Sisters in Crime und im Syndikat und lebt mit ihrem Mann und zwei Kindern in Krefeld. www.coelen-krimi.com

Ingo Derichs, *1972 in Krefeld-Uerdingen, verheiratet, 2 Kinder, ist technischer Angestellter in der Textilbranche und lebt in Tönisvorst. Zu seinen Hobbys gehören der Sport in etlichen Variationen, Lesen Schreiben, Historie (in Form von Büchern, Filmen und im Internet), und natürlich die Freizeitgestaltung mit seiner Familie.

Ingrid Floeth wurde 1951 geboren, ist verheiratet und hat zwei Kinder und zwei Enkel. Sie arbeitet als Bankkauffrau und wohnt in Willich. Seit über 10 Jahren aktives Mitglied der Laienspielgruppe „Salz und Pfeffer" der Kolpingsfamilie Vorst, In den letzten beiden Jahren schrieb sie außer Geschichten und Sketchen zwei Theaterstücke für die Laienspielgruppe. „Die Kur" wurde im März 2003 sehr erfolgreich auf die Bühne gebracht. Derzeit laufen die Proben zu dem Lustspiel „Die Erbtant". Ein drittes Stück ist in Arbeit.

Peter P. Frisch, *1971 in Krefeld, hat sich die liebevolle Sturheit der Krefelder zu Eigen gemacht. Er verdient sein Geld bei einem alteingesessenen Anlagenbauer aus dieser Stadt und ist glücklich verlobt.

Irene Gierke, 38 Jahre alt, gelernte evangelische Pastorin, ist seit dreizehn Jahren mit ein und demselben Mann verheiratet. Sie hat 3 Söhne und lebt mit ihrer Familie in Krefeld-Oppum. Ihre Begeisterung für alles, was mit Sprache zu tun hat, und die Begeisterung für Geschichten, die das Leben schrieb, verdankt sie wohl zu einem großen Teil ihrer Mutter, die wunderbar erzählen kann.

Juliane Göttinger, *1962 im Ruhrpott, lebt seit 1992 mit Ehemann, Kindern und diversen Haustieren am Niederrhein. Nach Realschule und Büroausbildung entschloss sie sich zu den drei K's: Kinder, Küche und Kreativität. Im neuen Jahrtausend kam das vierte K (Krimi) hinzu. Seitdem mordet sie am Computer, schickt Leichen durch den Drucker und verunsichert unschuldige Familienmitglieder mit ihren Mordtheorien. Veröffentlicht hat sie bisher einen Roman: „Zwei Tage überfällig". Im Herbst 2003 erscheinen mehrere Kurzkrimis in Anthologien.

Anne Hassel, *1946, lebt und arbeitet in Miltenberg am Main. Sie ist Mitglied bei den Sisters in Crime. Wenn sie nicht mordet, schreibt sie Märchen und Kindergeschichten. Bisherige Veröffentlichungen in zahlreichen Kriminal-Anthologien. Märchenbücher: „Irina, die Traumsammlerin und andere Märchen" und „Die Wüstenstadt Meroias".

Wolfgang Kuhn, *1958, ist gebürtiger und überzeugter Niederrheiner, Familienvater mit vier Kindern, wohnhaft in Krefeld, Doktor der Wirtschaftswissenschaft, kaufmännischer Angestellter, bekennender KFC- und Deep Purple-Fan und Teilnehmer an zahlreichen Schreibwerkstätten.

Manfred Lakotta, 45 Jahre alt, Justizbeamter in Krefeld, verheiratet, 2 Söhne, hat vielfältige Interessen, speziell das Lesen von Büchern (meistens mehrere gleichzeitig), Musik und Sport.

Norbert Potthoff, geboren am 3. Dezember 1948 in Uerdingen am Rhein. Lebt und arbeitet im Krefelder Norden (Norbert = altgerm. der im Norden Glänzende). Fotograf, Grafik Designer, Kunstmaler (Surrealismus und Portrait). Mitglied der „groupe sur-real", Niederrhein Surrealisten. Seit 1999 mit dem Genre Krimi beschäftigt (Krefeld-Krimis). Ermittelt als Prof. De Boer bevorzugt im Krefelder Altbiermilieu auf der Jagd nach Pilstrinkern und anderen Verbrechern. Autor mehrerer Sachbücher über die Scientology-Sekte (u. a. „Im Labyrinth der Scientology"). Arbeitet seit mehreren Jahren an einem umfangreichen Sekten-Polit-Krimi („Die Macht-Maschine").

Patrick Pricken, 25 Jahre alt, ehemaliger Jura- und Japanstudent. Interessiert sich für Geschichte, Phantastik und Film. Wenn er nicht gerade durch fremde Länder reist, arbeitet er in Krefeld an seiner Website www.p-pricken.de und seinem ersten Buch.

Andrea Röttges, 26 Jahre alt, ist ledig und wohnt in Krefeld. Beruf: Diplom-Juristin (Universität Düsseldorf), zurzeit Rechtsreferendarin am Landgericht Düsseldorf. Sie ist Co-Autorin des Buches: „Krefelder Beiträge zur Kunst des 20. Jahrhunderts", mit einem Beitrag über Helmuth Macke, erschienen 1997 im Stünings Verlag.

Iris Rundholz, *1978, wohnt in Krefeld und übt den Beruf der Medizinisch-Technischen-Assistentin aus. Ihre Kurzgeschichten werden jedes Jahr im Grönländer-Elferratsblatt veröffentlicht. Weitere Hobbys sind der Karneval, Sport und das Tanzen.

Kerstin Rundholz, *1973, wohnt in Krefeld, verheiratet, 1 Sohn, ist staatl. anerkannte Erzieherin in einer integrativen Gruppe und seit 1999 staatl. anerkannte Heilpädagogin. Ihre Hobbys sind der Karneval, die Gymnastik und das Schreiben.

Ingrid Schmitz, geboren 1955 in Düsseldorf, arbeitete dort als Speditionskauffrau bei einer kanadischen Reederei und später im sowjetischen Außenhandel, bevor sie sich zu einer Karriere als Mutter und Hausfrau entschied und an den Niederrhein zog. Von der tödlichen Stille auf dem Land inspiriert, schloss sie ein dreijähriges Studium über das Schreiben ab. Sie hat zahlreiche Kurzgeschichten veröffentlicht und betätigt sich auch als Herausgeberin von Kriminal-Anthologien. Zusammen mit Ina Coelen organisiert sie die Krefelder Krimi-Tage. Ingrid Schmitz ist Mitglied bei den Sisters in Crime und im Syndikat.
www.krimischmitz.de

Zora Schreiber wurde am Niederrhein geboren und hat dort studiert. Unter anderem ist sie als Puppenspielerin, Clown und Zauberin aufgetreten, hat eine Spielgruppe betreut, war im Kunstgewerbe tätig, hat Ferienhäuser in Frankreich vermietet und englische Antiquitäten verkauft. Sie veröffentlichte unter verschiedenen Pseudonymen Kurzgeschichten und Kurzkrimis. Sie lebt mit ihrer Familie am Niederrhein.

Tanja Terbeck, *1980 in Krefeld, ledig, ist als Bürokauffrau tätig. „Verloren" ist eine ihrer ersten Kurzgeschichten. Mit 15 Jahren verfasste sie einen kompletten Roman. Das Schreiben ist ihre größte Leidenschaft, und so ist es ihr sehnlichster Wunsch, einmal auf der Filmhochschule zu studieren. Zu ihren weiteren Hobbys gehören: Badminton und Volleyball spielen, ins Kino gehen und sich mit Freunden treffen.

Susanne Theißen, *1964 in Mönchengladbach, Rezeptionistin und Vegetarierin, verheiratet mit dem weltbesten Mann. Beherbergt Katzen, leiht stapelweise Bücher in der Stadtbibliothek aus und ist Mitglied der philosophischen Gesprächsrunde: „Thesen am Tresen".

Brigitte Tietzel ist Kunsthistorikerin, die in Bonn und Florenz studiert hat. Seit 2000 ist sie Leiterin des Deutschen Textilmuseums in Krefeld. Sie hat bereits zwei Kriminalromane veröffentlicht. Zuletzt beim Emons Verlag in Köln: „Bei Ankauf Mord."